ECOS DO DESERTO

ABDI NAZEMIAN

ECOS DO DESERTO

Tradução
Vitor Martins

Rio de Janeiro, 2025

Copyright © 2024 by Abdi Nazemian. Publicado mediante acordo com Folio Literary Management, LLC e Agencia Riff. Todos os direitos reservados.
Copyright da tradução © 2025 by Vitor Martins por Casa dos Livros Editora LTDA. Todos os direitos reservados.

Título original: *Desert Echoes*

Todos os direitos desta publicação são reservados à Casa dos Livros Editora LTDA. Nenhuma parte desta obra pode ser apropriada e estocada em sistema de banco de dados ou processo similar, em qualquer forma ou meio, seja eletrônico, de fotocópia, gravação etc., sem a permissão dos detentores do copyright.

COPIDESQUE	Isadora Prospero
REVISÃO	João Rodrigues e Daniela Georgeto
DESIGN E ILUSTRAÇÃO DE CAPA	Tara Anand
ADAPTAÇÃO DE CAPA	Guilherme Peres
PROJETO GRÁFICO E DIAGRAMAÇÃO	Abreu's System

Dados Internacionais de Catalogação na Publicação (CIP)
(Câmara Brasileira do Livro, SP, Brasil)

Nazemian, Abdi
  Ecos do deserto / Abdi Nazemian ; tradução Vitor Martins. – Rio de Janeiro : Pitaya, 2025.

  Título original: Desert echoes.
  ISBN 978-65-83175-27-4

  1. Romance norte-americano I. Título.

25-247242   CDD-813.5

Índices para catálogo sistemático:

1. Romances : Literatura norte-americana 813.5

Eliete Marques da Silva – Bibliotecária – CRB-8/9380

Editora Pitaya é uma marca licenciada à Casa dos Livros Editora LTDA. Todos os direitos reservados à Casa dos Livros Editora LTDA.

Rua da Quitanda, 86, sala 601A - Centro
Rio de Janeiro/RJ - CEP 20091-005
Tel.: (21) 3175-1030
www.harpercollins.com.br

*Para Jeni, Mummy, Sue, Nitz,
tantos nomes e lembranças,
mas uma única amizade.*

PARTE 1
AQUI

SEGUNDO ANO

Estou sempre sendo observado. Às vezes, fecho os olhos para escapar do peso dos olhares. Raramente funciona. Nos corredores. No vestiário. Até mesmo em público, vez ou outra, quando sou reconhecido como *aquele* cara. Alguns me chamam de "o garoto que sobreviveu". Outros me chamam de "o garoto que matou". A maioria não me chama de nada, só sussurra e encara.

Agora, dois alunos do segundo ano fazem contato visual comigo enquanto atravesso as portas movimentadas do colégio. Quase consigo escutar as acusações por cima do sinal da manhã e dos passos apressados. Me agarro a Bodie para não perder o equilíbrio. Ele está no celular, me mostrando um vídeo qualquer que acha hilário. Envolve um buldogue francês atentado, um monte de bacon e uma versão acelerada de uma música que eu amo quando não parece uma trilha sonora de *Alvin e os Esquilos*. Não acho graça.

— Tá tudo bem? — pergunta Bodie enquanto envia o vídeo para Olivia Cole, que sem dúvida vai adorar.

— Tá.

Ele é meu melhor amigo, então sabe que eu não ando nada bem há quase dois anos. Olivia o responde com um GIF da Nicki Minaj rindo. Bodie guarda o celular, satisfeito.

Nós nos sentamos no fundo da sala de aula. Quando começamos a estudar aqui no primeiro ano, sempre chegávamos cedo para pegar a fileira da frente, e eu sei que, se não fosse por mim, Bodie continuaria sentando lá. Ele continua sendo um aluno megadedicado. Eu também costumava ser assim. O melhor da turma. Notas perfeitas. Fazia todas as matérias eletivas que conseguia enfiar em um único dia. Minha missão era dar orgulho para minha mãe com um boletim perfeito. Agora, minha missão é encontrar Ash. Nada mais importa.

Pego o celular para conferir as novas postagens no fórum sobre luto que venho frequentando. Geralmente as leio antes da aula, depois de assistir a alguns minutos das inúmeras horas de vídeos de Ash que gravei quando ele ainda estava comigo. Mas hoje de manhã não tive tempo para minha rotina de sempre, já que ativei o modo soneca do despertador um monte de vezes e minha mãe não estava lá para me acordar. Ela já estava em alguma propriedade que ela e a mãe de Bodie estão tentando vender, enchendo o espaço com móveis alugados para deixar tudo impecável aos olhos dos possíveis compradores. Minha mãe é especialista em fazer qualquer caos parecer perfeito por fora.

— Tá fazendo o quê?

Bodie estica o pescoço para tentar espiar a tela do meu celular.

Afasto o aparelho dele.

— Só pesquisando sobre qual autor quero escrever meu trabalho para a aula de literatura.

— Você ainda não escolheu um? O trabalho é para antes do Dia de Ação de Graças, e já estamos quase no meio de novembro.

— Hoje é três de novembro, Bodie. Vai dar tempo de fazer.

— Tipo, claro, mas vai dar tempo de fazer *bem-feito*?

Antigamente eu teria sido o primeiro a terminar o trabalho. Bodie já fez o dele. Escolheu Anthony Bourdain, o que foi fácil, já que ele leu todos os livros do autor. Bodie nem sabia quem era Anthony Bourdain até ele morrer e nossos pais nos obrigarem a assistir aos episódios do programa dele em que viaja pelo Irã provando comidas. Mas, desde então,

Bodie considera o cara um herói. Bodie não quer ser *apenas* um chef de cozinha. Ele quer ser uma marca.

— Sobre quem você está pensando em escrever?

Ele chega mais perto, tentando ver minha tela. Rapidamente, bloqueio o celular.

Bodie sabe que não estou pesquisando autores. Nós dois somos inseparáveis desde o jardim de infância. Ele sabe quando estou mentindo graças a algum tipo secreto de linguagem corporal que ninguém mais percebe.

— Depois da aula vou te levar na biblioteca pra você escolher um autor — diz, com firmeza. — A gente precisa escrever sobre a bibliografia completa do autor. Se você não escolher alguém logo, não vai conseguir fazer um bom trabalho. A não ser que pegue alguém que só escreveu um livro, acho. A Emily Brontë só escreveu *O morro dos ventos uivantes*, não foi? Usa ela. Sua tese pode ser sobre como ela foi a primeira diva de um hit só!

— Bom, talvez ela tivesse publicado mais livros se não tivesse morrido tão jovem, né?

Sinto a dor dentro de mim crescer, me perguntando se Ash ainda está vivo, se está por aí em algum lugar, escrevendo poemas e criando arte. Eu daria qualquer coisa para ler um novo poema dele. Para ver um novo desenho.

Bodie fica em silêncio por um momento. Ele quer falar de trabalhos da escola, vídeos idiotas da internet, nossas mães. Mas não de Ash. Muito menos de morte. Por fim, ele diz:

— Isso é importante, Kam.

— No grande esquema das coisas, não é, não — retruco, monótono.

— Esse trabalho vai entrar no seu currículo escolar para o próximo ano — argumenta ele. — O ano mais importante para as inscrições para as faculdades. E elas vão olhar seu currículo com muita atenção, já que vamos tirar um ano sabático.

— Você vive dizendo que os departamentos seletivos adoram alunos que tiram anos sabáticos. Que isso faz a gente parecer descolado e nos dá destaque.

Bodie ri.

— Nós *somos* descolados. E já nos destacamos porque somos duas gayzonas iranianas e, tipo, quantas de nós existem no mundo?

— De acordo com o ex-presidente do Irã, zero — digo, dando de ombros. — De acordo comigo mesmo, sei de dois casos confirmados.

— Casos confirmados! — Ele gargalha. — Genial.

— Possivelmente três, se contarmos o primo do seu pai que se fantasia de Googoosh todo ano no Halloween.

O rosto do Bodie se ilumina. Essa é a versão de mim de que ele gosta.

— *Amu Behzad!* A gente precisa visitar ele no nosso ano sabático. Está morando na Cidade do México agora. Imagina tudo que eu posso aprender lá.

Nosso plano de ano sabático, sobre o qual nossos pais ainda não sabem, gira em torno do desejo de Bodie de estudar culinárias diferentes antes de se matricular em uma graduação de gastronomia, sobre a qual os pais dele também não sabem ainda.

Abro um sorriso.

— Já estou empolgado para provar seu churrasco mexicano.

Não consigo imaginar minha vida sem Bodie. Acho que é por isso que estou planejando segui-lo em sua missão gastronômica. Não é como se cozinhar fosse minha paixão. Não é como se eu tivesse uma paixão.

— Vou fazer bem apimentado só pra você — promete ele.

Bodie quer que eu continue o papo, mas não consigo. Meus dedos estão coçando para pegar o celular. Então, eu pego e volto ao fórum — para ver se alguém me enviou alguma mensagem sobre o paradeiro de Ash. Um dia eu sei que vou encontrá-lo. Talvez esse dia seja hoje.

— Me dá seu celular agora — ordena Bodie.

— Oi? Não! — Bloqueio o aparelho rapidamente.

— Me dá.

O celular se acende quando ele pega. Na tela, está meu papel de parede: uma foto de Ash deitado na cama, seu cabelo ruivo ultrapassando os limites da tela como uma cachoeira. O brilho de seu sorriso torto, reluzindo através da tela, ilumina o rosto de Bodie como um holofote etéreo. Não é como se meu amigo precisasse de um holofote. As pessoas olham para ele quase tanto quanto olham para mim. Não por acharem que matou alguém, mas porque é impossível resistir à beleza dele. Bodie nem sempre teve o maxilar quadrado, os lábios carnudos e essa altura toda. Um tempo atrás, éramos dois garotinhos desengonçados e fofos, depois dois pré-adolescentes desengonçados na puberdade. Ninguém do nosso colégio viu o Bodie quando ele tinha espinhas, quando tentou deixar o bigode crescer (trágico) ou quando sua voz era toda esganiçada. Agora ele é o cara que as garotas descrevem quando dizem que os mais gostosos sempre são gays. Bodie digita minha senha antiga no celular, mas não funciona.

— Você trocou a senha? — pergunta ele. Não digo nada. — Não me deixa trancado pra fora da sua vida, Kam.

Quero chorar porque minha intenção nunca foi afastá-lo, preciso dele mais do que nunca. Mas também sei que Bodie quer que eu siga em frente com a vida, e eu não sei como.

A primeira aula começa com o discurso matinal do sr. Silver, explicando os objetivos do dia. Não consigo prestar atenção. Pego o passe de banheiro na mesa do professor e saio correndo da sala. Tenho exatamente seis minutos. Os professores que de fato se importam com a gente, tipo o sr. Byrne ou a sra. Robin, não ligam para a regra de seis minutos no banheiro. Preferem nos dar autonomia sobre o uso de nosso tempo. Mas o sr. Silver não é uma dessas pessoas.

Encontro uma cabine vazia e me tranco lá. A porta está cheia de rabiscos e palavras, a maioria com mensagens pornográficas, de ódio ou ambas. Essas são as marcações nas paredes que dirão às futuras gerações tudo o que precisam saber sobre quem nós somos agora, em novembro de 2023. As mensagens pornográficas odiosas vão desaparecer daqui a pouco — algum zelador vai limpar — e reaparecer em novas variações. Esse fato me consola. Se os rabiscos nojentos do banheiro podem reaparecer, Ash também pode.

Eu me sento na privada e desbloqueio o celular. Vou direto para o fórum sobre luto e deslizo a tela. Dois caras entram no banheiro. Não reconheço as vozes, mas sinto nojo ao escutar a conversa sobre alguma garota que eles querem comer. Às vezes quero fugir deste colégio, desta cidade, deste planeta. Tudo parece tão superficial.

Coloco os fones de ouvido e boto Lana para tocar bem alto, até silenciar os garotos falando de peitos. Quando Lana canta, Ash está comigo. Se eu escutar a voz dela por tempo o suficiente, ele vai voltar. Talvez seja só otimismo da minha parte, mas esses são os joguinhos que minha mente gosta de fazer.

Recebi uma nova mensagem de um usuário chamado Foivcquematoubabaca. *Você foi a última pessoa que esteve com ele.*

Verdade.

E convenientemente não se lembra de nada.

Verdade, só que nada disso parece conveniente para mim.

O que você fez com ele? Enterrou? Devorou? Queimou?

Por que eu machucaria a pessoa que era a luz da minha vida? Mas então percebo que essa pessoa está certa. Não posso dizer com certeza que não fui eu quem o matou, e preciso descobrir que não foi. Não vou conseguir seguir em frente até descobrir que não fui eu quem machucou o garoto que eu amava.

Seja lá o que você tenha feito com ele, alguém vai fazer o mesmo com você.

Respiro fundo. Controlo a tremedeira do corpo. Poderia mandar essa mensagem para a polícia, mas são sempre uns lunáticos que me enviam essas coisas. Ninguém nunca tentou me matar ou me sequestrar… ainda. Além do mais, se tem uma coisa que aprendi nos últimos anos, é que a polícia nunca ajuda em nada.

Espera tua vez. Você será assassinado, devorado, enterrado. É só esperar, viadinho terrorista. Você vai ver.

Meu sangue ferve como lava. Talvez eu deva responder. Agradecer à pessoa por fazer com que eu me sinta vivo de tanta raiva, que é bem melhor que não sentir nada. Deleto a mensagem e fecho os olhos. O rosto de Ash me encontra em meio à escuridão. O cheiro dele, uma mistura de xampu de óleo de melaleuca e suor. Os dedos dele, sempre sujos de tinta acrílica e aquarela. O gosto de seus lábios finos, seus dedos compridos, seu pescoço. Sua voz animada, sempre cheia de energia, vibrando como um trovão, mesmo quando ele sussurrava segredos para mim. Ash me contou que existia lava no Parque Nacional de Joshua Tree. Apontou para as rochas vulcânicas que se projetavam daquela paisagem desolada e desértica. Ele usava palavras que eu nunca havia escutado. Entendia coisas que eu não era capaz de compreender. Ciência. Natureza. Cones de escórias, magma e geologia. Disse que aqueles cones de escórias começaram a entrar em erupção quase oito milhões de anos atrás. As coisas que Ash amava eram atemporais. Eternas. Assim como ele. Se eu o encontrar, e quando isso acontecer, ele vai confirmar que não sou o responsável por seu desaparecimento.

Abro os olhos e leio mais uma mensagem, esta da SuaAmigaEmily. Nós trocamos mensagens pelo menos uma vez por mês. A filha dela, June, desapareceu há vinte anos, em um lugar chamado Parque Estadual Toca do Diabo. Ela me mandou os artigos sobre o caso. Fotos das duas juntas ao longo dos anos. No começo, questionei se era mesmo a mãe de June quem estava falando comigo ou algum impostor se passando por ela. Mas as coisas que me disse sobre a dor específica de não ter uma resposta... ninguém mais poderia ter escrito aquilo. E, mesmo se ela estiver me enganando, quem se importa? As palavras dela me ajudam. Fazem com que eu me sinta menos sozinho.

Tive um pensamento horrível do qual me envergonho muito, Kam. Me peguei pensando: o que eu preferiria, saber que ela está em algum lugar por aí, levando uma vida feliz, mas sem nunca ter respostas ou poder vê-la de novo... ou que encontrassem os restos dela e me contassem exatamente como ela morreu?

Me distraio com três batidinhas à porta da cabine, seguidas de duas batidas mais lentas. O ritmo secreto que eu e Bodie temos. Tiro os fones de ouvido e escuto sua voz do outro lado.

— Tudo bem por aí, Kam? — pergunta ele.

— Só estou usando o banheiro — respondo.

Ele faz questão de suspirar bem alto.

— Você não está assistindo pornô, né?

Dou uma risada. Ele sabe que não estou assistindo a pornô. Nunca assisto. Tudo o que preciso para sentir prazer são as lembranças de Ash.

— Não tem nada de errado com um pornôzinho leve pela manhã — continua Bodie.

Abro a porta da cabine. Meus seis minutos estão quase acabando e não faz sentido me esconder de Bodie.

— Aposto que nossas mães persas não pensam assim.

— Lembra quando eu perguntei para os nossos pais o que era um filme +18? — pergunta ele, rindo da lembrança.

— Acho que meu cérebro bloqueou essa memória.

Me retraio com a água quente que sai da torneira enquanto lavo as mãos.

Bodie me entrega uma toalha de papel.

— Melhor me manter por perto pra te lembrar de todas as coisas hilárias que já aconteceram na sua vida. Sou a única pessoa que não é seu parente que se lembra de tudo.

Ele tem razão. Nós dois nos conhecemos como as únicas crianças iranianas no jardim de infância. Nossa amizade era tão forte que nossas mães viraram melhores amigas e, por fim, sócias. Bodie é basicamente o irmão que eu nunca tive.

— Como você não se lembra da minha mãe dizendo que +18 era porque os filmes tinham mais de dezoito horas, eram chatos e filosóficos, e por isso crianças nunca assistiam? — comenta Bodie.

— Eu gosto de coisas longas, chatas e filosóficas.

Caminhamos na direção do corredor.

Bodie revira os olhos. Se tivesse vontade de mencionar Ash, diria que meu gosto é culpa dele — assim como o resto do colégio e meus pais, Bodie achava Ash esquisito e pedante. Em vez disso, ele me conta de um artigo que leu, que listava os termos mais buscados no PornHub, e como muitos deles eram meio incestuosos. Mas é a voz de Emily que escuto na cabeça enquanto voltamos para a sala de aula. Nunca falei com Emily, mas sempre imaginei a voz dela como a de uma mãe de série de TV antiga. Reconfortante e amigável. O oposto da minha mãe, que ama, mas pega pesado.

Sinto que estou traindo minha filha por cogitar que preferiria saber a viver com o desconhecido, mesmo se o desconhecido significar que ela está viva e feliz. Desculpa te encher com isso, Kam. Talvez o único jeito de não sentir culpa por causa desses pensamentos seja compartilhando. Levo você em meus pensamentos, sempre.

Queria poder conversar de verdade com ela, frente a frente, mas Emily mora em Arkansas e eu, em Los Angeles. Nunca sequer me encontrei com ela, esta mulher que me compreende de um jeito que nem minha mãe nem meu melhor amigo conseguem.

Continuo ouvindo a voz dela na cabeça quando o sinal toca e nós corremos para a próxima aula. Continuo escutando-a quando nos sentamos para a aula de matemática e eu lembro que não fiz a lição de casa. As perguntas dela rodopiam pela minha cabeça. Pego os problemas de trigonometria da lição e tento resolver tudo rapidinho.

— Kam, olha. Eu queria conversar com você sobre uma coisa antes da reunião da Aliança Gay-Hétero amanhã — diz Bodie em um sussurro.

— Depois — corto. — Esqueci de fazer a tarefa de matemática.

— Sim, mas...

Seu tom de decepção indica que ele tem algo importante para compartilhar. É provável que vá me dizer que finalmente está namorando. Deve ser alguém de outro colégio, porque ninguém aqui é bom o bastante para ele. Talvez a galera da Aliança Gay-Hétero já esteja sabendo.

— Você terá toda a minha atenção depois da aula.

Nós dois sabemos que estou mentindo. Mal consigo ler o primeiro problema de trigonometria. A pergunta de Emily continua me assombrando. Será que eu preferiria que Ash estivesse vivendo feliz por aí enquanto eu fico preso para sempre neste ciclo de dúvidas? Ou seria melhor saber, finalmente *saber* que ele se foi, e como morreu, para poder superar?

Superar.

Já ouvi muitas vezes que preciso superar, de muitas pessoas. Minha mãe não usa essa palavra, mas é o que ela quer que eu faça.

Meu pai usou *exatamente* essa palavra — "Supera, você está nos destruindo" — antes de nos deixar, porque um abandono já não era o bastante para mim, acho.

Minha terapeuta nunca usou essa palavra, mas eu sabia que era o nosso objetivo. Um ano e meio de terapia ajudou bastante, mas não me fez superar nada, só me levou a mais sessões.

Bodie me observa com curiosidade.

— Você não está fazendo a lição de matemática. Só está encarando o papel.

— Preciso ler os problemas primeiro, né? — rebato.

— Você tá esquisito. — Ele nem tenta disfarçar a preocupação na voz.

— Talvez eu não seja a mesma pessoa que você conheceu no jardim de infância. Acho que aquele garotinho inocente se foi. — Odeio meu tom de voz grosseiro.

— Não quero que você volte a ter 5 anos. Só quero que seja meu amigo.

— Você quer que eu seja feliz e leve. — Não olho para ele. Não consigo. — Você quer me ouvir fazendo piadinhas sobre as nossas mães, nossos colegas de classe chatos e sites pornô, mas…

Ele arqueia uma das sobrancelhas grossas.

— Não são sites no plural. Eu estava falando de um só. O PornHub…

Balanço a cabeça.

— Tanto faz, você sabe que não tenho interesse em ver caras aleatórios trepando com seus meios-irmãos fictícios.

— Acho que só me resta assistir pornô, já que nunca tive um namorado e provavelmente nunca vou ter — diz ele, com amargura, e de repente começo a duvidar de que Bodie queira me contar que está saindo com alguém.

Odeio ver meu amigo lindo, que poderia ficar com qualquer cara que quisesse, soando tão abatido.

— Qualquer cara gay ou bi do colégio ficaria com você — falo.

Nossos pais persas costumam dizer que Bodie parece o Marlon Brando novinho, e eles têm razão. Se ele não tem um namorado ainda, é porque é seletivo demais. Todos os caras com quem já ficou acabaram sendo descartados por algum motivo bizarro e específico. Um deles falava "tipo" o tempo todo. Outro odiava comida chinesa, que é a favorita de

Bodie. Daí teve outro que estalava demais os dedos, e outro que achou que o próprio Bodie tinha pintado *A noite estrelada*, do Van Gogh. Sempre tem alguma coisa.

— Esquece, não estamos falando da minha vida amorosa deprimente agora. Saiba que não quero que você finja ser feliz e leve por minha causa. O que eu quero é que você esteja... aqui. Parece que está sempre em outro lugar.

Sei que ele está certo. Não mereço sua lealdade e amizade. Tudo o que eu fiz desde que Ash desapareceu foi afastar Bodie. E estou fazendo isso de novo.

— Me escuta...

— Eu sei o que você vai dizer. Acha que não ouço minha mãe implorando para que você me ajude a superar toda vez que ela te leva para algum canto da casa?

— Isso é coisa da sua mãe. Não minha.

— Eu não consigo superar, tá bom? Não consigo!

Minha voz alta e aguda me assusta. Imediatamente, sinto os olhares sobre mim: os outros alunos e nosso professor. Aprendi a reconhecer todos os jeitos diferentes que uma pessoa pode te olhar. A preocupação de minha mãe. A desconfiança de meus colegas de classe. A curiosidade de desconhecidos. No fim das contas, não importa se estão me olhando porque acham que sou um assassino ou porque querem que eu volte a ser como era antes de Ash desaparecer. O que eles não entendem é que não existe um *antes* para mim. Não consigo voltar no tempo. E me lembro disso todos os dias.

Quando a aula de matemática termina, voltamos para o corredor, rumo à sala de música. Mesmo estando na outra ponta do corredor, consigo ouvir Byrne afinando o violão. Ele toca um acorde em Mi, ajustando o tom. Caminho na direção do som. Fecho os olhos enquanto ele toca corda por corda, nota por nota. Sinto Ash ao meu lado, me contando sobre o homem que construiu uma cúpula no Parque Nacional de Joshua Tree chamada Integraton. Ash usava palavras que eu não entendia. Frequências eletromagnéticas e múltiplas oscilações em onda e ionização negativa do ar. O Integraton *poderia* fazer o tempo voltar, ou pelo menos era nisso que o cara que o construiu acreditava.

— Peraí, Kam — pede Bodie quando começo a andar. — Preciso falar com você.

— Não quero me atrasar para o coral. — Aperto o passo. — É a única parte do colégio que eu amo.

— Porque te faz lembrar dele — sussurra Bodie.

Respiro fundo e paro de andar. Bodie é meu melhor amigo. Meu irmão de consideração. Preciso pelo menos deixar que tente se aproximar de mim.

— Ash acreditava que a criatividade podia ser uma forma de viajar no tempo — digo.

Se ainda estivéssemos no primeiro ano, Bodie me diria que Ash parece esquisito e pretensioso, mas não pode mais criticá-lo como costumava fazer, então só diz:

— Tá bom.

— Pensa comigo — começo. — Se o Ash desenhasse um mundo futurista imaginário, não estaria viajando no tempo? Quando cantamos alguma música irlandesa antiga no coral, não estamos viajando no tempo? — Assim que começo a me abrir, não consigo mais parar. — Sei que não dá pra viajar *de verdade* pelo tempo. Não do jeito que eu gostaria. Mas talvez, algum dia, esses caras da tecnologia que compram casas com as nossas mães possam inventar um jeito de me levar de volta para aquela noite, quando deixei Ash desaparecer. Talvez...

— Você não *deixou* nada. Nós dois sabemos que o Ash fazia o que queria, quando queria, ignorando todo mundo.

— Ah, pronto.

— Que foi? — pergunta ele, com uma pontada de irritação.

— Você estava havia anos esperando pra dizer "eu te avisei". Você me avisou que ele não era o cara certo. Que escondia coisas de mim. Você me disse que ele não sabia rir de si mesmo, e que isso já era um alerta vermelho enorme.

— Não é isso que estou fazendo. Esse não é o meu momento "eu te avisei".

— É, sim — argumento. — Mas, Bodie, eu sinto muito. Sendo alguém que termina com um cara depois de um encontro só porque ele não gosta de guioza, quem é você para vir me dar conselhos amorosos?

Ele range os dentes, tentando controlar a raiva.

— Só porque você está triste não tem passe livre pra ser um babaca.

— Desculpa — cedo, exausto.

— Só estou dizendo que o que aconteceu com o Ash não foi culpa sua, e talvez, se parasse de se culpar, deixaria de ficar procurando uma forma de voltar no tempo, porque isso é impossível. — Com um sorriso, ele acrescenta: — Pergunta pra Cher.

Não consigo deixar de sorrir de volta. Bodie sabe exatamente como usar uma piada bem pensada para aliviar a tensão. Tudo o que Ash sabia sobre astros, desertos e paciência, Bodie sabe sobre divas do pop, comida e persistência.

— Ei, Kam. Tenho uma pergunta séria pra você — diz Bodie, todo sisudo. Antes que eu possa responder, ele começa a cantar com sua melhor imitação da Cher. — *Do you believe in life after love?*

Reviro os olhos e depois sorrio, porque me lembro de Bodie e eu na cama dele, os olhos grudados no iPad, assistindo a Shangela e a Carmen Carrera fazendo um *lipsync* dessa música.

— Mas falando sério — diz ele. — Você acredita, não acredita? Porque existe vida após o amor.

O vazio dentro de mim rodopia.

— Sim, claro. Eu acredito em vida após o amor.

Mas é mentira. Eu nem sequer me sinto vivo.

Ken Barry e seus capangas passam por nós a caminho do campo de futebol.

— Cuidado quando voltarem lá pro deserto, caras. Fiquei sabendo que tem uns óvnis abduzindo gente por lá. Se virem uma esfera gigante com uma luz vermelha alaranjada piscando, metam o pé.

Todos eles riem enquanto se afastam. Sinto meu pulso acelerar enquanto me lembro da mensagem que recebi ontem no fórum sobre luto, enviada por alguém chamado Xenomorphius.

Acho que posso te ajudar. Eu estava acampando em Joshua Tree no fim de semana passado quando vi uma luz vermelha-alaranjada. Daí uma esfera gigante pousou, uma porta se abriu e vozes robóticas me mandaram ir para o planeta deles.

— Vão se foder — murmuro.

Bodie toca meu antebraço com gentileza.

— Eu sei. Sinto muito que você tenha ficado sabendo por eles. Passei a manhã inteira tentando te contar, mas você não facilitou as coisas.

Perguntei aos alienígenas como eles sabiam falar inglês. Então ouvi uma voz que disse: "Fui eu que ensinei nossa língua para eles". Perguntei quem era, e ele me disse que se chamava Ash.

Sempre suspeitei que alguns dos meus colegas de classe escrevessem as pegadinhas mais cruéis no fórum, mas agora tenho a confirmação.

— Eu odeio eles.

— Não precisamos ir.

— Do que você está falando? — pergunto. — Ir pra onde?

Ele semicerra os olhos, confuso.

— Peraí, do que *você* está falando?

— Nada de mais. — Sinto meus lábios ficando tensos e tento relaxar. — É só que… acho que esses garotos me mandaram uma mensagem no fórum, sobre terem visto o Ash sendo abduzido por alienígenas.

Bodie cerra os punhos.

— Nada de mais? Isso é cruel pra caralho.

— A culpa é minha. Eu nunca deveria ter falado do fórum para qualquer pessoa além de você.

— Não se culpe. Você não fez nada de errado. Eles que fizeram. — Os olhos de Bodie parecem pegar fogo. As chamas de fúria brilham com força, especialmente quando o assunto são pessoas cruéis de qualquer natureza, os racistas, misóginos, homofóbicos e transfóbicos. Consigo sentir o quanto ele quer me proteger. — Eu vou meter a porrada neles.

— Não vale a pena pegar suspensão por causa desses caras — rebato.

— Tem razão. Precisamos de uma vingança mais criativa. — Os olhos dele brilham ao ter uma ideia. — Vamos arrombar os armários do vestiário e esfregar pimenta nas cuecas deles!

— Seria bem perturbador — falo, e não consigo segurar a risada.

— Um chef sempre dá um jeito — diz ele, com um ar diabólico.

— Não estou dizendo que eles não merecem ficar com as bolas ardendo, mas a melhor vingança é só ignorar.

— Não é, não — insiste ele. — Isso não é vingança coisa nenhuma.

Com uma pitada de sarcasmo, eu completo:

— Um dia de cada vez.

— Que se foda a bobagem de alcoólicos anônimos do Byrne. Eles merecem receber o troco. — Ele pega o celular e rapidamente abre a página na Wikipédia sobre o pai de Ken Barry, um empresário conservador que tentou se eleger como prefeito de Los Angeles, mas felizmente perdeu. Bodie lê em voz alta os ajustes que está fazendo na página. — Byron Barry, além de um nome de supervilão e defeitos demais para listar aqui, também tem um filho idiota que faz aniversário no mesmo dia que Hitler. Seu único filho, Ken, se acha o valentão do colégio e tem o menor pau do vestiário inteiro. Ele raspa os pentelhos para tentar parecer maior, mas isso só faz ele ficar com foliculite.

— Bodie, para! — protesto, mas estou rindo e me sinto bem.

— Publicado. Quanto tempo você acha que vai levar até eles perceberem?

— Você é louco! — digo, com carinho.

— Não é isso que você mais ama em mim? — pergunta ele. — Minha mistura única de imprevisibilidade e confiança?

Não respondo. Em vez disso, pergunto:

— Ei, do que você estava falando antes? Aonde nós não precisamos ir?

Ele se recosta na parede.

— Joshua Tree. A viagem da Aliança Gay-Hétero deste ano em dezembro.

— Quê? Como assim? — Sinto meu pulso acelerar.

— Era isso que eu estava tentando te contar — explica Bodie. — Foi por isso que o Ken mandou a gente tomar cuidado no deserto. Porque ele acha que vamos. Mas, obviamente, não vamos.

Ele me deixa processar o que acabei de ouvir. Byrne terminou de afinar o violão e nossos colegas de coral passam por nós em direção à sala de música.

— Tipo, não sei... — Minha voz paira no ar, incerta.

— O que você não sabe? — Ele não consegue disfarçar a irritação. — Foi lá que o Ash desapareceu. Por que iria querer voltar pra lá e reviver o trauma?

— Eu não disse que quero ir.

Desvio o olhar de Bodie. Seus olhos castanho-escuros carregam muita certeza. Ele sempre soube quem é, o que quer, quem eu deveria ser e o que eu deveria querer.

— Bom, nós não vamos — declara Bodie no mesmo tom que minha mãe ama usar, com a firmeza de quem diz que a conversa acabou.

— Eu só disse que não sei — murmuro. — Só isso. Eu só queria...

Percebendo a dor do luto borbulhando dentro de mim, ele pega leve.

— Então deixa eu te ajudar. Confia em mim.

Eu confio nele. Talvez Bodie nunca entenda o que eu vi em Ash, mas ele ficou ao meu lado durante toda a minha angústia. Ele se acostumou com a minha dor chegando em ondas. Me pegou no colo e me levou para casa quando surtei no planetário. Me abraçou por horas depois que eu ouvi "Did You Know That There's a Tunnel Under Ocean Blvd" pela primeira vez. Eu chorava enquanto Lana cantava *"don't forget me"*, como se fosse Ash cantando aquelas palavras, a voz distante dele como um eco na voz dela. *Não me esqueça.*

— Olha — começa ele, gentilmente. — Sei que eu não... conhecia ele direito, e queria muito ter conhecido. Queria que ele tivesse deixado eu me aproximar. Não estou culpando o Ash. Sei que ele não está aqui para se defender.

— Ele não precisa se defender de nada — rebato. — E se você está sugerindo que ele morreu... não sabemos ao certo.

Bodie morde o lábio.

— Só estou dizendo que eu era *seu* amigo. E era *você* quem me ligava chorando quando ele sumia...

— Não usa essa palavra. Por favor.

— Desculpa. Porra, desculpa. Não quis dizer isso. Estava falando de quando... quando ele não te ligava de volta.

— Isso foi no começo — explico. — Eu ainda não entendia ele naquela época.

— Eu sei — concorda Bodie. — Mas é que... era difícil gostar de um cara que te deixava no vácuo daquele jeito.

— Mas ele também me fazia feliz — insisto. — Sei que você não enxergava isso. Porque o Ash não mostrava as melhores partes dele pra você. E porque era você quem me ouvia toda vez que ele... me deixava no vácuo. Mas o Ash me fez feliz. Você precisa aceitar que uma pessoa que te machuca também pode te amar. Ninguém é perfeito.

— Beleza. — É tudo o que Bodie diz.

— Beleza — repito.

Ele me oferece um sorriso.

— Eu *ainda* quero que você seja feliz — fala.

Tento agradecer, mas minha boca solta algo mais parecido com um soluço do que com palavras.

— Anda. — Bodie segura minha mão. — Vamos nos atrasar pro coral.

Quando canto no coral, meus pensamentos ficam maravilhosamente quietos. Tudo desaparece, exceto a música. Enquanto ensaiamos "We Found Love" e "Molly Malone", eu relaxo, esqueço, me conecto, rejuvenesço e me desligo. Eu me sinto em paz.

We found love in a hopeless place.

Nós encontramos amor em um lugar sem esperança.

Os outros alunos preferem quando cantamos músicas modernas. Bodie vive implorando a Byrne para nos deixar cantar Taylor, Cardi, Dua. Ele adora transformar um hit pop numa versão assombrada, cantada *a cappella*. Mas eu prefiro as músicas antigas, aquelas de antes de eu ter nascido, aquelas que Byrne me disse que a avó dele cantava em Belfast, antes de ele sair da Irlanda em busca de um lugar onde pudesse ser livre da culpa católica do pai e dos problemas com bebida da mãe.

She died of a fever. And no one could save her. And that was the end of sweet Molly Malone.

Ela morreu de febre. E ninguém pôde salvá-la. E esse foi o fim da doce Molly Malone.

Byrne é tantas coisas para mim. Maestro do coral, professor de inglês, padrinho do Alateen, o programa de apoio do Alcoólicos Anônimos a amigos e familiares, e um dos dois orientadores da Aliança Gay-Hétero. Eu mal o conhecia quando Ash desapareceu.

— Depois do fardo, quero ouvir as vozes crescendo! — grita Byrne para o coral.

Alive, alive, oh, alive, alive, oh.

Vivo, vivo, oh, vivo, vivo, oh.

— Sabem qual é o coletivo de corvos? Um bando. Porque estão sempre tramando algo juntos. Cantem em bando. Deixem suas vozes se unirem.

Alive, alive, oh, alive, alive, oh.

Quando a música termina, um dos cantores do primeiro ano pergunta:

— O que é o *fardo* de uma música?

— É o refrão — explica Byrne.

— Por que "fardo"? — pergunta o aluno.

Byrne caminha pela sala enquanto fala. Passa pelo quadro de teoria musical. Pelo cartaz com a cultura do mês, que agora é a turca. Pelo cartaz de compositor do mês, Satie. Pela parede das palavras, coberta de termos musicais e definições. Byrne aponta para a palavra *fardo* e olha na minha direção.

— Kam, sabe nos explicar por que chamamos o refrão de uma música de fardo?

— Bom, segundo o senhor, um fardo é algo que costuma se repetir. — O olhar de Byrne me pede para continuar. — É algo que a gente fica ruminando, para onde a gente sempre volta, porque não conseguimos superar.

— Muito bem. — Byrne parece estar falando só comigo quando completa: — Músicas são como pessoas. Elas se demoram em certas palavras e melodias. É por isso que chamo de fardo. Porque músicas, assim como histórias, assim como nós, *precisam* de estrutura.

Abro um sorriso para Byrne. Sei do que ele está falando. Ash é meu fardo. É para ele que eu sempre volto na minha mente.

Alive, alive, oh, alive, alive, oh.

Eu conheci Ash oficialmente no coral, ou logo depois do coral, no corredor. Nós cantamos juntos por duas semanas até finalmente começarmos a conversar. Ele era o aluno mais novo da turma do quarto ano, um ano avançado porque era inteligente, e novo no colégio, assim como eu. Eu e Bodie éramos os mais velhos da turma do primeiro ano, atrasados porque nossas mães leram o mesmo artigo sobre como deixar seu filho ser o mais velho no jardim de infância é bom para desenvolver confiança e prepará-lo para um futuro de liderança.

Então, certo dia, Byrne nos pediu para sugerir uma música nova para o coral cantar naquele ano. Ele nos fez escrever o título da música em um pedaço de papel e depositar nosso voto no chapéu que ele quase nunca tirava. Leu os títulos em voz alta e tinha de tudo, de "Uptown Funk" a "Bad Guy", de "Despacito" a "Shake It Off". Então, ele leu meu pedaço de papel: "God Knows I Tried", de Lana Del Rey. Ou, pelo menos, achei que era o meu, porque, algumas músicas depois, Byrne leu de novo "God Knows I Tried", de Lana Del Rey. Olhei ao redor da sala, me perguntando quem mais teria escolhido uma música relativamente desconhecida da Lana. Notei Ash fazendo a mesma coisa. Nossos olhares se encontraram. Reconhecemos algo um no outro. Eu soube naquele instante que, assim como eu, ele queria que a vida fosse feita de poesia. Que ele desejava se apaixonar.

Quando o ensaio acaba, Byrne pede para que eu e Bodie fiquemos mais um pouco.

— Kam, preciso conversar com você antes de...

— Eu já sei — digo. — Vocês vão para Joshua Tree.

— Preciso estar lá como acompanhante, mas você não precisa ir.

— Você não deveria ir — diz Bodie. Então, muda rapidamente para: — *Nós* não deveríamos ir.

— Estou no penúltimo ano. É minha última viagem com a Aliança Gay-Hétero — digo.

Todo ano, no fim de semana antes das férias de inverno, a Aliança Gay-Hétero faz uma viagem escolar. Foi ideia de Byrne e da sra. Robin, para dar aos alunos queer uma oportunidade de viajar juntos e aprender sobre a vida e a história queer. Ano passado fomos para Washington D.C. protestar na frente do Capitólio. Bodie levou um cartaz que dizia: "Foda-se a sua religião". O de Olivia dizia: "O ódio do seu deus não é mais poderoso do que o meu amor". No ano anterior a esse, fomos para Novo México, onde aprendemos sobre os povos nativos e sua visão aberta a respeito de gêneros e sexualidades diferentes. No primeiro ano foi São Francisco. A sra. Robin nos apresentou às irmãs trans com quem iniciou sua família de escolha e ao cinema onde descobriu seu amor pela sétima arte. O lema do nosso clube é "Nós contemos multidões". Gritamos esta frase a céu aberto em Taos, para os membros do Congresso e na frente do lugar onde ficava a loja Castro Camera.

— O orçamento da viagem deste ano recebeu um corte bem grande, então ficamos limitados a lugares aonde podemos chegar de carro. Não temos dinheiro para voos ou hotéis. — Ele me dá um momento para responder. Como não falo nada, completa: — Você não precisa ir.

— Você já disse isso — murmuro.

— Por favor, não volte para lá — implora Bodie. — Você está finalmente começando a melhorar.

— Estou? — pergunto. — Não é o que me parece.

Bodie não vai desistir.

— Podemos fazer planos para um fim de semana especial só nosso. Posso cozinhar o que você quiser e aí podemos maratonar *The Great British Bake Off* até cair no sono.

— Mas você ama as viagens da Aliança Gay-Hétero — argumento. — Não quero que perca essa por minha causa.

Dá para sentir que Bodie está com dificuldade em negar. Quando ele enfim decidiu jantar comigo e com Ash, perguntou por que Ash não participava da Aliança Gay-Hétero. A conversa que os dois tiveram continua rodopiando na minha cabeça até hoje, o rancor que sentiam um pelo outro ainda mal resolvido dentro de mim.

— Me dá um tempinho pra pensar a respeito? — peço, ignorando Bodie.

— Claro — concorda Byrne. — Só precisamos confirmar quantos alunos vão antes do feriado de Ação de Graças.

Penso nas coisas que Byrne me diz o tempo todo. Como "Você precisa enfrentar todos os momentos com um coração grato, até os mais sombrios". Ou "Toda crise é uma oportunidade de crescimento na relação que temos com nosso Poder Supremo". Mas eu não tenho um coração grato e muito menos um Poder Supremo. Tenho um melhor amigo que acha que pessoas que amam a Deus usam a religião para nos oprimir, e fui criado por duas pessoas que odeiam religião.

— Vou pensar — prometo. — Mas, se eu for, preciso conversar com os pais e a irmã do Ash antes. Eu não quero... sei lá...

— Você não quer magoá-los — diz Byrne. — Faz sentido. É muito atencioso da sua parte.

— Vou me encontrar com eles no domingo. A irmã do Ash tem um jogo de tênis. Posso perguntar pra eles lá.

— Talvez depois da partida — sugere Byrne. — Deixe eles aproveitarem o momento com a filha, e deixe ela focar no jogo.

— Bem pensado. — Assinto com tristeza. — Você acha uma boa ideia? Eu voltar ao deserto?

Byrne me oferece um de seus olhares reconfortantes. Ele tira o chapéu para coçar a careca e depois o recoloca.

— Não posso responder isso por você. Pode ser uma experiência de cura. Ou uma experiência dolorosa. Talvez as duas coisas. Mas, se decidir participar da viagem, vou precisar que um dos seus pais assine o formulário de autorização.

Uma risada rouca escapa do meu corpo.

— Bom, eu nem sei por onde anda o meu pai, e a minha mãe... bom... a gente sabe o que ela vai dizer. Ela teve medo quando fui pela primeira vez. Mas agora... voltar para Joshua Tree para mim... é como minha mãe voltar para o Irã. Coisa que nunca fará, mesmo se o regime de lá cair. Ela olha para frente, nunca para trás. Mas, às vezes, a gente precisa olhar para trás para conseguir seguir em frente, né?

* * *

Depois que todas as aulas terminam, Bodie me leva à força até a biblioteca do colégio para eu escolher um autor para o trabalho de literatura inglesa. Os alunos mais estudiosos do colégio já pegaram seus lugares cativos pós-aula. Nossa biblioteca foi reformada dois anos atrás para valorizar mais a comunidade em vez de o isolamento. Não temos mais cubículos. Eles foram substituídos por mesas redondas e salas para grupos de estudo.

— Beleza, em quem você está pensando? — pergunta Bodie enquanto me leva para a seção de ficção.

Passo os olhos pelos cartões de recomendação escritos por professores e alunos enquanto analiso os livros organizados alfabeticamente. Olivia Cole recomendou *The Black Flamingo*, de Dean Atta. A sra. Robin recomendou *Destransição, Baby*, de Torrey Peters. Danny Lim recomendou *Drácula*, de Bram Stoker. O sr. Byrne colocou um cartão escrito à mão embaixo de *O Retrato de Dorian Gray*, de Oscar Wilde. Com letra cursiva, ele escreveu: "Minha obra favorita do meu companheiro irlandês favorito".

— Tá bom, agora que você já foi de A a Z, alguma ideia? — Dá para ouvir a impaciência na voz de Bodie.

— Acho que vou fazer sobre Pablo Neruda — sussurro. — Ou Rilke. Ou talvez William Blake. Ou...

Não digo Paulo Coelho porque não quero que Bodie se lembre da discussão que teve com Ash por causa de *O alquimista*.

Bodie me fuzila com o olhar.

— Os autores favoritos do Ash. — Ele não parece surpreso. — Esqueceu de incluir o escritor daquele livro sobre "todo mundo tem a própria lenda".

É claro que Bodie já está pensando na discussão com Ash. Não digo nada.

— Não estou te desencorajando a escolher nenhum desses, mas talvez seja, sei lá… menos emocionalmente exaustivo se você escolher um autor que não te faça lembrar dele. Talvez um autor que escreva livros felizes, divertidos!

Ignoro Bodie e vou até a seção de poesia. Passo o dedo pelas lombadas desgastadas. O sr. Silver recomendou T. S. Eliot. Me viro para Bodie com um sorriso ao ver que ele escreveu uma recomendação para Rumi.

— Olha você, todo poético.

— Acho que os poemas do Rumi que meus pais emolduraram pela casa me impactaram — comenta ele.

Pego um livro do Neruda e folheio lentamente. Nas horas de vídeos que gravei de Ash, há inúmeros momentos de magia poética. Ash, deitado na grama, recitando Neruda, me dizendo que a poesia precisa ser experienciada intimamente, mas em voz alta — como um segredo compartilhado entre almas. Ele me escrevia poemas que vinham acompanhados de artes originais, as palavras flutuando dentro das imagens como um quebra-cabeça. Aí os escondia em lugares estranhos para que eu encontrasse. Depois que ele desapareceu, passei meses encontrando poemas na minha mochila, no bolso de um blazer, embaixo do tapete da sala de estar.

— Então… Neruda? — pergunta Bodie.

— Talvez.

Não estou decidido ainda, então vou até a seção de William Blake. Pego um livrinho de poemas. Na capa há uma pintura feita pelo próprio Blake, um anjo forte que parece estar segurando uma criança. Viro o livro. Na quarta capa, uma figura diabólica se estica, tentando alcançar a criança. Leio o nome da imagem em voz alta.

— "Os anjos do bem e do mal lutando pela posse de uma criança."

Algo na imagem me dá arrepios.

Bodie espia por cima do meu ombro.

— Eles continuam brigando pela posse das nossas almas, né? Todos esses babacas que querem nos impedir de ver shows de drag e ler livros queer são os anjos do mal.

Dou uma risada.

— Só que, na cabeça deles, são os anjos do bem nos salvando da influência pecaminosa da Alaska Thunderfuck e de Aristóteles e Dante.

— Que Deus nos livre de descobrirmos os segredos do universo! — diz ele, com um sorriso debochado.

Guardo o livro de poesia e pego um livro maior de Blake, cheio de poemas e imagens. Blake era uma das maiores inspirações de Ash. Ele amava como o autor tratava a criatividade como uma forma de espiritualidade.

Folheio as páginas e um pedaço de papel grosso cai. Assim que chega ao chão, já sei o que é, como se ainda pudesse sentir o cheiro dele ali.

Meu coração acelera quando me abaixo e pego o papel.

Bate ainda mais forte quando o desdobro.

É enorme, pelo menos três vezes maior do que uma folha normal de impressora. Nele, há um rascunho feito a lápis de figuras espectrais flutuando no céu. Elas parecem nuvens, mas sei que são fantasmas. Palavras foram rabiscadas entre as formas, como se Deus as tivesse escrito no céu. No topo da página, o título do poema: "Fardo".

Bodie lê o poema rapidamente.

— *Shh. Shh, olha. Olha, nós estamos aqui. Tudo está aqui. Aqui é onde você transcende os sentidos. Aqui é...*

— Para. Por favor.

Nervoso, dobro o papel de volta e o guardo no bolso. Não estou pronto para ler. Não agora. Não com Bodie empoleirado em mim.

— Achei que você já tinha encontrado todos — diz Bodie.

— Eu também achava. — Olho os livros ao redor, me perguntando se há mais presentes escondidos para mim em outras obras. Mas sei que Bodie vai me julgar se eu começar a abrir os livros daqui. Também sei que preciso ficar sozinho com este poema. Agora. — Vou fazer meu trabalho sobre o Blake. Só preciso dar saída nesses livros aqui e já vou pra casa começar a pesquisa.

Pego todos os livros de Blake na prateleira e corro até o balcão, desesperado para ficar sozinho e poder ler o que Ash escreveu para mim. Mas Bodie me segue. Talvez ele saiba que os momentos em que eu mais quero ficar sozinho são aqueles em que mais preciso da amizade dele.

— Quer dar uma paradinha no parque dos cachorros para jogar umas partidas de Scooby-Doo?

— Pode ser.

Com a mochila mais pesada e a mente esmagada pelas lembranças de Ash, sigo Bodie até o parque dos cachorros para fazermos a brincadeira que provavelmente só faz sentido para nós dois.

— Escolhe o primeiro cachorro — diz Bodie.

Observo as opções, fazendo contato visual com um husky siberiano enorme e um schnauzer pequenininho, antes de apontar para um vira-lata empolgado, de estatura majestosa, com pelo longo e branco e o sorriso torto mais fofo do mundo.

— Aquele ali. — Aponto para o vira-lata. — Pronto?

— Nasci pronto.

Quando Bodie termina de contar até três, nós dois dizemos qual celebridade achamos que se parece com aquele cachorro.

— Anya Taylor-Joy! — grito.

— Sir Ian McKellen! — anuncia Bodie ao mesmo tempo.

Nós dois rimos. Essa brincadeira sempre me anima.

Enquanto Bodie procura no parque pelo próximo canino sósia de alguma celebridade, eu observo o céu escurecendo. Lá no alto, quase consigo ver as figuras espectrais que Ash desenhou para mim. Como se estivessem me observando. Como se eu fosse o fardo delas.

PRIMEIRO ANO

O sr. Byrne lê o pedacinho de papel.

— Mais um voto para "God Knows I Tried", de Lana Del Rey. — Ele faz uma pausa. — Interessante. Duas pessoas sugeriram uma música e eu nunca ouvi. Claramente tenho dever de casa musical para fazer.

Observo a sala do coral ao meu redor, me perguntando quem escolheu a mesma música que eu. Meus olhos param em duas sopranos meio emos, sentadas a uns dois metros uma da outra. Mas, até aí, todos estamos sentados a dois metros uns dos outros. E estamos usando máscaras especiais de canto que Byrne trouxe na semana passada. Uma das garotas emo está com o cabelo que nunca corta preso em uma trança firme. A outra bate as unhas pretas sobre a mesa, enchendo a sala com um *tec-tec-tec*. Só pode ser uma delas. As duas parecem figurantes saídas de *Tropico*, o curta-metragem da Lana.

Sinto o celular vibrar no bolso. É uma mensagem de Bodie. Em geral, ele apenas sussurraria para mim, mas a distância de dois metros e a barreira de tecido da máscara dificultam as fofocas. Parece que você não é o único aqui que adora se afogar em música cafona.

Eu o encaro e reviro os olhos. Rapidamente, respondo à mensagem. Cafona COISA NENHUMA. Catártica. Ou melhor, CATARTIQUÉRRIMA.

Observo os dedos dele cutucando o celular. Logo depois, uma nova mensagem aparece na minha tela. **Muito bem. A palavra catártica é cafona. Mas CATARTIQUÉRRIMA... Um lacre.**

Solto uma risada, mas quero argumentar que não há nada cafona em coisas catárticas.

Respondo com um **Haha** rapidinho e guardo o celular no bolso enquanto continuo analisando a sala. Meus olhos param no canto dos fundos. Encaro nosso único tenor. Ash Greene, aluno do último ano recém-transferido. Ele sempre senta sozinho, geralmente desenhando alguma coisa, e quase nunca interage com outras pessoas. Eu poderia identificar o timbre peculiar do canto dele em qualquer lugar, mas não faço ideia de como é sua voz falada. Aliás, nem o rosto dele eu conheço direito. Já vi vários alunos sem máscara no pátio do colégio, ou perto do refeitório durante as primeiras duas semanas de aula. Mas não Ash. Ele prende o cabelo ruivo e longo para trás com uma faixa preta, mostrando os olhos azuis-esverdeados em que nunca reparei antes. Quando olha na minha direção, parece que o sol está brilhando só para mim. Ele assente rapidinho e é assim que tenho certeza. Foi ele que escolheu a mesma música que eu, como se tivesse lido meus pensamentos. Ou talvez como se eu tivesse lido os dele. Parece que todo mundo aqui evaporou e só sobramos nós dois.

— Vou escutar todas as sugestões durante o fim de semana e decidir quais músicas se encaixam melhor no que a gente precisa — diz o sr. Byrne. — Já posso adiantar que músicas com letras explícitas serão desqualificadas. Regras do colégio. Agora, antes de encerrarmos, vamos ouvir "Paddy's Lamentation" uma última vez.

Seguindo o sr. Byrne, todos nós começamos a cantar a canção irlandesa antiga sobre um imigrante que chega aos Estados Unidos em busca de uma vida melhor, mas acaba tendo que lutar na Guerra Civil, perde uma perna e tem sua aposentadoria negada. Bodie acha essa música superdeprimente. Eu acho catártica. Fecho os olhos quando começamos a cantar e penso nos meus pais, também imigrantes, que deixaram o Irã, foram para o Canadá antes de eu nascer e depois vieram para os Estados

Unidos quando eu estava no ensino fundamental. Sempre em busca de uma vida melhor. Ou, como Lana diz, saindo aos poucos da escuridão rumo ao azul.

Oh, it's by the hush, me boys. I'm sure that's to hold your noise. And listen to poor Paddy's narration.

Oh, é pelo sussurro, meus rapazes. Tenho certeza de que é para conter o barulho. E ouvir a narração do pobre Paddy.

— Cantem através das máscaras! — ordena o sr. Byrne. — Um pedacinho de tecido não consegue segurar suas vozes, consegue?

I was by hunger pressed, and in poverty distressed. So I took a thought I'd leave the Irish nation.

Eu estava pressionado pela fome e aflito pela pobreza. Então, tive a ideia de deixar a nação irlandesa.

— Agora melhorou, mas não precisa gritar a música. Deixem o som sair alto naturalmente. Imaginem suas vozes como pássaros, voando sem esforço algum.

Quando chegamos ao último verso — *For I'm sure I've had enough of their hard fighting* —, eu realmente sinto que minha voz é como um pássaro. Uma águia, talvez. Ou não, algo menos especial. Um pássaro comum. Um pombo.

Pois estou certo de que tive o bastante de suas lutas difíceis.

— Que coisa mais linda! Continuem ensaiando. Se quiserem escutar a música em casa, lembrem-se de que a minha versão favorita é a da Sinéad O'Connor.

Arrastamos as cadeiras de metal para trás, todos ao mesmo tempo. Elas derrapam sobre o chão de vinil, criando uma barreira de som própria. Jogamos as partituras de "Paddy's Lamentation" nas mochilas. Fechamos os zíperes. Pegamos os celulares e tiramos do modo silencioso. Um coro de toques diferentes enche o espaço enquanto saímos para o corredor.

— Sua mãe te mandou mensagem sobre hoje à noite? — pergunta Bodie.

Assinto enquanto leio a mensagem da minha mãe.

— Sim, vamos ficar sozinhos, só eu e você. De novo. Acha que os nossos pais só escolheram o grupinho de pandemia deles baseado em com quem eles gostam de apostar?

— Persas e partidas de pôquer, uma combinação inseparável — diz Bodie, rindo.

— Como sal e pimenta — falo.

— Como você e suas músicas cafonas… Quer dizer, *catartiquérrimas* — corrige ele.

— Como você e essa calça jeans — rebato. — Acho que já não te serve mais.

— Quanto mais justo o jeans, mais gostosa a minha bunda. Concorda ou discorda?

— Prefiro não comentar — respondo, com um sorriso. — Peraí, recebi mais um desastre de corretor automático da minha mãe. — Os constantes erros de digitação das nossas mães sempre nos fazem rir. — Ela disse que tem Legionella na geladeira pra gente comer.

— Legionella? — repete Bodie. — Parece nome de primeira eliminada do *Drag Race Itália*.

— Tenho quase certeza de que ela quis dizer "janta de ontem", porque a gente fez muito *gheymeh bademjoon* à noite…

Bodie vira o celular dele na minha direção.

— *Hum*, espero que seja isso mesmo, porque Legionella é uma bactéria mortal.

— Ah, legal. Quer ir lá pra casa estudar e comer umas bactérias mortais? — pergunto.

Bodie gargalha e diz:

— Vamos deixar pra morrer outro dia e pedir comida chinesa na minha casa.

Eu e Bodie estamos a caminho da saída quando ouço uma voz atrás de mim me chamando.

— Ei, Kam! — Sei exatamente quem é antes de me virar para vê-lo, os olhos brilhando. No fim das contas, a voz de fala dele não é tão diferente da voz de canto. Ela atravessa a máscara como um pássaro raro. Um pavão, talvez. — Eu sou o Ash.

— Eu sei. Tipo, a gente já faz coral junto há um tempo...

— Duas semanas nem é tanto tempo assim — corta Bodie.

Ash não encara Bodie. Ele mantém o olhar em mim ao dizer:

— *All time is eternally present.* — Todo o tempo é eternamente presente.

— *All time is unredeemable* — respondo, com um sorriso, reconhecendo a música. Todo o tempo é irrecuperável.

— Que porra é essa? — pergunta Bodie. Ele odeia ficar de fora.

Ash nem sequer olha para Bodie. Em vez disso, permanece com todo o foco em mim.

— Gostei da escolha da música — comenta ele.

— Ah, tipo, é uma das minhas favoritas e eu, *hum*, achei que ficaria bonita cantada pelo coral. Mas não sei...

Ash deixa eu gaguejar minha resposta sem eloquência antes de dizer:

— Acho que você sabe, sim. Por isso escolheu ela.

Bodie, olhando para o celular, bate impacientemente no meu ombro.

— Fiz dois pedidos no Har Gow, já que eles insistem em vender as guiozas em números ímpares, o que, sinceramente, deveria ser crime. Isso só divide as pessoas. Nossa maior briga foi pra decidir quem ia comer a última guioza, lembra?

Me viro para Ash, com o rosto ardendo de vergonha. Não quero que ele ache que sou mesquinho o bastante para brigar por causa de uma guioza.

— Não foi nossa maior briga.

— Claro que foi — insiste Bodie. — O que é bom, né? Tipo, a gente nunca briga.

— Exceto quando precisam decidir quem vai comer a última guioza — brinca Ash, mas Bodie não ri.

— Tá bom, a gente *raramente* briga — emenda Bodie. — Nossa, a gente podia fazer uma sugestão pro governo proibir os restaurantes de servirem guiozas em números ímpares, né? Não seria nem de longe a proposta mais idiota que eles receberiam e, sinceramente, quem votaria contra? Todo mundo prefere seis guiozas em vez de cinco.

Ash parece confuso com o discurso de Bodie.

— As propostas governamentais da Califórnia costumam ser bem risíveis, mas, no geral, foram elas que tornaram o estado bem mais progressista que os outros.

A tensão sutil entre os dois lembra o jeito como meus pais se alfinetam quando estão tentando não brigar na minha frente. Rapidamente, tento mudar de assunto.

— Enfim, não é como se eu e o Bodie pudéssemos votar. Não somos cidadãos americanos. Somos residentes temporários.

Ash sorri ao dizer:

— Ah, e vocês têm 14 anos, tem isso também.

— Na verdade, temos 15 — corrijo. — Somos os mais velhos da nossa turma.

— E eu sou o mais novo da minha — conta Ash.

— Por que você veio estudar aqui? — pergunta Bodie.

— Pelo mesmo motivo que qualquer pessoa estuda em qualquer colégio — rebate Ash. — Porque meus pais me obrigaram.

— Ah, tá. Beleza — diz Bodie. — Mas a maioria das pessoas não se muda para um colégio novo no último ano. Era disso que eu estava falando.

— Parece que não é só disso que você está falando — responde Ash, com frieza.

Bodie se vira para mim. Ele quer que eu fique tão irritado quanto ele, mas não fico. Estou fascinado com esse aluno misterioso.

— Aposto que ele conseguiu uma vaga aqui por sorteio, igual a gente, e os pais dele o transferiram pra cá porque esta é uma das melhores instituições de ensino da cidade — explico.

Ash assente e sorri, mas não diz nada.

Bodie volta a recitar o pedido do restaurante.

— Beleza, então vou pedir uma porção de *sassami* de frango e uma de *kung pao* de porco. Quer arroz frito, ou só isso já está bom? — Antes que eu possa responder, Bodie olha para Ash. — Desculpa, só quero adiantar o pedido do nosso jantar. Estou morrendo de fome.

Ash ignora Bodie, que não está acostumado a ser ignorado. Com o olhar fixo em mim, Ash diz:

— Enquanto ele pede o jantar, vamos falar da Lana. Me encontra lá fora pra gente poder conversar sem máscara?

Um sorriso enorme e escondido toma conta do meu rosto. Será que ele está sorrindo também?

— Claro. Só me dá, *hum*, uns cinco segundos pra chegar lá?

— Encontro marcado, então.

Me pergunto se Ash escolheu essa palavra de propósito. *Encontro*. Eu nunca tive um encontro antes.

Enquanto Bodie termina o pedido, eu e Ash saímos pela porta principal rumo ao ar fresco. Paramos de frente um para o outro, no topo da escada do colégio. Nenhum dos dois tira a máscara ainda.

— Beleza — diz ele. — Tira a sua que eu tiro a minha.

Sinto o rosto corar embaixo do tecido.

— Vou contar até três, tá bom?

Nós dois contamos e então tiramos as máscaras, revelando nossos rostos. O tempo parece parar quando vejo o dele por inteiro pela primeira vez. Ele não se parece em nada com o que eu estava esperando. Seu rosto é mais redondo do que eu imaginava; as bochechas, mais vermelhas, talvez por estarem cobertas por uma constelação de sardas. Ele tem uma barba bem rala, e um piercing de argola no septo. Parece, ao mesmo tempo, inofensivo e perigoso. Como em um quebra-cabeça, as peças que o compõem parecem não se encaixar, mas se encaixam.

— Então, sobre a Lana… — começa ele.

— Eu amo ela — declaro.

— Bom, é óbvio. Tem que amar mesmo para sugerir uma música aleatória do álbum mais subestimado dela…

— Meu álbum favorito! — Dá para escutar o ponto de exclamação na minha voz.

— O meu também. — Ele sorri. — E essa é a minha música favorita do álbum. Mas a maioria das pessoas prefere a Lana niilista em vez da Lana espiritual.

— Tipo, as duas são a mesma pessoa — comento.

O rosto de Ash se ilumina.

— Isso. Exatamente. A niilista é quem busca a espiritual. São dois lados da mesma moeda. As pessoas são complexas. Ela é fodona, mas também é espiritualizada.

Quero ouvi-lo falando para sempre, então pergunto:

— O que mais você ama nela?

— Eu amo que ela não se transformou numa marca — explica ele. — Ficaria devastado se um dia ela colocasse seu nome num perfume floral ou numa loção hidratante, ou algo do tipo.

— Blue Jeans, uma nova coleção de calças por Lana Del Rey — digo, imitando uma voz de trailer de filme. Ele ri, então eu continuo: — *Ultraviolence*, a primeira fragrância de Lana Del Rey, com notas de *old money* e *white sunshine*.

Eu amo a risada dele. Tem uma certa liberdade nela.

— Agora eu quase quero que isso seja real. — Ele balança os ombros até parar de rir. — A questão é que ela vai de encontro à nossa cultura, sabe? Não tem medo de criar algo próprio, seja defendendo um tipo de vulnerabilidade que não combina com essa era do empoderamento, seja lançando músicas de nove minutos. Ela não se conforma com nada, e acho que é por isso que eu me sinto tão visto, porque... olha pra mim, sabe? — Ele finalmente para e respira. — Sua vez. Por que o *Honeymoon* é seu álbum favorito?

— *Hum...* — Olho por cima do ombro e vejo que Bodie está perto da gente agora, sem máscara e irritado. Nem escutei ele se aproximando. E, se Ash escutou, não reagiu. — Acho que eu gosto de como esse álbum é lento. Ele passa a sensação de tomar um banho de banheira quente e demorado, sabe? É reconfortante. Mas também meio alarmante.

Por um breve momento, me pergunto se o que quer que esteja acontecendo entre Ash e mim vai acabar agora que ele viu o rosto de

Bodie. Seu rosto perfeito de astro de cinema, o maxilar forte de super-herói, os cílios longos e dramáticos. Mas Ash parece não estar nem aí para ele, o que só faz a frustração evidente do meu amigo crescer ainda mais. Talvez ele não esteja acostumado a ver alguém mais interessado em mim que nele. Eu também não estou.

— Sim! — exclama Ash, os olhos grudados em meu rosto. — É como se a música estivesse nos alertando para dar uma desacelerada antes que esse mundo, que está sempre correndo pra caralho, acabe pulando de um precipício.

Bodie me encara, impaciente.

— A comida chega lá em casa em mais ou menos cinquenta minutos. Podemos ir agora?

— Pelo amor de Deus, pra que tanta pressa? — pergunta Ash, debochado.

Bodie olha para mim. Ele parece implorar para saber se eu também estou achando Ash insuportável.

— Só Deus sabe quanta lição de casa temos pra fazer hoje — digo.

— Tá bom, chega desse papo de Deus — rebate Bodie.

— Não é muito fã de Deus, é? — pergunta Ash.

Bodie inclina o corpo para a frente, se aproximando.

— Não, não sou *fã* de Deus. A religião vem sendo usada para oprimir pessoas como eu há séculos.

— E o que a religião tem a ver com Deus? — pergunta Ash.

— Isso só pode ser piada, né? — O tom de Bodie sai afiado.

Ash dá de ombros.

— Não. Não sou bom com piadas. Minha irmã vive dizendo que preciso melhorar meu senso de humor.

— E você tem um, pra começo de conversa? — pergunta Bodie.

— Bodie, relaxa — falo. — Todo mundo tem senso de humor.

— Não sei, não... — Ash pensa em seu argumento enquanto se pronuncia. — Senso de humor é tipo bom gosto, né? Todo mundo acha que tem, mas claramente não é assim que funciona.

Bodie revira os olhos.

— Falando em bom gosto, estou morrendo de fome. Vamos embora, Kam. Odeio comida fria e tenho pavor de micro-ondas.

— Vocês ainda têm quarenta e cinco minutos até a comida chegar — diz Ash.

— Você é gay, não é? — Bodie pergunta a Ash.

Prendo o ar.

— Sou — responde Ash. — Por quê?

— E não vê nenhum problema em como a religião é usada contra nós? Os meus pais e os do Kam nasceram no Irã. Ser gay lá pode te matar. E os babacas religiosos deste país querem banir livros queer das bibliotecas. Pelo mundo inteiro, a religião é...

— Respira — sugere Ash.

— Não vem me dizer o que fazer — rosna Bodie.

Ash não fica bravo. Sua voz permanece calma ao falar:

— Então não vem querer me educar sobre as atrocidades das religiões. Como eu disse, Deus não tem nada a ver com isso. Religião é tolice do homem. Religião é só uma corporação que não paga imposto. Estou falando de...

O celular de Bodie toca, anunciando uma mensagem de Olivia.

Enquanto ele analisa o que quer que Olivia tenha enviado, Ash aproveita a oportunidade para voltar sua atenção para mim.

— Talvez seja melhor a gente sair alguma outra hora — sugere, com delicadeza.

— Ah, sim, tipo, claro, aqui, salva seu número no meu celular. — Rapidamente, eu acrescento: — Tipo, se você achar ok encostar no meu celular.

Ash sorri.

— Já somos testados três vezes por semana, e o vírus é transmitido pelo ar. Me dá seu celular.

Entrego o aparelho para ele. Ash cria um novo contato com seu número e depois me devolve.

— Beleza, vou te mandar mensagem pra você salvar o meu.

— Ah, não vai dar — explica ele. — Esse é o número da minha família. Sou o tipo de gay com telefone fixo.

Bodie, que estava rindo com o vídeo que Olivia enviou, olha para Ash com empatia.

— Seus pais não te deixam ter celular? — pergunta ele. — Que droga.

— Ah, não. Não é isso...

Bodie interrompe Ash:

— Nossos pais nos deram celulares quando a gente fez 11 anos. Sinceramente, foi só para poderem nos rastrear. Mães persas odeiam a CIA, mas adoram controlar tudo.

— Nós não somos gêmeos nem nada do tipo — explico para Ash. — Nascemos com uma semana de diferença.

— No mesmo hospital em Toronto...

— E os dois partos foram feitos pela mesma médica...

— E nascemos com o mesmo peso, apesar do Bodie ser todo alto e magro hoje em dia e eu ser...

— Incrível — diz Bodie. Então, se virando para Ash, ele completa: — Tipo, ele é meio irritante às vezes. Mas todo mundo é. Ainda mais quando você é o melhor amigo de alguém desde o jardim de infância.

— Isso é muito tempo — aponta Ash. — Agora faz sentido o jeito como vocês completam as frases um do outro. — Ash olha para Bodie e depois para mim, como se estivesse nos analisando. — Mas vocês não têm o mesmo signo, né?

— Peraí, como você sabe? — pergunto.

— Suas energias são muito diferentes — responde Ash, tranquilo.

— Sim, o Kam é leonino e eu sou virginiano — declara Bodie, com orgulho.

— Isso explica muita coisa — comenta Ash.

Bodie fica tenso.

— Explica o quê? Qual é o problema com Virgem? Beyoncé. Keanu. Zendaya. Virginianos são icônicos.

Ash parece estar se divertindo.

— Não tem nada de *errado* com nenhum signo. Só explica por que vocês dois têm energias diferentes.

— Por favor, ignore o Bodie quando ele entra no modo advogado — digo. — O pai dele é advogado criminal de defesa. Argumentar está no sangue dele.

— Ha-ha. — Bodie finge uma risada.

Mas Ash ri de verdade.

— Não estou tentando argumentar aqui — diz ele para Bodie. — Mas, só pra você ficar sabendo, meus pais me dariam um celular tranquilamente se eu quisesse um.

— E você... *não quer* um celular?

— Chocante, eu sei. — Ash sorri. — Eu só acho que distrações constantes não fazem bem para artistas.

— Então vamos parar de te distrair.

Bodie entrelaça o braço no meu e tenta me puxar para longe, mas eu me solto e continuo perto de Ash enquanto Bodie começa a descer as escadas todo dramático.

— Preciso ir — digo.

Ash assente.

— Pois é, seu amigo odeia comida gelada e micro-ondas.

Dou uma risada.

— O Bodie gosta muito de comida. Ele quer ser chef de cozinha um dia.

— E o que você quer ser? — pergunta Ash.

Dou de ombros.

— Sei lá. — Depois de uma pausa, respondo: — Feliz, eu acho.

Quando estou prestes a sair, Ash me chama de novo.

— Só mais uma pergunta. Qual é a sua cor favorita?

Dou meia-volta.

— Acho que ninguém me pergunta isso desde que eu tinha 5 anos.

Ele sorri.

— Talvez seja o momento de se reconectar com seu eu de 5 anos. Cinco é uma idade incrível. Ninguém te pergunta sobre seus objetivos de vida ou o seu futuro quando se tem 5 anos. Só te deixam ser você mesmo.

— Você claramente não tem pais persas. Minha mãe já era obcecada com meus objetivos de vida antes mesmo de eu nascer.

— Que barra.

A empatia simples que ele demonstra me faz ser empático com minha versão mais jovem pela primeira vez. A vida inteira, eu sempre aceitei a intensidade e a pressão de minha mãe como coisas normais, porque era tudo o que eu conhecia. E porque os pais de Bodie são iguaizinhos a ela. Ter uma família controladora é uma das muitas coisas que temos em comum.

— No grande esquema das coisas, nem é tão difícil assim — digo, com a voz baixinha.

Os olhos de Ash permanecem em mim com uma intimidade que, de repente, parece desconfortável.

— Sempre vai ter alguém com problemas maiores do que os seus. Mesmo assim, tá tudo bem reconhecer que receber um fardo pesado dos seus pais é um saco.

— No geral é só a minha mãe — explico. — Meu pai é... divertido. — Não chega a ser uma mentira. Ele costumava ser divertido e, às vezes, quando bebe só o suficiente, ainda é. — E como são os *seus* pais?

Ash sorri.

— Eles querem ser meus melhores amigos e, na maior parte do tempo, eu não ligo. Mas às vezes...

— KAM! — grita Bodie ao pé da escada.

— Tenho que ir. — Me viro para começar a descer, mas, rapidamente, volto a olhar para ele. — Ah, peraí, a cor favorita da minha criança interior de 5 anos é rosa — digo, surpreendendo a mim mesmo. E não para por aí, porque decido me abrir ainda mais: — Eu nunca poderia ter dito isso em voz alta naquela época porque meu pai era obcecado em me manter distante de qualquer coisa de garota. Então sempre dizia que minha cor favorita era azul. Agora que estou confessando isso em voz alta é meio absurdo.

— Mas você não disse que seu pai era divertido? — pergunta ele.

— Ele é. Era. Tipo, poderia ser mais. Ele sabe como ser. — Me pego embolando as palavras e parte de mim está desesperada para confessar a verdade sobre o meu pai, enquanto outra parte está ansiosa para manter tudo escondido.

— Rosa é uma ótima cor — elogia Ash, com um sorriso. — É a cor das flores de cerejeira, dos flamingos, das panteras de desenho animado e do carro da Angelyne.

— Concordo. Por que você se importa com a minha cor favorita?

Ele dá de ombros.

— Por nada. Só curioso para conhecer mais de você. Agora sei que você é um leonino que ama cor-de-rosa e Lana. Espero descobrir mais na próxima vez que a gente se encontrar.

— Sim. — Estou corado de nervoso. — Eu também.

Dou as costas para ele me sentindo um idiota por não ter feito mais perguntas. Quero saber a cor favorita de Ash, o signo e todos os detalhes que compõem sua personalidade.

Enquanto eu e Bodie caminhamos até a casa dele, o sol começa a se pôr e o céu está magnífico. Parece banhado em um brilho cor-de-rosa. As nuvens flutuam como algodão-doce. E o sol parece um coração rosa-choque mergulhando na terra. Sinto que é um sinal para mim e para Ash, mas nem ouso dizer a Bodie em que estou pensando. Não com ele resmungando o caminho inteiro sobre Ash.

— Como pode um cara desses? Ele se acha melhor do que eu só porque não tem um celular?

Quero argumentar que em momento algum Ash disse que era melhor do que a gente, mas não interrompo.

— "Religião é tolice do homem." — Bodie cospe as palavras, zombando de Ash. — "Todo o tempo é eternamente presente." Quem fala desse jeito?

— Essa segunda frase é uma citação de um interlúdio da Lana — explico. — Na verdade, um poema do T. S. Eliot.

— Bom, a maioria das pessoas não sai por aí citando T. S. Eliot. Sabe o que ele parece? O membro de uma seita. E aquele cabelão comprido? Coragem!

— Eu gosto do cabelo dele — digo, na defensiva. — É maneiro.

— Peraí, será que ele foi criado dentro de uma seita mesmo? — pergunta Bodie, empolgado com a história que está inventando. — Los Angeles é cheia de seitas. Tem aquela com a garota de *Smallville*. Tem o Xenu, claro. E aquela que o ator de *10 coisas que eu odeio em você* fundou em Venice Beach.

— Dessa eu nunca ouvi falar, mas tenho quase certeza de que a sede da seita da garota de *Smallville* fica em Albany.

— Nossa, sério?

Na nossa frente, Jack Spencer está fazendo algum tipo de treino superativo no gramado com um bando de outros atletas. Jack acena para Bodie enquanto agacha e salta no ar. Agacha. Pula. Acena. Agacha. Pula. Acena. Finalmente, Jack grita:

— Bodie!

Mas Bodie está muito concentrado no celular, checando os fatos.

— Tá bom, tecnicamente você está certo. A seita NXIVM fica em Albany, mas tem conexões superfortes em Hollywood.

— Só diz que eu tenho razão e para por aí — falo, com um sorriso.

— Nunca! — proclama ele, ainda encarando o celular. — Mas, sério, se a gente expandir pro resto da Califórnia, a lista de seitas é gigante. Tipo, Manson. Os Meninos de Deus. Heaven's Gate. Ai, meu Deus, ainda teve o Jim Jones criando o Templo do Povo! Foram aqueles que beberam o…

Antes que Bodie possa terminar, Jack vem correndo na nossa direção, o suor escorrendo pelo corpo insuportável de tão sarado.

— Bodie, oi! Não me ouviu te chamando?

Bodie nem levanta a cabeça para olhar para ele.

— Foi mal, estava pesquisando uma parada aqui. Minha nossa, novecentas e nove pessoas morreram em Jonestown. — Bodie digita alguma coisa no celular.

— O que você tá pesquisando? — pergunta Jack, com uma curiosidade inocente.

Bodie continua digitando.

— Estou acrescentando algumas coisas no artigo da Wikipédia sobre Jonestown. Aqui diz que foi um suicídio em massa, mas acho que não é uma descrição justa. Aquelas pessoas sofreram lavagem cerebral de um líder de seita. Elas foram vítimas. — Depois de guardar o celular, Bodie olha para Jack, que está confuso. — Desculpa, mas alguém precisa manter a Wikipédia correta.

Jack sorri, claramente achando graça. Ele faz aquela coisa que atletas sempre fazem, esticando o braço para o alto e mostrando os músculos trincados do abdômen.

— Você recebeu minha DM? — pergunta ele.

Bodie balança a cabeça, depois pega o celular de novo para checar as mensagens. Não estou tentando ler as conversas dele, mas é meio que inevitável. A DM de Jack diz: Te acho mto gatowww. Quer sair qlqr dia desses? Dá para sentir Bodie agonizando com o jeito de Jack escrever.

O sorriso no rosto de Jack me diz que está esperando um sim bem fácil. Ele está com a endorfina lá no alto, tem um corpo perfeito e nunca teve a confiança abalada na vida. Bom, até Bodie dizer:

— Poxa, que legal, Jack. Mas ando muito ocupado com os trabalhos do colégio e as matérias eletivas, então não estou a fim de encontros no momento.

Jack olha para mim com um rubor envergonhado, provavelmente desejando que ninguém tivesse presenciado a rejeição. Então, ele murmura:

— Ah, tá, beleza. Eu superentendo.

E volta correndo para os amigos de treino.

Eu e Bodie não trocamos nenhuma palavra até estarmos bem longe de Jack, onde posso falar livremente.

— Ele é gato — digo enfim para Bodie.

— Pois é. Mas estou procurando por alguém que seja mais do que *gatowww*. E, sinceramente, é nosso primeiro ano no ensino médio. Ainda estamos nos estabelecendo como alunos. Acho que nós dois precisamos nos comprometer com os estudos e as atividades e não, sabe, se distrair com garotos.

Eu não digo nada porque já estou distraído com Ash, pensando em como os olhos dele são profundos, em como suas palavras são misteriosas. Quando chegamos à casa de Bodie, não falamos de Ash, nem de Jack, nem de seitas locais. Só nos concentramos na lição de casa. Quando paramos para comer, Bodie tenta me explicar por que guioza é a melhor comida do mundo e desenvolve uma teoria sobre como cada cultura tem a sua versão de guioza. Ele me faz assistir a uns vídeos bobos no TikTok em que cachorros comem laranjas inteiras, maçãs inteiras, e até um em que o bicho tenta comer um secador de cabelo. Nós rimos e estudamos e rimos e estudamos. É bom. Mas ainda assim não consigo parar de pensar em Ash.

E ele continua em minha mente quando chego em casa.

— Mãe? Pai? Alguém em casa? — grito para a escuridão da casa.

Ash preenche minha imaginação enquanto escovo os dentes e tomo banho. Ele está me ensaboando quando me toco embaixo do chuveiro. Está na minha frente e atrás de mim, em cima e embaixo — em todo lugar ao mesmo tempo —, quando explodo na minha mão e observo o jato de água com a pressão fraca do chuveiro tentando limpar as evidências da minha paixão dos dedos. Pego um sabonete e limpo as mãos com a espuma.

— KAMRAN! — grita meu pai lá embaixo, e eu dou um salto. Rapidamente, me enxaguo e me seco. — KAMRAN, DESCE AQUI AGORA!

Dobro e penduro a toalha simetricamente, porque minha mãe é neurótica em deixar tudo perfeito na casa. Ela está sempre ajustando os quadros nas paredes, afofando as almofadas, tirando o pó de partes da casa que ninguém vê. De repente, nossa casa é tomada pela música. Dean Martin. Um dos favoritos do meu pai. Posso ouvi-lo cantando junto todo feliz lá embaixo.

— *When the rumba rhythm starts to play, dance with me.*

Quando o ritmo da rumba começar a tocar, dance comigo.

Minha mãe o corrige.

— Você bebeu demais, está tudo errado. Não é *rumba*, é *marimba*.

Ela tem razão. Ela sempre tem razão.

— Por que não os dois? A gente não precisa se limitar!

Ele tem razão também.

Visto uma calça de moletom e uma camiseta velha do meu pai. Quando chego à cozinha, ele puxa minha mãe para o piso de azulejos mexicanos, como se estivesse tentando transformar aquela área em uma pista de dança imaginária com luzes estroboscópicas.

— Está tarde — diz minha mãe.

— O Kamran ainda está acordado e ele é uma criança. Não deve ser tão tarde assim...

Meu pai a gira e, sabendo que não dá para discutir, ela se permite ser guiada na dança.

— Eu tenho 15 anos — argumento. — Não sou criança.

Meu pai inclina o corpo da minha mãe para trás e a deixa parada ali enquanto fala:

— Um dia você vai entender que somos crianças para sempre. Olha para mim. Minha alma ainda é jovem, mesmo com o mundo tentando me derrubar.

— Me levanta, Bahman! — ordena minha mãe, o rosto vermelho. Ela não parece feliz quando volta a ficar de pé. — Tá bom, já chega dessa alma jovem. Hora de dormir.

Mas meu pai a segura quando ela tenta desligar a música. Ele se vira para mim, o rosto agitado e empolgado.

— Vamos gravar um vídeo como nos velhos tempos. Vou fingir que sou o Dean Martin em Las Vegas.

— Pai, chega, tá tarde — digo. — E a gente não grava vídeos assim há anos.

— Eu nunca neguei quando você me pedia para imitar um pirata, um astronauta e... que mais? Um francês rabugento! Lembra disso?

Dou uma risada ao me lembrar do sotaque francês terrível do meu pai. Ele tem razão. Sempre fez minhas vontades nas brincadeiras de faz de conta. E, quando descobri como era divertido filmar toda a atuação, ele se tornou meu primeiro muso.

Meu pai segura minha mão.

— Pelo menos dança comigo — implora ele, me puxando para os azulejos decorados. — *Make me sway* — grita no meu ouvido, com uma voz horrorosa. *Me faça balançar.*

Não consigo resistir à energia dele. Deixo-o me girar até eu me sentir tonto e livre.

— Pai, você tinha que ir para a *Dança dos famosos* — sugiro.

— Talvez eu vá mesmo. Quem sabe qual será meu próximo passo se a...

Minha mãe o interrompe rapidamente:

— Bahman, hora de dormir!

Ela desliga a música e apaga as luzes. Dá para ver como meu pai está desesperado para continuar a festa. Ele pega uma garrafa do seu melhor uísque e se serve em um copo grande.

— Já não bebeu o bastante? — pergunta minha mãe.

— É só a saideira — responde ele.

— Acho que vou dormir, então — digo.

Sei o que acontece quando minha mãe começa a dizer ao meu pai o que ele pode ou não pode beber, fazer ou dizer.

— Kamran, espera. — Meu pai enfia a mão no bolso do blazer e tira de lá um maço bem grosso de dinheiro. — Tive uma boa partida esta noite. Toma. — Ele pega duas notas de cem dólares e as estende na minha direção.

— Bahman, pare, por favor — implora minha mãe.

— Por que não posso mimar meu filho? — questiona ele, uma pontada de raiva começando a surgir na voz. — Por que não posso dividir minha alegria com a minha família?

Minha mãe balança a cabeça. O olhar dela me diz que tenho permissão para pegar o dinheiro, então o pego. Beijo os dois nas bochechas e dou boa-noite. Então, vou para o quarto. Não estou mais pensando em Ash. Não tem como, com os meus pais discutindo no que acham ser um sussurro baixinho.

— Por favor, pare de beber tanto — diz minha mãe, com frieza.

— Beber me ajuda no jogo — balbucia meu pai. — Não consigo blefar quando estou sóbrio.

— Você teve uma noite boa hoje — fala ela. — Mas isso não compensa todo o dinheiro que já perdeu apostando.

— Queria que você parasse de controlar cada parte da minha vida — reclama ele.

— Queria que você não me deixasse a *obrigação* de controlar cada parte das *nossas* vidas — rebate ela. — O que vai acontecer se as coisas não saírem como você planejou na semana que vem?

— Eu já te disse que não quero falar disso.

Dá para ouvir ele pegando a garrafa e se servindo mais uma vez.

— Só estou dizendo que precisamos controlar o dinheiro até recebermos a notícia — argumenta ela.

Prendo a respiração, sem saber de qual *notícia* ela está falando. Seja o que for, não me parece coisa boa.

— Mas eu ganhei — balbucia meu pai, triste. Não parece mais jovem de alma agora, só um bebezão.

— Vou pra cama. Por favor, não beba mais. Você precisa estar atento no trabalho amanhã.

Os saltos de minha mãe estalam no chão enquanto ela vai da cozinha até o quarto. O fôlego de meu pai fica ofegante enquanto ele canta sozinho, todo triste, errando a letra inteira.

Minha barriga vira do avesso. Será que um dos dois está doente, ou pior... morrendo? Todos os meus avós já se foram. Câncer, assassinato, ataque cardíaco, câncer. E se um dos meus pais for o próximo? E se o motivo para precisarem economizar é porque vão precisar pagar as contas do hospital? O pensamento me causa arrepios. Não senti esse medo todo quando pegamos covid no verão, alguns meses atrás, mas talvez seja porque já estávamos todos vacinados e ninguém apresentou condições graves ou sintomas sérios. Mas agora é impossível não imaginar que o vírus possa ter enfraquecido o sistema imunológico deles, tornando-os mais suscetíveis a infecções. Todos os momentos horríveis que tive com meus pais parecem evaporar enquanto penso na possibilidade de perder um dos dois.

Coloco meus fones de ouvido. Em silêncio, imploro para que Lana cante até eu dormir, um sono profundo, inconsciente, no qual você não se lembra dos pesadelos. A voz dela flutua e, em pouco tempo, minhas preocupações flutuam também. São substituídas por lembranças que eu tinha esquecido. Pequenos momentos dessas últimas duas semanas observando Ash. O cachorro de uma mulher distraída lambendo o rosto de Ash enquanto eu chegava ao colégio de manhã. Ash pintando os tênis dele de amarelo no campo de futebol, enquanto os atletas chutavam e grunhiam ao fundo. Ash desenhando um tipo de monstro no caderno, em um cantinho escuro do refeitório, com os olhos lacrimejando. Todos esses pequenos momentos surgem à tona durante meu sono, como pistas embaralhadas que me levam a um fato inegável: Ash me fascina.

* * *

Na manhã seguinte, sou acordado pelos meus pais discutindo no andar de baixo.

— Pare de se preocupar tanto, Leila — diz meu pai. — Não aguento essa sua ansiedade constante.

Dá para ouvir uma bebida sendo servida. Acredito ser café ou chá, até minha mãe dizer:

— Sério, Bahman? O sol ainda nem nasceu direito.

— É pra curar a ressaca — responde ele, a voz rouca. — Vai ajudar a melhorar a dor de cabeça que você está me causando.

Ela ri. Há um tom de desdém na sua voz ao dizer:

— Claro, a culpa da sua dor de cabeça é minha. Não dos dez drinques que você bebeu ontem à noite. Ou mais, já que continuou bebendo depois que fui dormir.

— Que implicância é essa com o que eu bebo? — A voz dele sai como uma lâmina agora. — Meu corpo, minhas regras. Não é nisso que vocês, feministas, acreditam?

— Não vou nem responder a isso.

Quanto mais nervoso meu pai fica, mais calma minha mãe permanece. Essa é a dinâmica dos dois. A habilidade dela de manter o sangue-frio em meio ao calor do fogo dele o faz queimar ainda mais forte, deixando minha mãe ainda mais gelada, e por aí vai. Quente e frio. Não existe meio-termo.

— Beleza, não precisa responder — rebate ele. — Faz o que você já está acostumada a fazer. Se preocupar. Controlar. Julgar.

— Desculpa por ser ansiosa — diz minha mãe em um sussurro. — E desculpa por ser uma feminista que contribui com um salário decente pra essa casa. Mas vamos encarar os fatos: se você perder seu emprego, não vamos conseguir pagar as contas.

Ah, então *essa* era a notícia que eles estavam esperando. Solto o ar, aliviado. Nenhum dos dois tem câncer. Nenhum dos dois está doente ou morrendo. Com todas as mortes acontecendo no mundo desde o ano passado, perder o emprego parece algo pequeno em comparação. Saio da cama me sentindo um pouquinho melhor. Me sentindo feliz, até. Quero descer correndo e dizer a eles que tudo nessa vida é uma questão de perspectiva. Se eles soubessem como têm sorte no grande esquema das coisas, parariam de brigar.

— Eu sou formado em economia — argumenta meu pai. — Eles não vão me substituir por um robô.

— Você se formou no Irã. Os robôs foram criados no Vale do Silício. Em quem você acha que eles preferem investir? — questiona minha mãe.

— Sei lá, Leila — dispensa meu pai. — E você também não sabe. Podemos deixar isso pra lá?

Mas minha mãe não é boa em deixar as coisas para lá. Ela é boa em persistir, fazendo o mundo se dobrar às suas vontades.

— Certo, vamos falar do que nós sabemos — diz ela. — Eu sei que, se você tivesse voltado para o escritório, *presencialmente* como todo mundo...

— Todo mundo, nada! Só algumas pessoas voltaram pro presencial. Foi *opcional*.

— Bom, você deveria ter aceitado a *opção*, então — rebate minha mãe. — Se eles te enxergarem como uma pessoa de verdade, e não como um troço virtual, talvez seja mais difícil te substituírem por outro troço virtual.

— EU NÃO FUI DEMITIDO AINDA, PARA DE FALAR COMO SE JÁ TIVESSE ACONTECIDO! — grita ele.

Fico chocado, mas minha mãe permanece calma.

— Talvez, se você estivesse no escritório esse tempo todo em vez de ficar em casa, trabalhando de pijama, jogando pôquer no computador…

— Você anda me espionando? — pergunta ele.

— Não preciso ser o James Bond pra reparar no dinheiro que sumiu da nossa conta e do álcool que sumiu da dispensa.

— Quer que eu peça desculpas por me divertir um pouquinho de vez em quando? Eu trabalho duro pra poder curtir a vida. Senão, qual é o propósito? E eles não vão demitir só a mim, vão demitir centenas de pessoas. Será que todo mundo também vai ser demitido só porque eu jogo pôquer on-line e bebo um copinho de uísque no fim do dia? Ou talvez, só talvez, seja porque uma pandemia global e o avanço da tecnologia mudaram o mundo?

Prendo a respiração, torcendo para que minha mãe não revide. Quero que essa briga termine. Quero que meu pai não perca o emprego. Que a pandemia acabe e tudo volte a ficar bem para sempre.

Felizmente, minha mãe diz:

— Tem razão. Me desculpa. Não vamos brigar na frente do Kamran, tá bom?

Enquanto me arrumo para o colégio, me pergunto se meus pais realmente acham que eu não escuto quando eles estão se atracando. Os dois têm vozes bem altas e claras.

Quando desço as escadas, meu pai, surpreendentemente, está vestido para trabalhar com uma camisa de botão e calça social. O cheiro amadeirado do perfume dele é tão forte que me tira o apetite. Ainda assim, pego o pão *barbari* crocante que minha mãe tostou para mim e passo um pouco de cream cheese nele. Dou algumas mordidas antes de abrir nossa gaveta de covid, onde deixamos máscaras, álcool em gel e testes caseiros. No fundo da gaveta há luvas descartáveis e protetores faciais que achávamos que seriam necessários, mas estão pegando poeira desde que aprendemos mais sobre como o vírus é transmitido. Pego um teste rápido na gaveta.

— Quer que eu faça pra você? — pergunta minha mãe.

— É mais fácil fazer sozinho.

Tiro o cotonete da embalagem e jogo a cabeça para trás. Giro o cotonete dentro da narina esquerda quinze vezes. Depois, na narina direita. Quando termino, mergulho a ponta no líquido e depois pingo quatro gotas no teste. Já virei especialista em me testar. Acho que o mundo inteiro já se acostumou. Pelo menos nós que temos a sorte de poder comprar testes rápidos.

— Pode me testar também? — pergunta meu pai. — Vou para o escritório hoje.

— Você quer que *eu* faça o teste em você? — pergunto.

Meu pai assente.

— Você é o mais experiente. Ou seja, é o melhor nisso. Experiência sempre conta de alguma coisa, não acha? — O olhar dele está fixo em minha mãe ao dizer isso.

Pego outro teste na gaveta e peço ao meu pai para inclinar a cabeça para trás. É esquisito enfiar um cotonete no nariz dele. A dinâmica de poder entre nós dois mudou. Eu poderia cutucar o cérebro dele agora, se quisesse. Poderia machucá-lo como ele me machucou quando me assumi, me dizendo que era uma fase e sugerindo que eu encontrasse um médico para me ajudar a superar isso. Como se ser gay fosse um vírus curável que se descobre com um teste. Mas a questão é: eu não quero machucá-lo. Só quero que ele me ame e me aceite. O amor da minha mãe é mais constante, mais confiável. Mas o amor do meu pai, quando ele decide expressá-lo, faz com que eu me sinta como uma estrela cadente.

Quando termino com o cotonete, nós dois encaramos os testes, esperando a linha vermelha da sorte ou as duas linhas vermelhas do azar aparecerem.

— Sabe quanto tempo de experiência eu tenho como consultor financeiro? — pergunta meu pai à minha mãe. — Quase duas décadas.

Minha mãe apoia a mão sobre o ombro dele, que estremece, mas relaxa depois que ela o aperta. E percebo que talvez meu pai queira a mesma coisa que eu: amor e aceitação.

— Você é um homem brilhante — elogia minha mãe. — Eu achava isso quando me casei com você. E continuo achando até hoje.

— Obrigado — diz ele, com delicadeza.

Quinze minutos depois, com os dois testes negativados, cada um segue seu caminho, para nossas vidas distintas. Meu pai volta para o escritório, onde não pisa há um ano e meio. E eu vou para o colégio, como de costume.

* * *

No caminho para o colégio, eu e Bodie repassamos a matéria da primeira prova de ciências do ano. Ciências é a única matéria em que nós dois temos dificuldade, e prometemos aprender tudo juntos. Bodie sendo Bodie, acordou cedo e preparou cartões com perguntas para nós. Segurando um dos cartões, eu leio:

— Quanto da superfície da Terra é coberta por água?

— Essa é fácil. Setenta e um por cento. Quer saber meu truque pra decorar? — Quando Bodie pergunta se você quer saber alguma coisa, geralmente ele já vai responder de qualquer forma. — O supergostoso Murray Barlett nasceu em 1971, e ele é pisciano, que é um signo de água. Setenta e um por cento de água.

— Sua mente é muito esquisita, Bodie — digo, sorrindo para ele.

É mais do que esquisita, é incrível. Se não fosse por Bodie, eu provavelmente não teria me assumido para meus pais. Ele é o corajoso. O que não tem medo de falar. Foi ele quem decidiu que nós dois sairíamos do armário na mesma manhã de domingo, primeiro para as nossas mães, para que elas pudessem preparar o terreno antes de contarmos para os nossos pais. As duas imploraram para que a gente nunca contasse para eles, mas Bodie não aceitou. Escolheu outra manhã de domingo para nos assumirmos para nossos pais, assim eles poderiam desabafar sobre os filhos gays juntos naquela noite durante o jogo de carteado. O pai do Bodie disse que não se importava com o fato de ele ser gay desde que estudasse Direito na faculdade. Meu pai me disse que terapia de choque é mais segura do que as pessoas imaginam. Mas tudo isso ficou no passado.

— Beleza, eu faço a próxima. Humanos e dinossauros existiram ao mesmo tempo? — pergunta ele.

Balanço a cabeça em negativa.

— Essas estão muito fáceis.

— É a primeira prova do ano. Eles não vão pedir pra gente achar a cura do câncer.

— *Ainda* — completo.

— Como dá pra saber a aparência dos dinossauros, então? — pergunta Bodie.

— Como assim? Fósseis.

Chegamos à escadaria do colégio. Muitos colegas de classe já estão entrando.

— Não, eu sei que dá pra reconstruir dinossauros usando fósseis. Mas pensa comigo. Digamos que, daqui a um milhão de anos, os humanos estejam extintos…

— Meu Deus, Bodie, podemos não falar disso no meio de uma pandemia global?

— Todas as pandemias são globais — lembra ele. — É meio que a definição de pandemia.

— Sim, eu queria não saber disso, mas sei.

— Só me escuta, tá bom? Estamos num mundo futurístico. Humanos estão extintos e uma nova forma de vida senciente começa a encontrar nossos fósseis. Eles reconstroem os humanos com base naqueles fósseis, certo? Mas, tipo, como vão saber nossa aparência *de verdade* só com base nos fósseis? E como seriam os humanos reconstruídos por eles? Seriam a cara da Beyoncé ou do Vladmir Putin?

Solto uma risada.

— Essas são as únicas opções?

— Só escolhi o melhor e o pior da humanidade atual para provar meu ponto: talvez os dinossauros tivessem a mesma variedade de aparência que a gente. Assim como os cachorros.

— Cachorros? — pergunto. — Tá me dizendo que cada poodle é diferente um do outro, e cada golden retriever é diferente um do outro?

— Cada cachorro é diferente um do outro — argumenta Bodie. — O que mais explicaria o fato de eles ficarem cada vez mais parecidos com seus donos ao longo do tempo? Juro por Deus, a Gaga e o cachorro dela são idênticos.

— Você não vale nada! — Dou uma risada.

— Tá bom, olha lá aquele cachorro do outro lado da rua. — Bodie aponta para o mesmo cachorro que eu vi lambendo o rosto de Ash numa manhã dessas. — Vou contar até três e a gente diz com qual celebridade o cachorro se parece. Pronto?

— Não tô pronto — digo.

— Melhor se preparar então, porque UM, DOIS, TRÊS! — No final da contagem, ele diz Angelina Jolie e eu digo Scooby Doo. Bodie parece irritado com a minha resposta. — Primeiramente, Scooby Doo é um desenho animado, não uma celebridade. Além disso, ele é um dogue alemão, e aquele cachorro tá mais para um pastor-alemão vira-lata. Vamos brincar de novo. Talvez no parque dos cachorros.

Essa é a vida como melhor amigo de Bodie. Não fazemos brincadeiras criadas por outras pessoas. Inventamos nossos próprios jogos, com nossas próprias regras. Quando éramos crianças em Toronto, transformamos o corredor comprido do porão do prédio dele no cenário de um jogo chamado Otnorot, que é basicamente queimada de costas e de olhos vendados usando um frisbee. Ninguém nunca venceu ou perdeu aquele jogo. A questão nem era competir, porque eu e Bodie não competimos um contra o outro. A gente compete contra o resto do mundo, mas, quando estamos juntos, sei que sempre sairei vencedor.

Colocamos as máscaras no rosto enquanto atravessamos o limite entre a segurança do lado de fora e o sufocamento do lado de dentro, e a diversão termina. Caminhamos até os nossos armários para começar o dia e, quando abro o meu, um pedaço grosso de papel sai voando e cai no chão. Bodie se abaixa para pegar. Ainda com um joelho no chão, ele estende para mim.

— O que é isso? — pergunto.

— Como eu vou saber? — Ele encara o papel por um momento. — Foi ele que colocou aí, não foi?

Bodie se levanta e me entrega o papel. Nós dois olhamos juntos. É um desenho colorido de um pôr do sol rosa, assim como o que vimos ontem. Foi por isso que ele perguntou minha cor favorita. Rabiscadas pelo céu, há palavras dentro das nuvens. Sigo o caminho das frases e percebo que é a letra de "God Knows I Tried", levemente alterada para incluir a cor rosa.

Sometimes I wake up in the morning to pink, blue and yellow skies. Às vezes acordo de manhã com o céu rosa, azul e amarelo.

No final do corredor, vejo Ash me observando. Ele acena. Queria poder ver o tamanho do sorriso dele.

— Kam, você não está... a fim dele, está?

Não respondo. Sei que Bodie não vai gostar da resposta.

— A gente combinou de não deixar nenhum garoto nos distrair dos nossos objetivos.

Eu nunca concordei com isso. Só fiquei em silêncio.

— É só que... ele é muito esquisito. E velho — completa Bodie.

— Ai, meu Deus, você acabou de chamar o Murray Bartlett de "supergostoso" e ele nasceu em 1971!

— Viu só? Você lembrou — acusa Bodie, com um sorriso. — Mas só estou dizendo que ele está no último ano e você, no primeiro. É bizarro.

— Bom, ele é o formando mais novo e eu sou o calouro mais velho. Tecnicamente, uma semana mais velho que você.

— Continua sendo bizarro. E todo mundo acha ele estranho.

— Desde quando você se importa com o que *todo mundo* acha? — pergunto agressivamente.

— Pois é, eu não ligo. Só estou tentando te proteger. Foi por isso que perguntei sobre ele para algumas pessoas ontem à noite.

— Quais pessoas? — quero saber.

— Não importa — dispensa Bodie. — Mas ninguém sabe por que ele se transferiu pra cá. E nem vem me dizer que começar a estudar num colégio novo no último ano não é suspeito.

— *Suspeito?* — repito. — Do que você está suspeitando?

— Sei lá. — Bodie deixa o silêncio se arrastar, esperando que eu compartilhe minhas próprias desconfianças. Como não digo nada, ele completa: — Talvez Ash tenha sido expulso de outro colégio.

— E daí? — pergunto. — Isso não torna ele uma pessoa horrível.

— Ele pode acabar sendo uma má influência pra você — argumenta Bodie.

— Ah tá, porque eu não sou forte o bastante pra cuidar de mim mesmo.

Sinto meu corpo ficando tenso porque, de repente, percebo como fui influenciado por Bodie ao longo de todos esses anos. Talvez nunca tenha namorado ninguém só porque o fiquei imitando como sempre faço, descartando qualquer garoto antes mesmo de conhecê-lo direito.

— Não foi isso que eu quis dizer — responde Bodie, arrependido. Os olhos dele caem no desenho que Ash fez para mim. — É um desenho legal, até. O cara é talentoso.

— Sim, é um desenho legal.

Ash desaparece dentro de uma sala de aula. Guardo o desenho em uma pasta dentro da minha mochila, tomando cuidado para não amassar. Aquela explosão de rosa me enche de alegria. Eu amo que não é um pôr do sol como achei de primeira. É claro que não é. Um pôr do sol representa o final de alguma coisa. É o nascer do sol em uma manhã linda. Um novo começo.

SEGUNDO ANO

— Kamran, sai da cama. Farbod chegou!

A voz de minha mãe é tão alta que corta o som de Ash falando comigo pelos fones de ouvido. Passei a manhã inteira assistindo a vídeos dele, desejando poder filmá-lo mais uma vez.

O rosto de Ash está embaçado, bem perto da câmera: "Te amo, te amo, te amo".

Uma gravação de um ângulo baixo com Ash soprando a chama de uma vela: "Chega de velas ao vento, amor".

Uma imagem frenética de Ash escalando uma árvore enorme e antiga: "Queria saber como é ser uma árvore, Kam. Imagina só o que essa árvore já viu!".

Um close bem próximo de Ash cobrindo o rosto com seus dedos finos: "Tá bom, para de me filmar agora. Esses momentos são só nossos, não de alguma empresa de tecnologia. Nosso relacionamento não é um monte de dados. Tô falando sério, Kam. Para ou eu vou embora".

— KAMRAN! — grita minha mãe ainda mais alto.

Ela é tão contraditória às vezes. Quando meu pai ainda morava com a gente, odiava o jeito como ele gritava comigo pela casa. Mas, agora que ele se foi, faz isso o tempo todo.

—JÁ ACORDEI! — grito de volta. — JÁ TÔ DESCENDO!

Assisto a só mais um vídeo. Um ângulo amplo de Ash em Joshua Tree, seu rosto iluminado pelo sol do deserto: "A solidão é o maior dos luxos".

Fecho o vídeo. Tiro os fones de ouvido. Dá para ouvir minha mãe conversando em farsi com Bodie e com a mãe dele lá embaixo. Me surpreende a mãe de Bodie estar aqui. Ela geralmente busca minha mãe aos domingos, que é o dia mais atarefado no trabalho delas. Domingo é quando elas abrem as propriedades à venda para visitação. Mas Bodie geralmente dorme até tarde aos domingos, e ainda é bem cedo. Minha mãe tenta empurrar um pouco de pão *barbari* para ele, depois implora para que me ajude antes que eu destrua o meu futuro.

Quero abafar o som deles e voltar no tempo, para a época em que eu e Ash observávamos aquelas rochas vermelhas e pretas, prometendo um ao outro que ficaríamos juntos por oito milhões de anos.

— Kamran, anda logo!

A autoridade impaciente de minha mãe é uma das poucas coisas constantes em minha vida, sempre me dizendo o que fazer e me forçando a fazê-lo de imediato. Ela e Bodie me mantêm na linha. Como comparsas, eles fazem todo o possível para me manter andando, seguindo em frente, sobrevivendo. Consigo ouvir os dois conspirando agora.

— Tô indo! — grito.

Acredito ter pelo menos uns cinco minutos antes que alguém invada meu quarto, mas não, eles invadem juntos. Os três. Minha mãe abre as cortinas. A luz do sol atravessa os galhos e as folhas da figueira gigantesca que praticamente já se tornou parte de casa. Quando compramos esta casa, minha mãe queria derrubar a árvore. Ela disse que parecia um monstro. Só que meu pai amava a árvore. Ele dizia que se sentia seguro com ela ali. Protegido. Quando chamaram uma empresa para inspecionar a casa, os especialistas provaram que meu pai estava certo. Uma arborista disse que as raízes da árvore deixavam a casa excepcionalmente segura contra terremotos. Também disse que agora a árvore já fazia parte da fundação da construção. Derrubá-la faria a casa cair junto. O mundo natural tinha se fundido com o mundo criado.

— Oi, gente — resmungo enquanto esfrego os olhos para observá-los.

Minha mãe e a mãe de Bodie estão arrumadas para o trabalho. Bodie parece estar arrumado para sair, vestindo um cardigã de lã com cotoveleiras de veludo. Seu pai tem o mesmíssimo estilo.

— O que você acha? — pergunta minha mãe para Azam.

A mãe de Bodie observa o quarto como se estivesse vendo o cômodo pela primeira vez. Acho que faz um bom tempo que ela não entra aqui. Meu quarto é um santuário. Ninguém entra aqui, exceto minha mãe e Bodie. Azam observa os desenhos que colei nas quatro paredes.

— Bom, isso aqui é meio... perturbador — diz, com delicadeza. — Acho melhor remover os desenhos.

— Desculpa, mas o que está rolando? — pergunto. — Vamos pintar as paredes?

Bodie dá de ombros. Ele está tão perdido quanto eu.

Minha mãe se senta na beirada da cama e me faz um cafuné com suas unhas vermelhas compridas.

— Não é nada de mais. Só estou pensando em vender...

Antes que ela termine a frase, eu digo:

— Quê? Não!

Ela aperta minha mão.

— Nós ainda não decidimos nada.

— *Nós* quem? — rebato. — É só você tomando essa decisão. Meu pai foi embora e você não falou um "a" sobre isso comigo até agora.

— Não aconteceu nada ainda — diz ela, lançando um olhar preocupado para a mãe de Bodie. — Só estou considerando todas as nossas opções, e queria a opinião profissional da Azam sobre o que fazer.

— Pra que você está pedindo opiniões profissionais antes mesmo de discutir isso comigo? — questiono.

Minha mãe desmonta, sua postura perfeita se desfazendo.

— Porque a gente precisa de dinheiro.

Queria poder apagar a vergonha na voz dela. Dá para ver que ela se culpa pela nossa situação, mesmo que não admita isso. Se eu não me sentisse tão mal por ela neste momento, apontaria que precisamos da permissão do meu pai para vender a casa. Mas aí me pergunto se ela já não conversou com ele.

Azam olha para baixo, encarando meu carpete sujo, e diz:

— Acho melhor eu e Farbod deixarmos vocês a sós por um tempo.

Eu salto da cama.

— Não, tá tudo bem. Preciso me arrumar de qualquer forma. Vou numa partida de tênis com os pais do Ash hoje. Sabe, o garoto que fez esses desenhos *perturbadores*.

— Sinto muito — sussurra Azam, mas minha mãe a perdoa com um olhar rápido.

Quero todos eles fora do meu quarto imediatamente. Parecem invasores com seus olhares de pena. Até Bodie tem um ar preocupado enquanto observa o novo desenho que encontramos na biblioteca, agora colado em cima da minha cama. Preocupação é a pior expressão de todas. Prefiro receber escárnio dos outros. É mais fácil odiar as pessoas por me acharem cruel do que odiar a mim mesmo por preocupar aqueles que amo.

— Tem *barbari* lá embaixo — diz minha mãe, como se pão fosse capaz de melhorar tudo.

— Já vou descer — respondo, puxando o lençol contra o peito.

Minha mãe faz uma careta ao ver meu pé descalço aparecendo por baixo do lençol amarrotado. A gente costumava mandar os lençóis para a passadeira, mas isso era na época em que meu pai ainda estava aqui e a casa tinha o salário de duas pessoas. Ela não se contém e diz:

— Parece que você não corta as unhas do pé há meses. Posso...

— Eu tenho 17 anos. Sei cuidar de mim mesmo.

Puxo os pés para debaixo do lençol de novo, envergonhado pelo meu estado desgrenhado. Ainda mais envergonhado por ter sido infantilizado pela minha mãe na frente de Bodie e da mãe dele. Eles dois têm seus problemas, é claro, mas ela não se oferece para cortar as unhas do pé dele na frente dos outros.

— Claro que sabe. Desculpa. — Minha mãe fala as palavras, mas não acredita no que está dizendo.

— E eu não vou reprovar no colégio — garanto a ela. — Estou levando na boa. Não precisa ficar implorando pro Bodie me consertar. Você pode só... confiar em mim, tá bom?

— É claro que confio.

Ela está mentindo. Por que confiaria em mim se tudo que eu faço é me esconder dela? Mas, pensando bem, foi ela quem me ensinou a esconder minhas emoções, a jogar tudo para debaixo do tapete e compensar focando em conquistas, objetivos, notas.

— Por favor, me dá só uns minutinhos — imploro.

Minha mãe levanta as mãos, rendida.

— Já entendi — cede ela, com um sorriso.

As mães saem, mas Bodie fica.

— Quer que eu corte as unhas do seu pé? — pergunta ele.

— Babaca — xingo, antes de abrir um sorriso.

Bodie enfia a mão debaixo do lençol.

— Me dá esse pezão sujo aí — ordena ele.

Seus dedos me fazem cócegas enquanto passeiam pela sola dos meus pés.

— Ai — reclama ele, fingindo ter se machucado. — As garras estão afiadas.

— Para de me fazer rir quando estou irritado — digo.

— Para de ficar irritado — rebate ele.

— Falar é fácil...

Ele aperta o dedo contra minhas solas. Sinto meus pés ficando tensos em resposta.

— O que você está fazendo?

— Uma massagem pra você relaxar. — Ele fecha os olhos e aperta mais forte. A dor rapidamente se transforma em prazer à medida que os músculos vão relaxando. — Aprendi a fazer massagem nos pés com aquele cara que fiquei no primeiro ano.

— *Aquele cara?* — Solto uma risada. — Você não lembra o nome dele?

Bodie sorri.

— Claro que lembro. Paul Thompson. Ele tinha os pés muito retos, daí a mãe dele fazia massagem quando ele era criança, e ele fez uma em mim na única vez que a gente ficou.

— Você nunca me contou essa parte — sussurro. — Só disse que foi horrível.

— Mas *foi* horrível — confirma ele. — A gente não tinha química nenhuma. Agora cala a boca e me deixa terminar meu trabalho.

Ele passa do meu pé direito para o esquerdo. Não falamos nada enquanto ele afunda as juntas dos dedos nas minhas solas tensas. A temperatura da pele dele me relaxa. Ao terminar, Bodie se espreme para caber ao meu lado na cama pequena. Me arrasto, abrindo espaço para a largura e a altura dele. Os pés de Bodie balançam para fora do colchão. A gente pode ter nascido com a mesma altura, mas agora ele é muito mais alto do que eu.

— Você já sabia que a minha mãe estava pensando em vender a casa? — pergunto em um sussurro.

— Juro que não — diz ele, a voz séria. — Senão, teria te contado. Sei o quanto este lugar é importante pra você. Sei que foi aqui neste quarto que...

Eu o interrompo.

— Sim, eu sei que você sabe.

Às vezes, consigo concluir as frases e pensamentos de Bodie. Ele ia dizer que foi neste quarto que eu perdi minha virgindade com Ash. O quarto onde Ash disse que me amava pela primeira vez, onde eu não respondi que o amava também.

Não quero reviver tudo isso agora.

— Preciso tomar banho — falo, saltando para fora da cama.

Ele se move para o centro do colchão, a espuma se moldando para acomodar o corpo dele, assim como já fez para Ash no passado. Bodie se recosta na parede, apoiando a cabeça no novo desenho que Ash fez para mim.

— Consegui um ingresso pra partida de tênis — anuncia ele. — Vou com você. Se for perguntar pros pais dele sobre a viagem pra Joshua Tree, vai precisar de apoio emocional.

— Bodie, não precisa fazer isso.

— Sei que não preciso. Mas eu quero.

— Tá bom. Se é assim, obrigado. — Paro ao lado da porta, esperando ele sair. Mas, como ele nem se mexe, eu digo: — Bodie, vou tomar banho. Preciso de privacidade agora.

— Ah tá, foi mal, te espero lá embaixo.

Quando ele sai, tiro o short e a camiseta que usei para dormir e jogo no cesto lotado de roupas sujas. Lavar roupa é uma das minhas tarefas, e estou atrasado com elas já faz uns dois anos.

Quando desço para a cozinha, todo mundo está comendo pão com verduras frescas e queijo persa.

— Nunca vou entender por que as pessoas gastam tanto pra morar em um lugar que vai terminar debaixo d'água ainda nesta geração — diz Bodie enquanto lê o panfleto de uma casa em Malibu que elas vão apresentar para possíveis compradores hoje.

— Por favor, não diga isso para os nossos clientes — alerta minha mãe, com uma risada. — Além do mais, Malibu vai afundar na geração de vocês, não na minha.

— Pare de ser tão pessimista. — Pego uma fatia de pão e cream cheese na geladeira. — Você ainda é jovem.

— Cream cheese? — pergunta Azam. — No pão *barbari*?

— Gastronomia de fusão! — declara Bodie. Todos rimos, então Bodie aproveita a oportunidade para ir um pouquinho além: — Talvez eu abra um restaurante persa de fusão um dia. Será que alguém já fez isso?

— Não, porque comida persa é perfeita do jeito que ela é — diz Azam, com firmeza.

— Talvez eu queira ser imperfeito — responde Bodie.

Azam revira os olhos.

— Enfim, cozinhar é só um hobby pra você.

Bodie me encara com profunda exaustão, e eu ofereço o apoio que consigo sem dizer nada que vá deixar o clima mais tenso.

Por sorte, minha mãe intervém:

— Acho que Malibu nunca vai afundar. Nas minhas previsões, o futuro é muito mais brilhante do que as pessoas acham.

O jeito como o olhar dela está fixo em mim me diz que não estamos mais falando de mudanças climáticas. Estamos falando da gente. É assim que minha mãe toca no assunto dos homens desaparecidos das nossas vidas. Através de mensagens codificadas. Ela balança o cabelo perfeitamente penteado. Mesmo em nossos momentos mais tristes, quando eu estava calado e em luto, ou quando meu pai estava furioso, ela sempre manteve o cabelo impecável, os cílios curvados e a mente focada no objetivo, que é ter dinheiro o bastante para nos sustentar e me mandar para a faculdade. Ela é assim. Uma mulher que nunca desiste, nem dela mesma, nem de mim, e definitivamente nem do futuro. Vai vender nossa casa, se for preciso, para me dar a educação que acha que mereço.

— Suas *previsões*? — pergunto. — Virou vidente agora, é?

Ela percebe meu olhar desanimado e rebate com intensidade.

— Você vai ver. Talvez a tecnologia encontre um jeito de salvar os oceanos, o planeta e…

Balanço a cabeça.

— A tecnologia causou a crise climática. Como o problema pode ser a solução?

— A humanidade já consertou o inconsertável antes — argumenta minha mãe. — E podemos fazer isso de novo.

Nós dois olhamos para a porta ao mesmo tempo, como se meu pai inconsertável fosse aparecer a qualquer momento.

— Eu acho que a soberba humana não vai nos deixar mudar o planeta — comento.

— Soberba?

Minha mãe fala inglês incrivelmente bem, mas às vezes, tipo quando ela dá uma escorregada e troca a pronúncia do "w" pela do "v", ou quando não conhece uma palavra como "soberba", eu lembro que, diferente de mim, inglês não é a língua materna dela.

— Significa... — Me lembro de Ash definindo a palavra para mim. — Significa um excesso de orgulho ou confiança. Isso geralmente causa problemas.

Minha mãe dá de ombros.

— Talvez o excesso de orgulho e confiança seja exatamente o que fez a humanidade chegar até aqui, tanto para o bem quanto para o mal. De qualquer forma, não conseguimos prever o futuro, então chega de discussão.

Bodie se apoia na mesa.

— A gente não pode *prever* o futuro, mas não somos nós que criamos o futuro?

— Sim, somos — diz a mãe dele. — Que jeito lindo de se pensar, Farbod *joon*.

— Que bom que você concorda, mãe. — Bodie abre um sorriso presunçoso ao completar: — Sendo assim, não tenho dúvidas de que você concorda que todo mundo deveria criar seu próprio futuro.

— É claro — concorda ela, sem notar que está caindo direitinho na armadilha verbal dele.

Bodie sorri.

— Pensamos igual, então. Se eu não quero a faculdade de direito no meu futuro, que assim seja. E se eu quiser tirar um ano sabático com o Kam...

— O que é um ano sabático? — pergunta Azam, como se estivesse falando de algo vergonhoso.

Bodie revira os olhos.

— É um ano livre para explorar o mundo, trabalhar, descobrir quem você quer ser...

Azam ri.

— Um ano livre? Eu tirei um ano livre de construir nossa vida? Um ano livre de ser sua mãe?

Bodie balança a cabeça para a reação dramática dela.

— Não estou pedindo um ano livre de ser seu filho. Só estou dizendo que quero tirar um tempo pra viajar, trabalhar em restaurantes ao redor do mundo e ganhar experiência antes de ir estudar gastronomia.

— *Gastronomia?* — Azam cerra os olhos. — Nem sonhe em falar uma coisa dessas pro seu pai. Ele vai ficar de coração partido.

Bodie se vira para mim. Quero encontrar as palavras certas para apoiá-lo, mas só consigo pensar que, se o coração do pai de Bodie ainda não partiu, ele é um homem de sorte.

— Esse tal de ano sabático não é uma ideia séria, é? — pergunta minha mãe, de olho em mim.

Dou de ombros, tentando dar uma amenizada.

— Ainda falta um ano inteiro de ensino médio. Vamos ter tempo pra pensar. Além do mais, se eu e o Bodie arrumarmos empregos em restaurantes, posso mandar dinheiro pra ajudar em casa.

— *Aziz joon*, por que você iria trabalhar num restaurante? Você nem gosta de cozinhar.

O olhar gelado de minha mãe me desafia a contradizê-la. Ela tem razão, é claro.

— Só estou dizendo que, se eu ajudar um pouquinho e não usar o dinheiro que você economizou para a minha faculdade, talvez a gente não precise vender a…

Ela balança a mão no ar para me cortar.

— Você vai para a faculdade nem que eu tenha que vender tudo o que eu tenho.

— Você também, Farbod — diz Azam, com firmeza. — Não nos mudamos para cá pra você desistir do sonho americano. Vocês dois vão para a faculdade e se tornarão cidadãos americanos aos 18 anos.

Solto uma risadinha de nervoso.

— Não sei se quero me tornar um cidadão desse país.

— Quê?! Por que você não iria querer a cidadania? — pergunta minha mãe. — Você mora aqui. Vai trabalhar aqui.

— Eu só não sei se me *sinto* americano — digo.

— Pessoalmente, eu mal vejo a hora de votar contra fascistas — comenta Bodie.

A mãe dele arrasta a cadeira para trás e se levanta, indicando que é hora de ir.

— Se você soubesse como é a vida sob um regime fascista de verdade, talvez não estivesse tão disposto a jogar seu futuro no lixo para fazer tortilha persa.

Minha mãe ajeita meu cabelo. Sei que ela está pensando que preciso de um novo corte.

— Tranca tudo e liga o alarme antes de sair, tá bom?

— Relaxa — digo, sabendo que ela não vai relaxar.

Não é como se ela não pudesse conferir o alarme e as trancas da casa pelo aplicativo no celular. Minha mãe ama controlar tudo. Me pergunto se ela ainda consegue rastrear meu pai. Talvez ele finalmente se sinta livre sem a gente.

Enquanto as mães vão embora, Bodie grita:

— Admite, vai! Tortilha persa deve ser uma delícia!

* * *

Bodie dirige com agressividade o carro do pai dele na direção do campus da Universidade de Los Angeles. Como esperado, ele repassa a conversa que teve com a mãe, analisando cada nuance.

— Bodie, que pressa é essa? — questiono, enquanto ele troca de uma pista para outra.

— Pensando bem, não foi o pior jeito de jogar no ar a ideia do ano sabático para as nossas mães, né? — pergunta ele.

— *O que é um ano sabático?* — falo, tentando fazer minha melhor imitação da mãe dele.

Bodie ri, depois suspira.

— Bom, pelo menos agora elas já entenderam o conceito, e terão quase dois anos para se acostumar com a ideia.

— Com certeza — comento. — Mas você sabe que o maior problema vai ser seu pai, né? Ele quer que você siga os passos dele e tal.

— Defendendo motoristas bêbados na justiça? — Ele buzina alto para um cara que está parado no sinal verde na nossa frente. — SAI DESSE CELULAR, CABEÇÃO!

— Respira, Bodie — sugiro, com calma.

— Sabe o que mais me irrita? — Por sorte, ele reduz a velocidade do carro enquanto acelera as palavras. — Essa coisa de "seguir os passos dele" significa "escolher o mesmo emprego que ele". E não, tipo, tomar minhas próprias decisões como ele fez, sabe?

O resto do caminho é mais do mesmo. Bodie descendo a lenha nos pais dele, só parando para xingar outros motoristas, pois todos parecem estar usando o celular.

Quando eu e Bodie chegamos às quadras da universidade, mando uma mensagem para a mãe de Ash perguntando onde eles estão sentados. Atravessamos fileiras de alunos e familiares até eu avistá-los de costas. Faz meses desde que vi a família dele pela última vez, e meu coração perde o compasso porque o cabelo longo e ruivo do pai dele, preso em um rabo de cavalo, é idêntico ao de Ash de costas.

— KAM! — grita a sra. Greene no meio da agitação do público, enquanto balança os braços.

— Oi!

Vou na direção dos dois e Bodie me segue. A sra. Greene me abraça primeiro. Eu me derreto nos braços dela. No aroma familiar da casa da família Greene, presente nas roupas e no cabelo dela. O sr. Greene me puxa para um daqueles cumprimentos que começa com um aperto de mãos firme antes de se transformar em um abraço apertado.

— Tem lugar pro Bodie? — pergunto. — Ele decidiu vir comigo.

A sra. Greene estende a mão para Bodie.

— Então você é o famoso Bodie.

De repente, me dou conta de que Bodie nunca conheceu a família de Ash. É difícil acreditar, mas, ao mesmo tempo, faz todo sentido. Durante os meses em que fiquei com Ash, me tornei especialista em manter ele e Bodie bem distantes.

— Sou o Bodie, mas, se sou famoso, não sei o motivo. — Bodie aperta a mão dela e a do sr. Greene. — É um prazer conhecer vocês dois e, *hum*...

Sinto a hesitação do meu amigo. Ele acha que deve oferecer alguma palavra de consolo em relação ao filho deles, mas não sabe como dizer. Falar que sente muito pela perda deles seria como falar que Ash morreu. Dizer que ele amava Ash seria uma mentira. Quase consigo ouvir as engrenagens do cérebro dele girando.

Antes que Bodie possa dizer qualquer outra coisa, um cara ridículo de tão alto e insuportável de tão bonito se levanta.

— Pode ficar com o lugar da minha mãe. Ela não vai conseguir vir — informa o rapaz.

Ele deve ter a nossa idade, mas sua voz é muito grave. Parece a personificação do clichê "surfista californiano". Cabelo loiro na altura dos ombros. Ombros superlargos. Pele dourada. Está de short mesmo sendo inverno, como se fosse incapaz de passar um dia sequer sem abençoar o mundo com suas panturrilhas torneadas.

— Kam, Bodie, esse é o Louis. O irmão dele é a dupla mista da Dawn. Ele veio de Long Beach só pra ver a partida.

— Ah, você é de Long Beach — falo. — Sabia que tem um túnel embaixo da Ocean Boulevard?

Louis parece confuso.

— Tipo… sim, claro. Acho que todo mundo de Long Beach sabe disso.

— Ignora — diz Bodie. — Ele acha que o mundo inteiro entende de Lana Del Rey.

— Ah, sim, ela é obcecada por Long Beach, né? — comenta Louis. — Mega aleatório. Todo mundo só quer ir embora de lá, e ela fica glamourizando o lugar.

Bodie ri.

— Ela já está trabalhando no próximo álbum, *Você Sabia Que Tem um Parque de Cachorros em San Bernardino?*

Louis sorri.

— *Você Sabia Que Tem uma Plantação de Abóboras em Fresno?*

Me sinto estranhamente defensivo.

— Ela vê beleza onde os outros não veem — explico.

— Por favor, não dá corda quando ele começa a falar da Lana. Ele não para nunca. Confia em mim.

Agora parece que Bodie está me menosprezando só para ficar de gracinha com Louis.

— Será que eu devo confiar em você? — questiona Louis, dando mole. — Tipo, a gente acabou de se conhecer.

Bodie abre um sorrisinho malicioso.

— Não sei, pergunta pro meu melhor amigo.

Louis direciona seu olhar para mim. Meu rosto parece estar queimando.

— Sim, tipo, Bodie é o melhor — digo, abafando a irritação que senti quando ele estava me zoando agora mesmo.

— Viu só? Eu sou o melhor.

Bodie estende a mão para Louis, mas Louis hesita em tocá-lo.

— Só avisando, minha mãe pegou covid. Ela já está no dia nove, e eu venho me testando todos os dias e sempre dá negativo. Mas, se você não quiser me cumprimentar, eu superentendo. Na real, quer saber? Não encosta na minha mão. Sei que não se pega covid assim, mas, tipo, é um hábito meio nojento. E muito impessoal. Abraçar é mais gostoso, pelo menos. — Louis finalmente respira.

— Manda ver, então — diz Bodie, com os braços abertos e seu sorriso mais carismático. Louis abraça Bodie com força. Os dois parecem ter um encaixe perfeito, como ímãs. Quando se soltam, Bodie comenta baixinho: — Sinto muito pela sua mãe. Ela está bem?

Louis assente.

— Ela teve dois dias ruins, mas está bem melhor agora. Graças a Deus temos vacinas.

— Amém! — celebra o sr. Greene. — Se não fossem os cientistas brilhantes trabalhando com tanto empenho, a coisa toda seria muito pior.

— Vamos falar de outra coisa — sugere a sra. Greene, ansiosa.

O sr. Greene passa o braço ao redor da esposa.

— Uma das pacientes dela morreu recentemente — explica ele.

A sra. Greene balança a cabeça.

— Ela era uma senhora de idade, com algumas comorbidades, mas ainda assim... — Ninguém diz nada. Após um momento, a sra. Greene continua: — As pessoas amam repetir que a pandemia já acabou, mas não é verdade. Se não protegermos os mais vulneráveis, quem somos nós?

— Somos uns babacas — responde Bodie. — Humanos sempre foram uns babacas. É a característica definidora da nossa espécie.

Isso arranca uma risada de todo mundo.

— Dito isso, vamos nos sentar e falar de algo mais alegre? — pede a sra. Greene. — Não aguento mais tristeza.

Ao sentar, me pergunto como falar para eles que estou pensando em voltar ao deserto. Se ela não aguenta pensar na morte de uma paciente, como vai lidar com a lembrança do filho desaparecido?

O sr. Greene ocupa o assento do corredor, ao lado da esposa. Eu me sento ao lado dela, depois Bodie e, por fim, Louis. Bodie e Louis têm pernas absurdamente compridas, que mal cabem no corredor apertado da arquibancada.

— Vamos falar de tênis — sugere o sr. Greene. — Quem está empolgado pra ver a Dawn e o Nick arrebentando na quadra hoje?

— Aqui é um lugar seguro para opiniões controversas? — pergunta Bodie.

Rapidamente Louis responde:

— Depende da opinião.

Bodie sorri.

— Eu meio que não entendo qual é a do tênis.

Louis ri.

— Eu te explico as regras.

Bodie e Louis começam uma conversa particular agora, virados um de frente para o outro. Somos apenas espectadores.

— Não, eu *sei* as regras. Só não entendo por que as pessoas amam tanto. Tipo, com esportes de time, a dinâmica entre os jogadores deixa tudo mais empolgante. Mas com tênis não é assim.

— Claro que é. Dawn e meu irmão são um time. Eles têm uma baita química. Você vai ficar empolgado quando eles vencerem, vai ver só. — Baixinho, Louis acrescenta: — Além do mais, tênis é o esporte com mais jogadores gostosos. Tipo, se Berrettini tirando a camiseta depois de uma partida não fizer você começar a gostar do esporte, aí é causa perdida mesmo.

Bodie ajusta a postura. Ele estava querendo saber se Louis é gay, e agora tem uma resposta.

Bodie flerta de volta.

— Sei não, hein, mano — diz ele. Eu olho torto ao ouvir a palavra *mano*, que geralmente não faz parte do vocabulário de Bodie. — Na minha opinião, futebol é o esporte com mais jogadores gostosos. Eu, particularmente, tenho muito orgulho do físico perfeito da seleção iraniana.

Com um sorriso, Louis assente.

— Não tenho nem como argumentar. Quem não ama um iraniano gostosão?

Os pais de Ash não conseguem ouvir Louis e Bodie por causa do barulho da torcida. Só eu estou perto o suficiente para presenciar esse mico de conversa.

Quando os jogadores aparecem, a torcida começa a vibrar. Os oponentes de Dawn chegam primeiro e um grupo grande de pessoas atrás da gente torce por eles. Depois, Dawn e Nick, o irmão de Louis, entram na quadra e aceitam os aplausos. Dawn está ainda mais parecida com a sra. Greene. É como se fosse a guardiã dos genes da mãe; e Ash, o guardião dos genes do pai.

A torcida fica quieta quando a partida começa. Dawn é a primeira a sacar. A partida é empolgante. O placar acirrado, os pontos dramáticos. Mas é difícil focar no jogo com Louis e Bodie ao meu lado falando sem parar.

— Entendi, uma quadra de tênis é tipo uma sala de audiência — diz Bodie para Louis. — Cada lado precisa apresentar seus argumentos de novo e de novo, até alguém sair por cima.

— Ou por baixo — acrescenta Louis, com um sorriso.

— Bom, o mundo precisa de quem goste de ficar por cima *e* por baixo — responde Bodie.

Eu nunca o vi deixando tão evidente o interesse por alguém. Me sinto superdesconfortável.

Bodie e Louis ficam de papinho entre um ponto e outro. Quando Louis conta para Bodie sobre os vídeos de dancinha que faz para o TikTok, Bodie se anima.

— Peraí! — diz ele, pegando o celular e deslizando a tela pelos vídeos salvos. — Era você naquele vídeo dançando "American Teenager" com uma máscara da Marjorie Taylor Greene? Eu já assisti tantas vezes.

Também me lembro desse vídeo. Bodie mostrou para mim. Ele achou hilário, e um belo "vai se foder" para as políticas transfóbicas da extrema direita.

— Sim, era eu.

Estou surpreso de verdade. Aquele vídeo era genuinamente legal e inteligente. Talvez ele mereça sair com meu melhor amigo. Prometo a mim mesmo não fazer o que Bodie fez comigo, quando não apoiou meu relacionamento com Ash. Dá para ver que ele está a fim desse cara, e eu vou apoiá-lo.

* * *

Depois que Dawn e Nick perdem a partida e, com muita elegância, parabenizam seus oponentes, o sr. e a sra. Greene convidam a todos para um jantar na casa deles. Louis se vira para nós.

— Eu tenho carro, se vocês precisarem de carona.

Olho para Bodie. Dá para ver que ele está tentado a deixar o carro do pai dele no estacionamento da UCLA só para poder andar com Louis e dar uma espiada no carro em busca de qualquer motivo para não ficar com ele.

— Muito gentil da sua parte, mas não posso deixar meu carro aqui. A gente se encontra daqui a pouco.

Quando Bodie sai com o carro do estacionamento, abre o Spotify e bota Lana para tocar.

— Desculpa pelo que eu falei sobre sua obsessão pela Lana. Como punição, vou tocar Lana pra você o caminho inteiro até lá.

Um minuto depois, eu pauso "Born to Die".

— Ei! Essa daí eu gosto de verdade — protesta Bodie. — É uma das poucas músicas dela que tem uma batida.

— A Lana não precisa de batida musical porque o coração dela bate em todas as músicas que já gravou — digo.

Bodie revira os olhos. Ele não sabe que pausei porque sou supersticioso demais para escutar uma música chamada "Nascida para Morrer" enquanto estou procurando por Ash.

— Ei, Bodie... — chamo, incerto de como começar a conversa que quero ter com ele.

— Sim?

Ele dá uma freada brusca ao avistar uma placa de PARE quase escondida atrás de uma árvore. Bodie coloca o braço sobre o meu peito ao frear, para me proteger. Sinto uma pontada de amor pelo meu melhor amigo.

— Acho que você deveria chamar o Louis pra sair — sugiro, bem baixinho.

Rapidamente, ele põe a mão no volante outra vez.

— Sério?

— Claro que sim! Ele é lindo e inteligente.

— É, tipo, eu concordo. Ele parece ótimo, mas... — Pela primeira vez na vida, Bodie não consegue pensar em uma desculpa.

— Bom, ele mora em Long Beach e você odeia trânsito, mas até agora conseguiu ver algum alerta vermelho? O cara parece incrível, e claramente está a fim de você, e você também está super a fim dele.

— Não, tipo, eu até que estava, mas...

— Mas o quê? — pergunto.

— Ele está no último ano e eu, no segundo.

Não consigo segurar a risada.

— Bodie, *um ano* de diferença. Você está forçando pra arrumar um problema.

— Só que no ano que vem ele vai estar na faculdade. Provavelmente vai se mudar para algum lugar ainda mais longe. Pra que eu iria investir nisso sabendo que vou terminar de coração partido?

— Como é mesmo aquele ditado? — pergunto. — Melhor amar e perder o amor do que nunca ter amado ninguém...

Minhas palavras e minha perda flutuam no ar entre nós.

— Você acha que ele é o cara certo pra mim? — questiona Bodie. — Tipo, sério, sério mesmo? Ou você acha que tem alguém melhor me esperando? — Ele me encara nos olhos.

— Tipo quem? — pergunto.

Bodie balança a cabeça.

— Não sei...

— O que eu não sei é por que você não sai com alguém mais de uma vez — digo, com carinho. — Sei que está focado nos seus objetivos e tal, mas aprender a ter um relacionamento romântico deveria ser um objetivo também, não acha?

— Essa é uma maneira interessante de olhar para as coisas — responde ele. — Vamos pensar um pouco...

— Que tal não *pensar tanto*? — argumento. — E só seguir o coração. O que o seu coração quer?

Ele me encara com um tipo de anseio nos olhos que nunca vi antes.

— Meu coração quer amor — confessa.

— E talvez você encontre — sussurro. — Mas não vai encontrar se não tentar ao menos conhecê-lo. Não dá pra amar alguém que você nem conhece.

— Verdade — concorda ele, bem baixinho. Há uma certa hesitação nos olhos dele. — Mas...

— Outro mas?

— Tipo, a gente só conversou por alguns minutos — aponta ele.

— Com dois minutos de conversa eu já sabia que gostava do Ash — respondo. — A gente só precisa disso pra enxergar o potencial. E vocês conversaram durante a partida *inteira*.

Ele sorri.

— É, foi mesmo. E ele não disse nenhuma coisinha sequer que me deixasse irritado, o que é bem chocante, conhecendo meu histórico. — Espantando a vulnerabilidade, ele brinca: — Aliás, você viu a bunda dele?

Dou uma risada.

— Vi, sim. Me senti intimidado.

— Eu me senti tentado, isso sim. — Um sorriso malicioso se forma no rosto de Bodie.

— Viu só? Uma combinação divina. — Me sinto tenso ao falar a palavra "divina". Não quero pensar no céu. Muito menos no inferno.

— Acho que, quando imagino meu primeiro amor, nunca penso num cara como ele — declara Bodie.

— Como imaginar um cara perfeito desses? — pergunto, e ele ri. — Você sabe que eu consigo ler seus pensamentos, né?

— Ai, para. Você não faz ideia do que se passa nessa minha cabecinha toda fodida.

Me viro para ele.

— Tá bom, tá bom. Vou te dar um exemplo. Quando Louis ofereceu a carona pra gente, você quis aceitar, não quis? — Ele não nega. — Mas aí se lembrou do preço absurdo do estacionamento e se deu conta de como seus pais ficariam putos se gastasse sessenta dólares em estacionamento só pra pegar carona com um cara bonitinho. Você pensou nisso tudo no meio segundo que levou pra recusar a proposta dele.

Bodie arregala os olhos.

— Quem é você?

Ele encosta na calçada, na frente da casa da família Greene, e coloca o carro na vaga.

Os galhos do jacarandá estão secos, esperando a primavera para ganharem vida com suas flores roxas de outro mundo. Ash dizia que *essas* eram as árvores de Los Angeles, e não as palmeiras, que nem são nativas daqui. Expulso Ash de minha mente e volto a focar em Bodie.

— Sou seu melhor amigo e o leitor exclusivo da sua mente. E estou te falando pra chamar aquele cara pra sair. Ele parece... perfeito. E é isso que você merece. O que sua mãe sempre diz mesmo? Não aceite nada abaixo do *quê*?

— Da perfeição — completa ele, com um sorriso. E com um toque de drama na voz, acrescenta: — Eu mereço a perfeição, não mereço?

Tiro o celular do bolso e abro o TikTok.

— Vamos assistir a alguns vídeos dele e ver se encontramos algum defeito — sugiro. O primeiro vídeo que aparece no aplicativo é Bodie ensinando uma receita de *kookoo sabzi*. Não consigo deixar de assistir ao vídeo inteiro. O carisma de Bodie salta da tela, mesmo nas cenas em que ele nem aparece direito. — Tá bom, qual é a conta dele?

— Acho que é longestbeachbum — diz Bodie, com bastante certeza.

O fato de se lembrar já diz muita coisa.

Entro na página de Louis e nós assistimos a vídeos dele dançando, surfando e compartilhando opiniões bem embasadas sobre tudo, de música pop a política global e cuidados com a pele. Quando Louis e Nick estacionam atrás da gente, já ficou bem claro que não há nada de errado e tudo de certo com Louis. Observamos os dois irmãos batendo à porta da frente, e a sra. Greene os recebe.

— Vamos — falo, guardando o celular. — Você tem que flertar com um cara gato e eu tenho que perguntar para os pais do meu namorado como eles se sentiriam se eu voltasse para o lugar onde ele desapareceu. Não é muito justo, né?

— Ele é seu...

Bodie ia dizer que Ash é meu *ex*-namorado, mas se segurou. Ele sabe que não penso em Ash como um ex. Não enquanto ainda houver esperança de que ele esteja vivo.

* * *

A conversa do jantar se inicia com um climão estranho. Fingimos não notar a ausência de Ash à mesa, fazendo de tudo para não mencionarmos o nome dele. Tênis parece ser o único assunto seguro.

— Ótima partida — elogio.

— A melhor partida de tênis que eu já vi — acrescenta Bodie.

— A *única* partida de tênis que ele já viu — provoco.

Louis ri e depois se vira para Bodie.

— Até a partida começar, ele nem sabia as regras!

Bodie claramente não liga de ser zoado.

— Espera, não é bem assim. Eu sabia as regras, só não entendia o amor das pessoas por esse esporte.

O sr. Greene sorri ao mudar de assunto.

— Quem consegue adivinhar o ingrediente secreto do meu pão vegano?

Bodie dá uma mordida no pão. De olhos fechados, como um vidente, ele começa a listar os ingredientes.

— Lentilha. Pinhão. Cebola. Cenoura. Shitake. Coentro. Cominho. Alho. Azeite. — Abrindo os olhos, ele pergunta: — Qual é o ingrediente secreto?

O sr. Greene, profundamente impressionado, responde:

— Coentro. Quanta habilidade!

— Eu quero ser chef de cozinha — conta Bodie. — Mas meus pais acham que é uma carreira sem futuro.

— Que pena que eles não te apoiam. Sinto muito — diz a sra. Greene.

Dawn troca um olhar de cumplicidade com Nick, mas se segura antes de dizer qualquer coisa. Sei que os pais não apoiam o sonho dela de se tornar treinadora de tênis. Eles acham que seria um desperdício de seu cérebro brilhante.

— Bodie, você precisa imitar como seus pais ficam quando você cozinha para eles. — Me virando para os outros, eu completo: — Sério, é muito engraçado.

Bodie se vira de costas. Quando volta a olhar na nossa direção, está com os lábios apertados iguais aos da mãe dele. As pálpebras parecem pesadas, congeladas em um olhar de julgamento.

— Bodie *joon*, o que mais você vai inventar de fazer? Balé? Costura? Vai fazer uma touca de crochê para mim?

— O que você achou da comida, sr. Omidi? — pergunto, dando a deixa para Bodie.

Bodie solta um grunhido e cruza os braços.

— Cozinha é lugar de mulheres velhas, não de homens jovens. Lugar de homem é o ringue de boxe. Salas de audiência. Lugares onde podemos lutar. Como que se luta cozinhando?

Todo mundo ri de novo. O resto do jantar é dominado por Bodie falando de seus sonhos.

— Quero ser mais do que um chef — declara ele. — Quero mudar a forma como a gente come.

— Parece que o objetivo da sua carreira é se tornar um revolucionário da comida — comenta Louis.

Bodie sorri.

— Gosto disso. Bodie Omidi, revolucionário da comida. Vou colocar no meu cartão de visitas, se você me deixar usar o termo.

— Todo seu — diz Louis, flertando. — Só não esquece de me agradecer quando você conseguir sua primeira estrela Michelin.

Depois do jantar, me ofereço para ajudar o sr. e a sra. Greene com a louça, o que me dá um pretexto para ficar a sós com eles. Empilho os pratos enquanto Dawn, Nick, Bodie e Louis vão para a sala de estar e se jogam no sofá em formato de L. Não consigo ouvir a conversa deles, mas sei que Bodie está conquistando todo mundo, porque eles não param de rir.

Seja lá o que esteja dizendo, Louis aproveita para se sentar um pouquinho mais perto dele. Sinto uma pontada de ciúme. A história de amor de Bodie está apenas começando. A minha está em um limbo. Fechos os olhos e me lembro de ficar feliz pelo meu amigo.

Quando chego à cozinha, o sr. Greene está colocando os talheres na lava-louças e a sra. Greene está lavando uma panela.

— Pode colocar os pratos ali na pia — indica ela.

— Precisa de mais alguma ajuda? — pergunto.

— Se você se lembra do lugar onde guardamos os pratos, pega sete de sobremesa e coloca na mesa — sugere o sr. Greene.

Sete. Um número ímpar. Se Ash estivesse aqui, seria par.

— Claro que lembro. — Encontro os pratos de sobremesa e conto sete, mas não me mexo. Preciso perguntar agora. — Senhora Greene. Senhor Greene.

Respiro fundo. Isso é mais difícil do que eu imaginei que seria.

— Sem essa, Kam — diz ele. — Você sabe que pode nos chamar de Beau e Diana.

— Certo. Beau. Diana. — Tento soar o mais calmo possível, embora minhas mãos estejam praticamente tremendo. — Preciso perguntar uma coisa. Não é fácil... — Empaco, mas eles continuam quietos, se entreolhando, provavelmente se perguntando o que vem por aí. — É o seguinte: todo ano, a Aliança Gay-Hétero do colégio faz uma viagem, e é um momento muito especial. — Olho para a sala de estar, onde Louis e Bodie estão ainda mais perto um do outro. — Enfim, esse ano, a AGH... Bom, a viagem é para Joshua Tree.

Os dois se encaram pelo que parece ser um momento interminável. Parecem estar tendo uma conversa silenciosa.

— Você está pensando em ir — diz o sr. Greene. É mais uma afirmação do que uma pergunta.

— Talvez. Tipo, eu não sei. — Coloco os pratos na mesa porque, de repente, me sinto fraco demais para segurar sete pratinhos de sobremesa. — O que quero dizer é... Eu não vou se vocês acharem que é uma péssima ideia. Queria a bênção de vocês, acho.

Nas minhas fantasias românticas, eu me imaginava pedindo Ash em casamento um dia. Pedindo permissão para os pais dele antes. Era essa a bênção que eu gostaria de estar pedindo.

A sra. Greene solta a panela e chega mais perto de mim, apertando minha mão.

— Kam... nós nunca iremos te impedir de viver sua vida do jeito que você escolher viver.

— Sei disso. — A mão dela ainda está morna por causa da água quente. — Mas não é apenas a minha vida. É o luto de vocês. E meu também, acho. Além do mais, bom, você é terapeuta. Fiquei me perguntando se talvez, sei lá, voltar para lá poderia ser bom pra mim. Pro meu processo de cura, ou algo assim.

Ela faz uma pausa e depois diz:

— Cada um vive o luto de uma forma diferente. O que ajuda uma pessoa pode não ajudar outra.

— Sim, eu entendo. — Ela está me tratando como um de seus pacientes. Ash dizia que ela vivia fazendo isso com ele ou com a irmã. Às vezes ele não gostava. Dawn também não. — É só que... eu não quero que o meu jeito de viver o luto cause dor a vocês.

— Querido... — Ela balança a cabeça como se estivesse incerta do que dizer em seguida, mas diz mesmo assim: — Nada que você possa fazer vai causar mais dor do que a nossa família já viveu.

E é aí que o sr. Greene coloca o braço esquerdo ao redor dela, e a mão direita sobre o meu ombro.

Silenciosamente, aceito a verdade nas palavras dela, o narcisismo de achar que voltar ao deserto provocaria qualquer tipo de impacto na vida dela. Ainda assim, sei que ela jamais voltaria lá. Não mais. Não depois que ficou claro que todos os policiais, voluntários, cartazes, telefonemas, recompensas, cães farejadores e helicópteros não conseguiriam encontrá-lo. Quando o desaparecimento de Ash completou um ano, o sr. e a sra. Greene doaram todos os itens de acampamento da família. Eles seguiram em frente. Não esqueceram o filho, mas, diferente de mim, não acreditam mais que Ash vai voltar. Quero chegar à etapa do luto a que eles chegaram. Talvez eu deva seguir o exemplo e parar de procurar.

— Posso ver as pastas de desenho dele de novo? — peço.

— Kam, por quê?

A confusão no olhar da sra. Greene me diz tudo o que preciso saber. Ela não quer viver no passado.

— Achei que talvez, se eu pudesse rever os últimos desenhos, os que foram encontrados, isso me ajudaria a decidir se... se voltar lá é uma boa ideia ou...

Agora o olhar dela parece assombrado. Sei que ela não quer voltar para aquele estado emocional de novo. Talvez seja por isso que tenha guardado as artes de Ash na prateleira mais alta e mais funda do armário no quarto dele.

— Senhora Greene, eu sei que a senhora quer esquecer...

A expressão dela muda. Uma pontada de raiva atravessa seu rosto.

— Eu não quero esquecer. Eu nunca serei *capaz* de esquecer. Eu quero... — Ela respira fundo. — Aceitar. Quero aceitar. Eu preciso. Eu preciso... seguir o que digo para os outros fazerem.

— Sinto muito, foi uma péssima escolha de palavras. Sei que você nunca vai esquecer o Ash.

Ela fecha os olhos quando digo o nome dele, como se estivesse fazendo uma prece silenciosa.

— Eu já atravessei o luto.

Os olhos dela estão fechados. A sra. Greene continua presente, mas, ao mesmo tempo, está em outro lugar. Um lugar profundo e privado, um lugar dentro de si mesma que eu me sinto péssimo por invadir.

Sei que ela atravessou o luto porque a vi passando pelos cinco estágios. A negação veio primeiro. Ela não acreditava em nada do que eu dizia. Não acreditava que o filho dela havia desaparecido. Depois a raiva, no geral direcionada a mim. Ela costumava se referir a mim com uma serenidade controlada que Ash chamava de "voz de terapeuta". Certa vez, perguntei se ela ficava furiosa de vez em quando e respondeu: "Claro que sim", mas exercitava o autocontrole. Porém, quando gritava comigo, ela perdia o controle. Ainda consigo escutar seu desespero, os berros ensurdecedores que ninguém sabia que ela guardava dentro de si.

Eu mandei vocês não saírem do acampamento.

Como podem ter sido tão estúpidos?

Por que vocês nunca me ouvem?

Então veio a barganha. No caso dela, uma barganha literal. Todas as recompensas que a sra. Greene ofereceu. Os cartazes que ela, o marido e Dawn espalharam por Coachella Valley e entregaram para estranhos nas cidades desérticas misteriosas ao norte, que pareciam presas no tempo, as cidades que Ash costumava chamar de Westworld.

A depressão veio em seguida, e foi a que mais durou. E depois, imagino, chegou a aceitação.

— Mas... — Olho para baixo e percebo que meus pés estão batendo de ansiedade. Me seguro. — O que eu quis dizer é... Bom, não importa o que eu quis dizer, é só que... Senhora Greene, quer dizer, Diana, eu sinto muito, não queria...

— Kam, eu não posso controlar o que você faz — fala ela, com delicadeza. — E nem quero. A vida é sua. Mas...

— Mas?

— Me preocupo com você, só isso. Eu acho que o Ash... — Ela fecha os olhos e solta o ar com força. — Ele iria querer te ver feliz, com uma vida plena. Ele gostaria de te ver indo bem na escola, entrando numa ótima faculdade e... namorando alguém. Ele não gostaria de te ver correndo atrás do fantasma dele.

Assinto porque sei que ela tem razão. Só que talvez ele não seja um fantasma. Ele pode estar vivo. E, até eu ter certeza de que não está, não posso superar. Não vou desistir.

— Então você, o sr. Greene e a Dawn não ficarão magoados se eu for? — pergunto.

Ela balança a cabeça.

— Já estamos magoados, Kam. Nada que você faça poderá nos livrar dessa dor e, sinceramente, não acho que você seja capaz de piorá-la também. Viva sua vida. Ela é preciosa.

Tento agradecer, mas o que sai é um soluço.

Ela me solta e sorri.

— Vamos levar um chá para a sala. Aqueles dois suaram muito na quadra. Precisam se hidratar.

— Boa ideia — concordo. — Posso preparar.

— Obrigada, querido. — Com uma postura assertiva, ela completa: — Quer saber? Vocês dois podem servir a sobremesa e o chá. Vou buscar as pastas com os desenhos. Podemos olhar juntos. Acho que Nick nunca viu as artes do Ash. — Ela me presenteia com um sorriso agridoce. — Não se sinta mal por falar dele, Kam. Nunca se sinta culpado por isso. Você é uma das únicas pessoas que o amou tanto quanto nós. Isso significa muito pra gente.

* * *

Eu e o sr. Greene conseguimos servir o chá e a torta de limão caseira antes de a sra. Greene buscar as pastas. Meu olhar passeia pela sala de estar. Há fotos dele por toda parte. Ash bebê. Ash criancinha. E, é claro, o Ash que eu conheci. Eles não querem esquecê-lo. É claro que não. Só se recusam a passar os dias e as noites como eu, fazendo perguntas que não têm respostas. Vivendo em um estado de espera constante.

— Cá estão. — Olho por cima do ombro e lá está ela, carregando uma pilha de pastas. — Pensei que, como o Ash não está aqui com a gente hoje, poderíamos incluí-lo mostrando a arte dele para o Nick e o Louis.

Dawn se levanta em choque e se aproxima da mãe com um sorriso trêmulo.

— Que boa ideia, mãe! — Virando-se para Nick e Louis, ela acrescenta: — Meu irmão era meio que um gênio criativo. Ele fazia desenhos e depois escrevia poesias nas imagens.

Estremeço com o jeito como ela fala de Ash no passado. Mas, até aí, todo mundo fala dele como se já tivesse partido.

Nós nos agrupamos ao redor das pastas enquanto a sra. Greene vira as páginas. Nick e Louis fazem perguntas sobre o estilo dele, e a sra. Greene lê um dos poemas de Ash em voz alta. Quando chega ao final da primeira pasta, revelando os últimos desenhos que Ash fez, os que foram encontrados no parque, sinto meu coração acelerar. Todos nós procuramos por ele. Procuramos e procuramos e depois procuramos mais um pouco. Ele nunca apareceu. Mas estes desenhos apareceram. Junto a alguns outros pertences dele.

Os tênis pintados à mão.

A faixa preta que ele usava para deixar o cabelo longo para trás.

E, então, todo mundo se esqueceu dele. Todo mundo menos a gente. As pessoas nesta sala. Aqueles que o amaram.

Há uma reverência silenciosa na casa enquanto a sra. Greene nos mostra os últimos desenhos que ele fez, arrancados do caderno que ele levou para o parque naquele dia. Ash sempre dizia que o ar do deserto o inspirava. Ele me desenhou dormindo sob o sol. Desenhou os pais dele olhando para o céu. Desenhou lagartos e pássaros e tartarugas. Sempre me mostrava tudo no que estava trabalhando.

Mas havia alguns desenhos que ele nunca me mostrou, coisas que deve ter feito quando estava sozinho.

Árvores que pareciam pessoas, com braços esticados em desespero para o céu.

Rochas que pareciam formações monstruosas, com crateras no lugar dos olhos.

Passo os dedos pelo plástico que cobre a imagem atormentada de um garoto com sete braços, cada um como um galho de uma árvore de Josué, a Joshua Tree. Os membros se enroscam uns nos outros. O rosto do garoto não está visível. Ele olha para o céu. Em busca de respostas. Talvez rezando pela ajuda de um helicóptero, um OVNI, Deus.

Fecho os olhos diante da dor e do medo nestas imagens. Quando esses desenhos foram encontrados, a família de Ash ainda estava no estágio da raiva. Os desenhos os assustaram. Independentemente do que tenha acontecido com Ash, eram uma prova inegável de que ele estava sofrendo.

Ainda consigo ouvir a voz deles, as palavras como facas apontadas para mim. Quem mais poderiam culpar, exceto a última pessoa que viu o filho deles com vida, o único que talvez tivesse alguma resposta?

Qual foi a última coisa que ele te disse? Como ele parecia estar mentalmente?

Me viro para a sra. Greene.

— Tem uma parte de mim que acredita que, se eu voltar... talvez... quer dizer, e se...

Me dou conta de como é constrangedor ter essa conversa na frente de tantas outras pessoas, mas é mais forte do que eu.

Ela parece ler meus pensamentos.

— Já se passaram dois anos, Kam. Ele se foi. É impossível sobreviver a dois anos naquele deserto. Alguns dias já seria difícil. Dois anos seria... simplesmente impossível.

Ela fecha a pasta.

— Certo, foi lindo fazer essa viagem ao passado, mas agora é hora de jogar Quem Sou Eu.

— Ai, meu Deus, a gente vai jogar Quem Sou Eu? — pergunta Bodie. — É meu jogo favorito.

— O meu também! — diz Louis, com um gritinho todo animado.

Ele está muito a fim de Bodie. Não está nem tentando esconder ou bancar o difícil.

Enquanto Dawn entrega pedaços de papel para todo mundo escrever o nome de uma celebridade, penso em como a sra. Greene pode estar certa. Mas aí lembro que o corpo de Ash ainda não foi encontrado. Ele pode estar por aí, em algum lugar. Pode estar na casa isolada de algum homem horrível. Ou ter sido abduzido por alienígenas. Já aconteceu de pessoas desaparecidas voltarem. E, mesmo se ele não voltar, se eu refizer meus passos... talvez me lembre de algo que possa ajudar a trazer paz para todo mundo. Ou talvez seja só eu que precise de paz. Talvez os Greene não precisem das minhas lembranças perdidas que desapareceram com Ash. Aqueles momentos finais que podem me dar alguma resposta.

Enquanto minha mente divaga, nos dividimos em dois grupos desiguais e o jogo começa. É Dawn, Nick e o sr. Greene contra mim, Louis, Bodie e a sra. Greene. Dawn pega um pedaço de papel.

— Beleza, essa eu conheço! Ela é uma nepo baby. Bom, não exatamente, porque ainda não é famosa.

— Por que ela está no jogo se não é famosa? — pergunta Nick. — Como a gente vai adivinhar uma anônima?

Dawn responde rápido:

— Não, peraí, lembrei. É o bebê da Gwyneth Paltrow. Quem escreveu esse nome já está na minha listinha do ódio. O primeiro nome é uma fruta.

Me viro para Bodie, sabendo que foi ele. O sorriso confirma.

— Kiwi! — grita o sr. Greene.

— Manga! — berra Nick.

— Não, uma fruta mais comum.

— Coco — diz o sr. Greene.

— Pai, desde quando coco é comum? — resmunga Dawn.

— Coco é fruta? — pergunta Louis.

— Não interrompe se você não está no meu time! — dispara Dawn, deixando o espírito competitivo à mostra.

— Claro que é fruta! — diz Nick. — Igual a abacate, pimentão e azeitona.

— Eu também sou fruta! — exclama Bodie.

— E eu! — Louis levanta a mão.

— Cocos são comuns na Tailândia — aponta o sr. Greene.

— Gente, foco! — implora Dawn.

O alarme no celular de Nick toca.

— Tempo! — grita ele. — Ainda bem que você é melhor no tênis do que nesse jogo.

Dawn balança a cabeça.

— O nome era…

— Peraí, não — diz Bodie. — Tem que devolver o papel pra tigela.

— Coloca a fruta de volta na tigela — brinca Louis, e todo mundo ri, Bodie mais alto que o resto de nós.

Bodie é o primeiro do nosso time a jogar e, quando assume a posição na nossa frente, me lembro das outras vezes que jogamos isso juntos, a maioria delas com nossos pais, que são péssimos em adivinhar. Me lembro da vez em que Bodie tentou fazer meus pais adivinharem Shawn Mendes, e no quanto nós rimos quando eles disseram *Eh-Shawn* com sotaque persa.

Enquanto Bodie rapidamente faz Louis adivinhar cada nome que ele tira da tigela, a lembrança da voz da sra. Greene me vem à mente — frenética, gritando comigo, implorando para que eu me lembrasse.

Pensa, Kam, PENSA.

— La, la, la, la, la, la, la, la.

Onde vocês estavam?

— Kylie Minogue!

Como eram as rochas?

— Filha mais velha do 44º presidente.

Ele tinha levado água? Tinha?

— Malia Obama!

A culpa é sua.

— Benito.

Se você não tivesse vindo, nosso filho estaria vivo.

— Mussolini. Não, pera, Bad Bunny!

É tudo culpa sua.

Às vezes, acho que o pior momento da minha vida não foi quando acordei sem Ash, mas sim quando fui culpado pelo desaparecimento dele pelas únicas pessoas que o amavam mais do que eu. Não ligo para quantos estranhos ou colegas de classe acham que o matei. Mas, quando os pais dele pensaram que eu poderia ser o assassino, fiquei destruído.

— Nossa — comenta Dawn quando o jogo termina. — Bodie e Louis, vocês fizeram uma fusão mental, foi?

— Mentira! Você é fã de *Star Trek*? — pergunta Louis, empolgado.

— *Você* é fã de *Star Trek*? — pergunta Bodie para Louis, com uma pontada de julgamento.

— Sim, tipo, mais ou menos.

Dá para sentir as engrenagens girando na cabeça de Bodie. Ele não curte ficção científica. Assistir a *Star Trek* seria tortura para ele. Meu amigo *finalmente* encontrou um ponto negativo em Louis. Então, ele sorri e diz:

— Legal.

*   *   *

Depois de limparmos os pratos de sobremesa e agradecermos, eu, Bodie e Louis ficamos em um canto trocando ideia. Em outro, Dawn e Nick estão no meio de um debate acalorado. Não dá para ouvir sobre o que eles estão brigando. A única coisa que consigo entender é Nick dizendo de maneira bem enfática:

— Conta pra ele logo.

Contar para quem? Contar o quê? Olho para Bodie e Louis, os dois de boa, os corpos bem pertinho enquanto assistem a alguma coisa no celular de Bodie. A primeira coisa que me vem à mente é que talvez Louis tenha um namorado e Nick ache que Dawn deveria contar para Bodie.

Porém, Dawn atravessa a sala, não na direção de Bodie, mas na minha.

— Ei, Kam, podemos falar a sós rapidinho? — pergunta ela.

— Claro — aceito, surpreso.

— Podemos ir lá fora, o que acha? — oferece ela, já seguindo na direção da porta. Olho para Bodie, mas ele está envolvido demais com Louis para reparar em mim. Quando chegamos lá fora, Dawn parece estar com medo de começar. — Meus pais contaram que você está pensando em voltar para Joshua Tree.

— Ah — digo, quase aliviado ao descobrir que é disso que ela quer falar. — Sim, tipo, eu queria perguntar pra vocês três, ver se estão de boa com isso. Desculpa por não ter te chamado quando conversamos. Se for pesado demais pra você, eu não vou...

— Kam, respira. — Ela coloca as mãos sobre meus ombros tensos. — Obrigada, mas isso não é sobre o que pode me magoar ou magoar você. — Vejo uma lágrima escorrendo pela bochecha dela. — É sobre...

— Sobre o quê? — pergunto. Ouço uma nota de medo na minha voz; estou apavorado com o que ela vai dizer.

— Ash era a pessoa mais feliz do mundo quando estava com você.

Sinto uma dor atravessando meu corpo.

— Era o contrário. Eu era a pessoa mais feliz do mundo quando estava com ele — falo.

— Mas o que você não entende é como ele ficava infeliz quando não estava com você — continua Dawn. — Ele se destruía. Por isso que nunca te contamos. Deveríamos ter contado. Meus pais amam dizer que são super-honestos, mas também amam guardar segredos. E, quando eu aponto isso, eles sempre ficam, tipo, "A única pessoa com quem você deve ser radicalmente honesta é consigo mesma", como se isso tirasse a culpa deles.

— Dawn, não tô entendendo.

Ela balança a cabeça e solta uma risada rouca.

— Lembra quando nos conhecemos pela primeira vez num jantar e você comentou sobre como o Ash odiava celulares e não queria ter um, ou algo do tipo?

— Sim.

Relembro o momento, me perguntando por que ela está falando disso agora.

— Eu quase te contei naquele dia, mas meus pais não deixaram.

— Me contou o quê?

— Meu irmão *amava* ter um celular. Foram meus pais que tiraram dele.

Ela engole em seco.

— Mas por que ele mentiu pra mim?

Um silêncio demorado segue a pergunta. Por fim, Dawn diz:

— Porque ele usava o celular para comprar drogas. Ele era viciado.

— Quê? — cuspo. — Isso não faz sentido. Eu nunca nem vi ele beber.

— Ele tomava comprimidos.

— Não! — exclamo. — Eu teria visto. Ele nunca tomou nada.

— Ele era bom em esconder.

— Mas a gente não escondia nada um do outro — protesto. — Nós éramos... honestos. Éramos...

Perco as palavras ao perceber que eu não era honesto com ele. Escondi o vício do meu pai, o tumulto da minha vida familiar.

Dawn continua, com delicadeza:

— Olha, vá ao deserto se quiser estar com seus amigos. Mas não vá procurar respostas. Eu sei o que aconteceu.

— Não sabe. Impossível. Você nem estava lá.

— Eu estive lá muitas outras vezes, Kam. Eu estava lá quando ele teve uma overdose. Estava lá quando tiramos ele da reabilitação. Estava lá quando ele fugia no meio da noite. A vida inteira, meu irmão sempre sugou toda a atenção com os problemas e a genialidade dele. Eu o amava e me ressentia no mesmo nível. E o conhecia de um jeito que você nunca conheceu.

— Mas...

— Me escuta. Ash provavelmente levou alguma coisa com ele para o deserto naquela viagem. Talvez tenha tomado alguma coisa misturada com fentanil, ou misturou tudo com alguma planta esquisita do deserto, porque vivia glamourizando aquela palhaçada alucinógena...

— NÃO! — grito, alto demais. Não consigo mais ouvir. Repito a palavra como um mantra. — Não, não, não, não, não.

— Kam, me desculpa. Eu deveria ter te contado. — Ela segura o choro.

— Talvez você não tenha contado porque, no fundo, sabe que é mentira. Deve ter outra explicação, eu sei que tem.

Ela solta o ar, triste.

— Sempre quis te contar. Mas a questão é: quando o Ash estava vivo...

— Ele está vivo. — Vejo a dúvida no olhar dela. — Ele *pode* estar vivo.

— Ele me implorava para não te contar, Kam. Implorava a todos nós.

— Mas...

— Todas as vezes que ele desaparecia... onde você acha que ele estava?

Eu sei a resposta para essa pergunta.

— Criando arte. Ele precisava desaparecer para entrar num estado de espírito criativo. Era por isso que ele amava o deserto. Era por isso que...

— Kam, para. Você está fazendo o que a gente costumava fazer. Acreditando numa mentira porque é mais fácil do que lidar com a verdade. A verdade é que ele se isolava porque é isso que viciados fazem. É assim que eles escondem o vício.

— Mas ele não ficava isolado. Ele tinha a mim. — Minha voz treme.

— Ele tinha você. — Ela olha para mim com um sorriso triste. — Ele te amava tanto que não queria te assustar. Não conseguia acreditar que alguém tão bem resolvido como você veria alguma coisa nele, e tinha medo de perder isso.

— Bem resolvido? Eu não sou bem resolvido. Eu sou completamente perdido.

Minha visão está turva com as lágrimas que se acumulam.

Dawn olha para mim com tristeza.

— Eu sinto muito mesmo, Kam. Talvez, se tivesse te contado logo no começo, vocês nunca tivessem engatado nada sério. Talvez você não ficasse tão perdido.

— Não, não, não — protesto. — Você não entende. Eu sempre fui perdido. *Ele* foi a melhor coisa que aconteceu *comigo*. — Agora minhas lágrimas começam a cair. — Não acredito nisso.

— Eu também costumava achar que ele era só um espírito criativo. Mas aí a pandemia aconteceu e só piorou tudo. Talvez o isolamento tenha sido demais para o Ash. Não sei... Tentamos dois centros de reabilitação...

— Mas... eu me lembraria de não ver ele no colégio. — Estou fazendo todo o possível para desbancar o que ela me conta.

— Vocês não estudavam no mesmo colégio ainda. Por que acha que ele se transferiu pra lá no último ano? Um novo começo. Ninguém sabia tudo pelo que ele já havia passado.

— Meu Deus! — Me ouço exclamar em desespero.

— Fizemos terapia familiar. Minha mãe até tentou levá-lo num tipo de terapia experimental com cetamina. Nada funcionou. Mas, quando o Ash te conheceu, ele ficou... diferente. E nós nos convencemos de que você era a solução que nunca tínhamos visto. Foi por isso que nunca te contamos. E então... quando ele...

— Não diz *morreu* — imploro. — Por favor, não diz isso. Você não tem certeza. Não tem como ter certeza.

— Quando ele desapareceu... — A voz dela estremece. — Meus pais, eles não... eles não... não conseguiam lidar com a explicação mais óbvia, porque isso significaria que não tínhamos feito o bastante para impedi-lo, para salvá-lo.

Dawn fecha os olhos.

— Mas ele não estava... — Gaguejo, tentando encontrar as palavras. — Ele não parecia *alterado*. Não quando estávamos juntos. Não naquela viagem ao deserto. Nunca. Juro. Se ele parecesse alterado, ou se fizesse algo perigoso, eu teria impedido. Eu contaria pra vocês.

— Eu sei disso — tranquiliza ela. — Mas talvez você tenha perdido os sinais, como todos nós perdemos no começo.

— Quais sinais?

Mas, assim que pergunto, pequenos momentos inundam minha mente. A dor de quando ele desaparecia sem dar notícias. A emoção de estar por perto quando ele estava *ligado*. A agitação nele toda vez que me dava uma *mixtape* nova, ou quando falava de suas suculentas favoritas. Mas aí havia os momentos em que ele estava desligado. Desligado e isolado. Quando era difícil manter uma conversa com ele. Eu achava que era só mau humor. Talvez fosse o efeito das drogas passando.

— Não quero que você sofra para sempre por causa disso.

Dawn me puxa para um abraço. De primeira, eu resisto. Mas, quando ouço o choro escapando dela, a aperto com força. Nós choramos nos braços um do outro e minha mente está a mil. Todo esse tempo, Ash e sua família esconderam o vício dele de mim porque não queriam me assustar. E, nos meses que eu tive com Ash, escondi o alcoolismo do meu pai com medo de assustá-lo. Todos esses segredos. Toda essa vergonha. Talvez, se tivéssemos sido sinceros um com o outro, ele ainda estivesse aqui.

Mas aí lembro que o corpo de Ash nunca não foi encontrado. Pode até ser que ele lutasse contra o vício, mas isso não quer dizer que ele está morto. Na real, é bem mais provável que tenha sido sequestrado, se estava chapado. Ou talvez tenha fugido para esconder o vício de todos nós.

Eu nunca quis tanto salvá-lo como quero agora. Sei que ele está em algum lugar, esperando que eu o encontre. E sei que não dei a ele todo o amor que tinha dentro de mim porque menti para Ash. Escondi as piores partes de mim e ele fez o mesmo. Preciso encontrá-lo e mostrar que sou de verdade, quem sou por completo.

Porém, Dawn implora:

— Por favor, não volte lá. Você só vai se torturar.

E eu me pego concordando, prometendo para ela que não vou procurar por Ash na vastidão do deserto.

PRIMEIRO ANO

— Na minha casa ou na sua? — pergunta Bodie quando o sinal do colégio toca.

— A gente não ia cozinhar na sua casa? — devolvo.

— Ah, sim. Espero que minha mãe tenha comprado os ingredientes de que vamos precisar.

Bodie envia mensagem para a mãe enquanto saímos da sala.

Avisto Ash lá no final do corredor, como uma aparição. Ele acena para mim.

— Ingredientes confirmados — diz Bodie.

— Na verdade, posso te encontrar direto lá?

Bodie olha para Ash, irritado.

— Eu posso te esperar aqui — sugere.

— Pode ser. Mas…

— Mas você quer ficar sozinho com ele — completa Bodie. — Beleza. Eu superentendo. Só estou sendo um babaca.

— Bodie — falo urgentemente enquanto Ash caminha na nossa direção. — Vai.

Ele olha para mim com uma pontada de mágoa.

— Tá bom. Mas vê se… — Ele não termina, mas sei que está pensando em me pedir para tomar cuidado, porque Ash é esquisito e mais velho.

— Pra onde seu amigo fugiu? — pergunta Ash ao me alcançar.

— O Bodie? Ele foi pra casa, e eu vou encontrar ele mais tarde. Vamos assar cupcakes de arco-íris para a próxima reunião da Aliança Gay-Hétero.

Ash assente.

— Você gosta de cozinhar?

— Não muito, cozinhar é mais a pira do Bodie — explico. — Mas é divertido ser o sous chef.

— E qual é a sua pira? — pergunta Ash, na mais pura curiosidade.

— Sei lá. — Dou de ombros. Queria ser cheio de paixões tipo Bodie. Tenho tanto medo de parecer desinteressante, que rapidamente jogo o foco em Ash. — O desenho que você fez pra mim. O nascer do sol. Ficou tão legal.

— Sério? — pergunta ele, me fitando nos olhos.

— Sério — respondo. Olho para o relógio na parede do corredor. — Preciso ir pra casa do Bodie daqui a pouco.

— Posso te levar até lá, se for do seu interesse — oferece ele.

Solto uma risadinha de nervoso.

— Sim, é do meu interesse.

Tiramos as máscaras assim que saímos lá fora. Fico chocado ao notar como me sinto feliz em ver o rosto dele. A curva incomparável dos lábios. Os fiapos de barba ruiva nas bochechas.

— Me mostre o caminho — diz ele.

Desço as escadas, amando o som dos passos de Ash atrás de mim.

— *I'll follow you into the dark* — canta ele. *Vou te seguir escuridão adentro.* Sorrio.

— Você não estava no show em que ela cantou um cover dessa música, estava?

Ele balança a cabeça em negativa.

— Nossa, meu sonho, mas não tenho dinheiro pra ir até Denver para um show da Lana. Só fui em um dela, no Hollywood Bowl, no setor mais barato que tinha. Fui com a minha irmã. Foi mágico. E você?

— Nunca. E agora nem tem mais como ter show.

— Merda de covid, nos impedindo de ver a Lana ao vivo.

Nós dois rimos. Queria que Bodie pudesse ver que Ash tem um senso de humor.

Tento pensar em uma piada para manter o assunto rolando, mas não consigo.

— A casa do Bodie não é muito longe — digo.

Olho para baixo, para os tênis dele, pintados à mão de amarelo-vivo e cinza-escuro. Lembro quando o vi pintando no banheiro.

— Queria que fosse. Daí teríamos mais tempo juntos.

Sorrio. Também queria isso.

— Seu nome é Kam mesmo ou é apelido? — pergunta ele.

— Kamran.

— Kahm-rahn — repete Ash, com atenção. — Que nome lindo.

— Quando pronunciam certo é lindo mesmo, pena que nunca acontece.

— Eu errei? — pergunta ele.

— Não, não, você mandou bem. Mas não tenho paciência para explicar a pronúncia do meu nome cem vezes até as pessoas aprenderem. Enfim, meus pais me chamam de Kamran, os pais do Bodie também. Mas, tirando eles, ninguém mais.

— Você se sente mais Kamran ou mais Kam?

— Não sei... — Ninguém nunca me perguntou isso antes. Talvez, se tivessem perguntado, eu já tivesse uma resposta.

Ash pega uma latinha amassada no chão e a segura com força.

— Então você é próximo dos pais do Bodie também?

— Ah, sim. Nossos pais são melhores amigos. A gente formou uma bolha no início da pandemia, com alguns outros persas, basicamente para os nossos pais continuarem jogando cartas juntos.

— Que empenho com o jogo. A única coisa que a gente joga lá em casa é Quem Sou Eu, quando recebemos convidados pra jantar.

— A gente joga com nossos pais às vezes! — falo, empolgado ao encontrar um ponto em comum. — O Bodie é muito bom nesse jogo.

— Você fala muito dele — observa Ash.

Dou uma risada nervosa, tentando decifrar o tom dele. Está criticando ou apenas comentando?

— Acho que é inevitável. Somos melhores amigos. Nossas mães trabalham juntas também. Elas são corretoras imobiliárias.

— Elas têm anúncios em pontos de ônibus com fotos das duas sorrindo de terninho? — pergunta Ash, de brincadeira.

— Meu sonho! Seria icônico. Imagina, minha mãe, uma estrela dos pontos de ônibus?

— Sua beleza veio dela ou do seu pai?

Sinto o rosto queimar de vergonha. Quero dizer que não sou bonito, mas não quero que ele me ache um bobão inseguro. Então, Ash cai no riso.

— Essa pergunta foi tão idiota, putz. Desculpa. Sou ruim demais nisso.

— Nisso o quê? — pergunto.

— Sei lá. Flertar. Paquerar. O que a gente está fazendo?

— Estamos conversando sobre como meus pais são bonitos — digo. Por sorte, ele ri enquanto corre até uma lixeira próxima para descartar a latinha que pegou do chão. Esse pequeno gesto me impressiona tanto. Me parece uma pista de como ele tem uma alma generosa. — Então, Ash é seu nome mesmo?

— Asher — responde ele. — Asher Raider Greene.

Paro de caminhar por um momento, talvez porque o som melódico do nome completo dele me impressione, talvez por não querer que nossa caminhada termine tão cedo.

— Prazer em te conhecer por inteiro, Asher Rainer Greene. — Estendo a mão.

— Prazer em te conhecer por inteiro, Kamran Khorramian. — Ele me cumprimenta.

Eu não solto a mão dele.

— Você sabe meu sobrenome?

— Sei, tipo, está no diretório do colégio. E provavelmente pronunciei tudo errado.

— Não, você falou direitinho, na real. Provavelmente por causa das Kardashians.

Ele ri.

— Você claramente não me conhece de verdade ainda. Eu nunca ouvi uma Kardashian falando. Quem são elas, afinal?

— Tá falando sério? É meio que impossível escapar delas.

Ash olha para o céu, depois para o chão.

— Eu sou péssimo no Quem Sou Eu, obviamente. E sou muito bom em escapar.

Há algo no tom dele que não consigo definir. Uma solidão que reconheço por ser parecida com a minha.

Me viro para ele e pergunto com delicadeza:

— Para onde você escapa?

Ele solta minha mão, pega uma flor roxa amassada do chão e a coloca atrás da minha orelha.

— Minha flor favorita.

A flor provavelmente já foi pisoteada por centenas de sapatos sujos. Alguns cachorros já devem ter feito xixi nela. Ainda assim, eu não me importo.

— Qual é o nome dela? — pergunto enquanto volto a caminhar.

— Tá de brincadeira? — Empolgado, ele balança as mãos na direção de algumas árvores secas. — É flor de jacarandá. Aposto que já reparou nelas antes. As flores roxas que desabrocham na primavera pelas ruas. Elas, sim, são impossíveis de escapar.

— Eu... eu não reparo muito em árvores — confesso. — Tipo, eu reparo, mas parece tudo a mesma coisa.

— Vou precisar te ensinar sobre a magia das árvores. — Não há julgamento na voz dele. — Tem um trecho de uma música da Tori Amos que eu adoro, em que ela basicamente diz que os jacarandás a estão alertando de que uma amiga dela está em apuros. Eu sinto isso, sabe? Que as árvores falam com a gente. Que nos mandam pequenos alertas.

— Elas estão nos alertando sobre o que neste momento?

Ele fecha os olhos.

— Agora, estão me alertando para não te assustar sendo um esquisitão.

— Foi por isso que você mudou de colégio no último ano? Os alunos do outro colégio não te entendiam?

— É. Percebi que eu tinha mais um ano para tentar acertar no ensino médio.

Ele morde os lábios, nervoso.

— Me conta mais sobre esses jacarandás que você tanto ama.

Agora Ash se anima.

— Bom, assim como as palmeiras, eles não são nativos daqui. Eu não me importo. Algumas pessoas acham que importar árvores para Los Angeles só prova como essa cidade é toda montada, mas eu não vejo dessa forma. Vejo as árvores como sonhadoras. Assim como nós. Elas quiseram vir pra cá atrás dos próprios sonhos, sabe?

— Os jacarandás são nativos de onde? — pergunto.

— Da América do Sul — diz ele. — A maioria vem do Brasil e da Argentina. Minha mãe ama essas árvores. Ela diz que parecem uma pintura impressionista na vida real.

— Sua mãe tem razão. Parecem mesmo. Tipo, se você olhar por muito tempo, elas ficam todas embaçadas.

Ele sorri.

— Visão dupla.

— Quê? — pergunto.

— Nada, foi mal. Viu só como eu sou esquisito?

— Talvez eu seja esquisito também. — Fecho os olhos, tentando preservar esse momento na memória. Quando os abro, acrescento: — E talvez eu esteja feliz que as outras pessoas não te entendam, porque assim posso ficar com você só pra mim.

— Gostei disso, esquisitão.

Caminhamos em silêncio por alguns passos.

— Você nasceu aqui? — pergunto.

— Nascido e criado — responde ele, com orgulho. — E provavelmente vou ficar aqui a vida inteira. Não existe lugar melhor. Onde mais eu poderia estar perto assim da praia, das montanhas *e* do deserto?

Onde mais é possível ver toda a arte e cultura que a vida urbana tem para oferecer, e também ver coiotes atravessando a rua?

Solto uma risada.

— Eu nunca vi um coiote atravessando a rua.

— As pessoas que não gostam de Los Angeles não entendem. Sabe quem entende Los Angeles?

Ao mesmo tempo, nós dois gritamos "Lana!" e depois rimos.

— As pessoas dizem que é um lugar sem graça, mas só porque vivem muito na superfície e não exploram as profundezas. Em geral, quando alguém critica alguma coisa, só está criticando a si mesmo.

Me dou conta de como ele está certo.

— Aqui é a casa do Bodie — anuncio, quando chegamos.

Bodie está nos espiando pela janela da cozinha, como um detetive.

— Você já foi no Jardim Botânico de Huntington? — pergunta Ash.

Faço que não com a cabeça.

— Se estiver livre esse fim de semana, adoraria te levar lá.

— Estou livre — respondo, rápido demais. — Desculpa, é melhor eu bancar o difícil? Eu nunca, *hum*... sabe como é, saí com ninguém.

Ele sorri.

— Não precisa bancar nada. Isso aqui não é uma brincadeira. Apenas seja você mesmo.

— Pois é, falar é fácil... — Abro um sorriso nervoso. — Mas, sim, para o jardim. Eu adoraria ir com você.

Os olhos dele se iluminam.

— Espera só até a gente chegar lá. Eles têm um jardim australiano, um jardim japonês, tantas camélias que você nunca mais vai olhar para uma do mesmo jeito. — Eu nunca vi uma camélia na vida, mas não o interrompo para contar isso. — Meu favorito é o jardim desértico. As suculentas! — Não tenho a menor ideia do que é uma suculenta.

Depois de nos despedirmos, tiro os sapatos e os deixo na porta da frente da casa da família Omidi. As solas estão grudentas por causa de todas as flores roxas pisoteadas que, a partir de agora, nunca mais vou deixar de notar.

Quando entro na cozinha, onde Bodie organizou os ingredientes de que vamos precisar, ele não pergunta sobre a minha caminhada com Ash. Em vez disso, me mostra o celular. Está aberto em uma mensagem que ele digitou para Jack Spencer, mas ainda não enviou. *Será que posso mudar de ideia sobre aquele encontro?*

— O que acha? — pergunta ele.

Olho para ele.

— Tipo, acho que funciona. Talvez você devesse começar com *"oi gatowww"* pra ele se sentir mais à vontade.

Ele me dá um soquinho de brincadeira.

— Te odeio.

— Eu também te odeio. E achei que você não estava a fim dele.

— Peguei muito pesado com ele — admite Bodie. Arqueio a sobrancelha, surpreso. Ele envia a mensagem e se vira para mim. — Para de me olhar assim! Sei que eu sou um babaca viciado em julgar às vezes. — Poucos segundos depois, Jack envia um emoji de piscadinha e um emoji de foguinho. Bodie me mostra o celular. — O que você acha que isso significa?

— Que ele está feliz e com tesão? — sugiro. — Ou que está com um terçol no olho no meio de um incêndio?

— Se eu pegar terçol dele vou ficar tão puto.

Rapidamente, Bodie responde com dois emojis de joinha marrom.

— Eu já te passei terçol e foi tudo, lembra?

Ele ri.

— Só porque a gente não teve que ir pra escola e ficou assistindo a *South Park* com os olhos remelentos.

— E nossas mães nos deixaram sozinhos, porque ficaram com medo de se aproximar.

— Imagina elas passando um dia sem rímel! Deus me livre! — Bodie imita a voz de nojo da mãe dele com o sotaque iraniano: — Tá amarrado esse terçol!

Nós dois rimos até outra mensagem de Jack chegar. Desta vez, não são emojis. É uma foto de Jack sem camisa na frente do espelho do banheiro. Bodie encara a foto por tempo demais. Ou está sedento ou está procurando algum defeito no corpo de Jack.

— Quer que eu tire uma foto sua sem camisa para ele? — pergunto, sério.

Bodie revira os olhos e larga o celular.

— Você deveria pelo menos curtir a foto — digo.

Bodie pega o celular de novo e curte a foto de Jack.

— É por isso que eu não quero me distrair com garotos — explica ele. — São muitas regras. Quando estamos só nós dois, é simples e fácil. Como uma receita que eu já sei de cor e nunca erro. Beleza, vamos começar a cozinhar agora!

Sei o que ele está pensando. Não quer que *a gente* se distraia com garotos. Agora que eu arruinei tudo deixando Ash entrar na minha vida, ele precisa balancear as coisas.

* * *

Ash me pede para encontrá-lo no domingo de manhã no Jardim Botânico de Huntington. Bodie passa na minha casa cedo para me ajudar a me arrumar. Nossas mães já estão preparando algum imóvel para visitas, e nossos pais estão jogando cartas. Enquanto visto uma roupa atrás da outra, Bodie fica deitado na minha cama mexendo no celular.

— Não precisa se apressar — diz ele. — O jardim só abre às dez.

Balanço uma camisa de botão velha na direção dele.

— Ash disse pra gente chegar lá meia hora antes para sermos os primeiros a entrar.

— As plantas vão sair correndo? — pergunta Bodie, com uma risadinha.

— Para de bancar o engraçadinho e me ajuda a escolher o que vestir. Quero estar bonito, mas sem parecer que me esforcei demais. Manga longa ou curta? Não quero suar.

— Suor é sexy e você precisa relaxar.

Bodie se levanta com um salto e pega um par de calças esportivas e uma das camisetas velhas do meu pai.

— Essa calça? — pergunto.

Ele arqueia a sobrancelha.

— Essa aqui aperta sua bunda na medida certa.

Sorrio.

— Não sei o que eu faria sem você.

— Também não sei. — Enquanto vou ao banheiro me trocar, ele chama: — Quer que eu vá com você?

— Para o meu encontro? — pergunto, incrédulo.

Ele gagueja.

— Não, eu não... tipo, eu não ficaria com vocês... só ficaria perto... caso o encontro seja um desastre e você precise de ajuda.

Saio do banheiro com a calça esportiva e a camiseta.

— Tô gato?

— Gatíssimo. — Bodie pega o celular e abre um aplicativo. — Tá passando o novo filme do James Bond em Pasadena, perto do Jardim Botânico. Eu meio que preciso ver de novo, porque meu pais falaram durante o filme inteiro quando a gente assistiu. — Com o sotaque carregado, ele imita a mãe: — *Eh-Sean Connery era muito mais bonitão.*

— Bodie, não precisa, sério...

Ele me interrompe.

— E como eu já assisti ao filme, não vou me importar se você ligar porque o encontro foi horrível. Vou colocar o celular no modo vibratório.

Não me dou ao trabalho de discutir. Está decidido. Bodie vai comigo. Ele até pede o Uber, que me deixa lá primeiro e o leva ao cinema depois.

* * *

Quando o carro para na frente do jardim, vejo Ash de pé do lado de fora. Ele está segurando um aparelho de som antigo. Baixo o vidro do carro. Aceno para ele. Ash aperta o play e segura o aparelho em cima da cabeça. A voz de Lana começa a tocar pelas caixas de som. *I'm on the run with you my sweet love. There's nothing wrong, contemplating God.* Eu estou com você, *meu doce amor. Não há nada de errado, contemplando Deus.* Me derreto com a beleza do gesto. Ele está criando um momento de comédia romântica só para mim, como se eu fosse o interesse amoroso de uma nova versão de uma história antiga.

Quase esqueço que Bodie está comigo até ele dizer:

— Fazer uma música sobre a teoria da conspiração das substâncias jogadas por aviões num momento em que as pessoas acreditam que tem chip nas vacinas é meio perigoso, não acha? E clubes de campo, sério? São instituições racistas que...

— Bodie, para — ordeno. — Por favor.

— Beleza, até mais tarde. — Pela janela, ele grita: — Oi, Ash! Divirtam-se!

O motorista leva Bodie para o cinema enquanto eu me aproximo de Ash. Ele coloca o aparelho de som em um banco, mas não desliga. A música de Lana termina, e uma nova, que não reconheço, começa. Ash tira uma fita cassete do bolso.

— Fiz uma *mixtape* pra você — anuncia ele. — É meu jeito analógico de dizer que... bom, que eu não consigo parar de pensar em você quando não estamos juntos.

Me sinto flutuando.

— Então vamos passar mais tempo juntos. — Pego o celular e filmo o momento. — Quando você fez isso? — pergunto, fingindo ser um repórter.

— Ontem à noite, bem tarde, ou hoje de manhã, bem cedo. Depende da sua definição de noite e dia.

Dou zoom no sorriso de Ash, dando a ele o close-up que merece enquanto comenta sobre a lista de artistas que gravou na fita. Fico radiante ao perceber que já temos piadas internas, uma linguagem compartilhada que é só nossa.

— Tentei escolher alguns artistas que você provavelmente conhece, tipo David Bowie e Ethel Cain e Nick Cave e Joan Baez — explica ele. — E alguns que talvez não conheça, tipo Happy Rhodes e Black Belt Eagle Scout.

— Não sei o que dizer. Obrigado.

— Que tal parar de me filmar agora? — pergunta ele.

— Mas isso tudo parece uma cena de filme — rebato. — Como eu poderia deixar de filmar?

Ao ouvir isso, Ash levanta a caixinha de som novamente e recita:

— Não se esqueça. Eu sou apenas um garoto, diante de outro garoto muito mais lindo, pedindo para que ele goste das mesmas músicas que eu, porque música é uma das chaves para o meu coração cansado.

— Eu não sabia que você era do tipo que gosta de comédias românticas — provoco.

— É cem por cento influência da minha irmã — explica ele. Bodie me envia uma mensagem perguntando se está tudo bem. Apago a notificação e continuo filmando. — Ela me fez assistir aos clássicos da Meg Ryan, Julia Roberts e Sandra Bullock inúmeras vezes.

— Você fala como se *não fosse* romântico — aponto.

Os olhos dele se iluminam.

— Eu não me considerava romântico, mas talvez você tenha mudado isso em mim porque... — Ash volta a usar a voz de atuação ao dizer: — Você. Me. Completa. — Então, para de atuar. — Agora dá pra parar de filmar? Eu fico tão envergonhado.

Dou zoom nos olhos dele. Preciso capturar o jeito como brilham antes de silenciar o celular e guardar no bolso.

Ele se aproxima de mim.

— Obrigado. Agora posso finalmente relaxar e parar de fingir que sou o Hugh Grant. — Ele segura minha mão. — Posso?

— Sim — respondo. — Pode.

Ele aperta minha mão. Seu toque é um pouco pegajoso. Consigo sentir seu pulso acelerado. Eu estava tão focado no meu próprio nervosismo que não pensei que Ash poderia estar nervoso também.

— Ei, a *mixtape* é pra você, tá bom? Só pra você.

— Como assim?

— Tipo... não escuta quando estiver estudando com ele.

— Com quem? Bodie? — pergunto. Dá para ouvir o tom defensivo na minha voz.

— Ele vai tirar sarro. Sei que ele acha que eu sou...

— Vou escutar sozinho — prometo, interrompendo antes que ele possa dizer outra coisa negativa sobre Bodie.

— Beleza. — Ele beija minha mão lentamente, mantendo os lábios nas juntas dos dedos. — Posso?

— Pode — digo, admirando os olhos dele. — Você é incrível.

Por um momento, acho que Ash vai chegar mais perto e me beijar, mas aí a música muda e nós dois nos viramos para a caixinha de som. O momento passou.

— Vamos — diz ele. — Vamos ser os primeiros a entrar. Quero que você veja os jardins sem um monte de gente estragando tudo.

Algo acontece comigo naqueles jardins. Com a gente. Enquanto passeamos, desabrochamos como todas as flores e plantas sobre as quais ele me ensina. Nunca me senti tão vivo, tão curioso, tão estimulado. Certa vez, meu pai me disse que o tempo é elástico. Que passa devagar quando somos jovens, acelera conforme envelhecemos, se arrasta quando estamos entediados, corre quando nos perdemos na alegria da novidade. Na época, eu não entendi o que ele quis dizer, mas passo a entender enquanto Ash me guia pelos jardins. Quando estou com ele, tudo parece novo e o tempo passa rápido demais. Talvez seja por isso que eu o filmo de novo enquanto ele me explica sobre os monges budistas que criaram os bonsais no Japão e sobre o orquidário de Arabella Hutington. Não consigo evitar. Quero me lembrar de cada palavra, cada maneirismo, cada sorriso.

Passamos mais tempo no jardim desértico que ele tanto ama. Ash me diz que, se fosse uma planta, ele provavelmente seria um cacto.

— Por quê? — pergunto, ainda filmando.

— Só vou responder se você parar de me filmar.

Guardo o celular assim que outra mensagem de Bodie chega. Três pontos de interrogação.

Ash suspira.

— Acho que me identifico com cactos porque eles são espinhentos por fora, mas, por dentro, possuem várias propriedades de cura para aqueles dispostos a enxergar além.

— Então você tem propriedades de cura?

Ele se aproxima de mim. Há alguns turistas perambulando, mas parece que estamos sozinhos em um deserto de verdade.

— Sim, sou rico em antioxidantes. Mas você vai ter que me beijar para ter os benefícios.

— É assim que um cacto pede para beijar sei lá qual planta eu sou? — pergunto em um sussurro.

— Você é uma camélia vermelha — diz Ash. — Porque é a flor mais rara do mundo.

Começo a cantar Lana.

— *You said I was the most exotic flower…*

Você disse que eu era a flor mais exótica…

Ele me cala com um beijo. Meu primeiro beijo. Hesitante no começo, depois forte e macio ao mesmo tempo, enquanto nossos lábios e línguas relaxam e exploram. Minhas mãos passeiam pelos ombros dele, descendo pelas costas e chegando, por fim, ao peito. Mantenho-as ali, e ele faz o mesmo comigo, como se estivéssemos segurando o coração um do outro enquanto nos beijamos.

Não quero que termine nunca, mas termina. Ofegante, eu pergunto:

— Ash, nós somos… namorados? — Imediatamente me arrependo de ter falado.

— Não sei… — De repente, os olhos dele parecem assombrados. — Tenho medo de te decepcionar.

— Você não vai — garanto.

— Não sei se eu seria um bom namorado — sussurra ele. — Sou muito… sei lá… minha irmã me chama de mercurial, mas isso é só mais uma palavra para instável. Namorados são confiáveis. Seguros.

— Mas você disse que pensa em mim o tempo todo. — Tento não soar como se estivesse implorando.

— Eu penso. Você sabe disso. — Ele fecha os olhos, perdido em pensamentos. Ao abri-los de novo, eles estão brilhando. — E se a gente fizer assim? Não vamos usar a palavra "namorados". É muito genérica e vem cheia de expectativas. Vamos ser outra coisa só nossa. O amuleto da sorte um do outro.

— Meu amuleto da sorte — falo, com um sorriso. — Gostei.

— Eu gosto de você — diz ele antes de me beijar de novo.

Naquela noite, fecho os olhos e escuto a *mixtape* do começo ao fim, e então do começo ao fim de novo, de novo e de novo até minha mãe bater à porta e me pedir para desligar a música deprimente. Digo a ela que a música não é deprimente. É linda. Assim como os vídeos de Ash a que não consigo parar de assistir, as músicas fazem o tempo passar devagar e me permitem reviver cada segundo passageiro quantas vezes eu quiser.

* * *

Na segunda de manhã, Bodie sai andando mais rápido na minha frente no caminho para o colégio.

— Bodie, calma — imploro, atrás dele.

— Não quero me atrasar.

Corro para alcançá-lo.

— Ou talvez você só esteja puto porque eu não respondi suas mensagens durante o meu encontro?

Ele fecha a cara.

— Claro que não. É óbvio que eu saquei que você não estava respondendo porque seu encontro estava sendo um sucesso.

— Foi um sucesso mesmo — confirmo. — Eu queria te contar como foi. Tipo, a gente se beijou.

Ele congela.

— Seu primeiro beijo — diz Bodie, com delicadeza.

— Sim. — Sorrio. — E foi ótimo. Tipo, a gente se encaixa muito bem, sabe?

O olhar dele fica distante. Então, Bodie me encara e força um sorriso.

— Que demais. Tô feliz por você.

— Mesmo?

— Mesmo. — Ele solta um suspiro pesado. — Eu e o Jack ficamos.

— Peraí, como assim? — pergunto, em choque. — Quando vocês saíram?

— Ontem. — Ele soa indiferente. — Eu já tinha visto aquele filme, então mandei mensagem pra saber se ele estava à toa. Meus pais não estavam em casa, então ele chegou lá rapidinho e a gente deu uma rapidinha.

Bodie quer me fazer rir, mas eu não rio.

— Você não me disse nada — comento, baixinho.

— Foi ontem — explica ele. — E você estava ignorando minhas mensagens e ligações, então estou te contando agora.

— Entendi. Nossa, que bom. Estou feliz por você também. — Meu rosto parece congelado, incerto de como se comportar neste momento. — Ele beija bem?

— Ah, a gente não beijou. Foi tudo censura livre. Só umas pegadas. — Com um sotaque bobo, ele acrescenta: — Umas sarradas de leve.

— Tá, entendi.

— Beijar é muito íntimo. — Ele fica sério. — Não quero beijar ninguém sem ter certeza de que é um cara com quem eu me importo.

— Bom, eu me importo com o Ash — retruco, ouvindo meu tom defensivo.

— Tipo, você nem conhece ele direito — rebate Bodie.

— Bom, estou conhecendo agora — revido. Respiro fundo para me acalmar e pergunto: — Por que parece que você não está torcendo por mim e pelo Ash? É como se estivesse... sei lá... com ciúme.

Bodie faz uma careta.

— Francamente! — Ele pega o celular e manda uma mensagem para Jack. — Não estou com ciúme. Só tenho medo de você estar indo rápido demais e acabar se machucando. Só quero te proteger.

— Tem certeza? — pergunto. — Porque, se for outra coisa, prefiro conversar a respeito do que...

— Certeza. — Ele suspira. — Só quero que você seja feliz.

— Eu estou feliz.

— Então, estou feliz em te ver feliz. — Ele parece perceber como está soando mesquinho, porque suaviza o tom: — Quer saber? Vamos almoçar juntos. Eu, você, Ash e Jack. Um encontro duplo. — Ele pronuncia a palavra *duplo* com um sotaque francês, tentando aliviar o clima.

— Isso parece... — não consigo encontrar as palavras para definir como essa ideia parece constrangedora e horrorosa — ... divertido!

— Perfeito, vou encontrar o Jack e falar com ele. Você fala com o Ash. Nosso primeiro encontro duplo.

Ele não me espera dizer mais nada. Só coloca a máscara e entra no colégio, apressado.

Ouço Ash chamar meu nome e o vejo se aproximando com Carla Pacheco, outra aluna do último ano. Quando eles me alcançam, Ash me dá um selinho e Carla sorri.

— Parece que alguém se formou no curso de demonstrações públicas de afeto — aponta ela.

— Oi, Carla — cumprimento, com as bochechas quentes por causa do toque de Ash.

— Ah, que bom, vocês já se conhecem — diz Ash. — Minhas duas pessoas favoritas do colégio, tô tão feliz.

Me viro para Ash.

— Ei, sei que isso pode parecer zero divertido pra você, mas o Bodie chamou a gente pra almoçar com ele e com o Jack. Parece que eles ficaram no fim de semana.

Ash olha para Carla, depois para mim.

— Eu e a Carla vamos passar o almoço na sala de artes...

— A gente pode fazer isso qualquer outro dia — diz ela.

— Então você deveria vir com a gente — sugere Ash.

— E ficar segurando vela para os casais gays fofinhos? Nem ferrando. — Carla coloca uma máscara rosa-choque no rosto. — Anda logo, o sinal já vai tocar.

Ash não se move. Sei que ele quer me dizer alguma coisa.

— Que foi? — pergunto.

— Nada. — Não é nada, porque rapidamente acrescenta: — Só acho meio engraçado seu melhor amigo arrumar alguém imediatamente depois de você se tornar meu namorado.

Quero defender Bodie. Também quero lembrar Ash que não somos namorados, e sim amuletos da sorte. Mas não digo nada, porque o sinal toca — e também porque gostei de Ash me chamando de namorado.

* * *

Quando eu e Ash chegamos ao refeitório, Bodie e Jack já estão nos esperando. Eles deixaram quatro bandejas de comida postas sobre a mesa e se levantam para nos cumprimentar. Bodie aponta para a bandeja que só tem arroz, feijão e vegetais.

— Essa é pra você, Ash. Você é vegano, né?

Ash parece surpreso por Bodie saber essa informação. A questão é que eu, obviamente, falei muito sobre Ash com Bodie. As únicas pessoas com quem não falei nada sobre ele são meus pais. Acho que ainda não quero correr o risco de arruinar tudo. Mesmo assim, Ash falou de *mim* para a família dele. Até me colocou no telefone com eles quando estávamos saindo dos jardins. Enquanto penso em como Ash é mais próximo dos pais dele do que eu sou dos meus, ele diz:

— Ah, obrigado, mas eu também não como vegetais.

— Desculpa, mas você não come… vegetais? — pergunta Bodie enquanto nos sentamos.

— Claro que não. — A voz de Ash parece superséria. — Eles também são seres vivos. Com sentimentos.

Jack espeta um pedaço de cenoura no prato e contempla a vida do legume. Bodie está, talvez pela primeira vez na vida, sem palavras.

— Além do mais, muitos vegetais também são membros da comunidade queer. Você nunca ouviu falar de reprodução assexuada?

— *Hum*, não — diz Bodie, confuso.

— Nossa! — exclama Ash. — Você tem muito a aprender sobre as alcachofras, então.

De repente, Ash começa a rir, deixando claro para todo mundo que está brincando. Para minha surpresa, Bodie ri também. Solto um suspiro de alívio.

— Eu literalmente achei que você estava falando sério — diz Jack. — Estou literalmente morrendo de rir agora.

Noto a tensão repentina no corpo de Bodie. Ele está desesperado para corrigir o uso errado da palavra "literalmente", duas vezes. Está tremendo de vontade de dizer a Jack que, se ele estivesse *literalmente* morrendo, já estaríamos chamando a ambulância.

Mas Bodie se contém, demonstrando um autocontrole impressionante.

— Nossa, então você tem mesmo um senso de humor — diz Bodie para Ash.

— Peraí, eu entendi que você estava brincando sobre não comer vegetais — diz Jack. — Mas as alcachofras são *literalmente* assexuadas?

Olho para Bodie, que parece agonizado com Jack usando a mesma palavra do jeito errado pela terceira vez em poucos segundos.

— Elas de fato possuem reprodução assexuada — explica Ash. — Mas isso não faz com que sejam parte da comunidade queer nem nada do tipo.

Bodie se vira para Ash.

— Eu entendo por que as alcachofras não frequentam as reuniões da Aliança Gay-Hétero, mas e você? Precisamos de mais membros.

Ash dá de ombros.

— Não curto muito grupos grandes. Acho tudo muito legal até as pessoas se juntarem pra formar corporações ou governos.

Bodie parece profundamente confuso.

— Mas a AGH não é uma corporação.

— Entendo — diz Ash. — Acho que só prefiro ficar sozinho mesmo.

— Foi só uma sugestão — responde Bodie, claramente pronto para seguir em frente na conversa.

— Eu sei — afirma Ash. — Sinceramente, eu não curto essa coisa do clube se chamar Aliança Gay-Hétero. A palavra gay exclui muita gente e...

— Sinceramente, eu concordo — interrompe Bodie. — Dei a ideia de mudarmos para Clube Queer.

— Odeio a palavra queer — diz Jack. — Parece que estou falando de alguma coisa esquisita ou diferente.

— Bom, você meio que é. — Bodie parece irritado. — Se você é gay, o mundo automaticamente te vê como esquisito ou diferente, então é melhor abraçar a ideia.

— Ninguém nunca me tratou como esquisito ou diferente — aponta Jack, todo inocente.

Consigo ver a vida dele passando na frente dos meus olhos. Sempre amado e aceito pela família e amigos, sem nunca saber como é ser ofendido, desprezado, desesperado por pertencimento. É claro que ele não gosta da palavra queer. Ele não é queer. Eu sou. De repente, sinto medo de contar para os meus pais sobre Ash. Vai ser como me assumir de novo. E não é como se algum dos dois tivesse reconhecido minha sexualidade desde que eu saí do armário. Eles só fingem que a conversa nunca aconteceu.

— Sorte sua — diz Bodie.

— Talvez devesse se chamar Clube LGBTQIAPN+ — sugere Jack. — É mais inclusivo, né? Melhor do que tentar resgatar a palavra queer do nada, um termo que os héteros usavam para nos atacar.

Fica claro no jeito como ele fala que nunca foi atacado.

— Não sei se você está falando sério — diz Bodie, irritado. — O motivo pelo qual a gente usa o termo queer é justamente por ser mais inclusivo.

— E é? — pergunta Jack. — Essa palavra literalmente exclui pessoas como eu, que não se identificam como esquisitas. Que só querem ser normais.

— Normais? — repete Bodie. — Por favor, me diz que você não usou essa palavra.

— Pessoalmente, se dependesse de mim, eu tiraria a palavra "hétero" do clube por completo — comenta Ash. — Entendo que, quando os colégios começaram esses grupos de AGH, a ideia era fazer os héteros se sentirem confortáveis com a gente. Mas agora…

Bodie assente, pensativo.

— Sim, os tempos mudaram.

— Concordo — digo. — E, sejamos sinceros, não tem nenhum hétero na AGH. Todo mundo é queer. — Rapidamente, me viro para Jack. — Desculpa, sei que você não gosta dessa palavra.

Jack sorri. Ele não parece genuinamente incomodado com a palavra, ou com qualquer coisa na real.

— A questão é… — Bodie pega o notebook. Dá para ver que está se preparando para uma discussão. Ele não vai deixar isso quieto. — A palavra queer *não foi* inventada pelos héteros para nos atacar. Isso é mentira. Ela vem lá de 1500 ou 1600, não sabemos ao certo. — Bodie aperta uma tecla no computador. Seu papel de parede é *A noite estrelada*, de Van Gogh. Ele abre algumas anotações que fez durante uma reunião da AGH. — Se você frequentasse as reuniões da AGH…

— Não posso — corta Jack. — São no mesmo horário do treino de basquete.

Bodie infla as narinas. Ele não gosta de ser interrompido durante um debate.

— Bom, se você fosse — continua Bodie —, saberia que nossa comunidade não está *resgatando essa palavra do nada*. A ACT UP usava o termo em 1980. Há décadas nós proclamamos "Estamos aqui, somos queer, se acostumem". Essas são as anotações que eu fiz durante uma reunião da AGH, aliás. Olha só o que você poderia aprender com a sra. Robin e com o sr. Byrne se simplesmente aparecesse.

Jack toca a bochecha de Bodie.

— Você fica tão fofo quando está bravo.

— Sério mesmo? — pergunta Bodie.

Ash me lança um olhar que diz exatamente por que gosta de passar a hora do almoço fazendo arte com Carla.

— Que maneiro — diz Jack, apontando para o papel de parede de *A noite estrelada* no computador. — Você fez isso num daqueles aplicativos de arte digital?

Bodie parece incrédulo.

— Não. Isso é... *A noite estrelada*, de Vincent van Gogh.

— Ah, achei que você tivesse pintado, ou seja lá como se diz quando a pintura é digital. — Jack ri, ansioso. Ele percebe que está sendo julgado. — Olha, preciso ir para a academia. Eu e meus parças gostamos de usar metade da hora do almoço pra dar aquele *pump*. Eles são todos héteros, então é meio que a minha própria aliança gay-hétero. — Bodie se contorce na cadeira. — Até mais tarde.

Jack dá um tapinha de brincadeira nas costas de Bodie antes de ir embora. Bodie se encolhe como se tivesse levado um soco.

Depois que Jack vai embora, dá para sentir a vontade de Bodie de segui-lo e terminar imediatamente. Duvido que vá aguentar mais um momento sequer com esse garoto.

— Bodie, tá tudo bem — digo, tentando demonstrar apoio.

— Claro que não tá. — Bodie guarda o computador e esconde a cabeça nas mãos, derrotado. — Ele é um rato de academia que se odeia e não conhece Van Gogh. E eu bati uma punheta pra ele!

— Lição aprendida — fala Ash, com um sorriso. — Da próxima vez, faz um teste de história da arte com o cara antes de botar a mão no pau dele.

Solto uma risada, mas Bodie, não.

— Cedo demais? — pergunta Ash.

— Acho que você deveria dar mais uma chance pra ele — sugiro, tentando acalmá-lo. — Aposto que muita gente não sabe quem é o Van Gogh. Não é como se o conhecimento sobre um artista pós-impressionista do século XIX que cortou a própria orelha ditasse o valor de uma pessoa, né?

Bodie não parece convencido.

— Tem cartazes da exposição imersiva do Van Gogh pela cidade inteira. Se ele não reparou, significa que não é uma pessoa observadora. Não posso ficar com alguém que não presta atenção no mundo ao nosso redor.

É a cara de Bodie pegar o que poderia ser uma briguinha de nada e transformar em algo irredutível.

— Vocês viram aquele experimento provando que pombos conseguem diferenciar uma obra do Van Gogh de uma obra do Marc Chagall? — diz Ash.

— Como eles perguntaram para um pombo se ele reconhece uma pintura? — pergunta Bodie. — Pombo fala agora, é?

— Não lembro exatamente, mas eles meio que davam um petisco quando os pombos bicavam a arte do Van Gogh, eu acho, e não davam nada quando bicavam a do Chagall. Daí eles mostravam imagens dos dois pintores e os pombos se saíram tão bem quanto um grupo de universitários.

Bodie solta uma risada seca.

— Nossa, então você está basicamente dizendo que eu cometi o erro de sair com um cara mais burro do que a porra de um pombo.

— Não é isso que estou dizendo — retruca Ash. — Só estava tentando compartilhar uma coisa que eu achei legal. E pássaros podem até ter cérebros pequenos, mas são muito espertos. Sabia que um corvo consegue se lembrar de mais de trinta mil lugares para se esconder?

— Nossa, que fato divertido, pena que só consigo pensar que um pombo consegue reconhecer uma obra do Van Gogh e o Jack, não. — Bodie, talvez percebendo que pegou pesado com Ash, suaviza o tom de voz. — Você foi na exposição imersiva?

Ash balança a cabeça.

— Não curto muito.

— Você não é artista? — pergunta Bodie.

— É exatamente por isso que eu não curto. Sendo artista, não acho legal a ideia de alterar o trabalho de alguém que já morreu e não pôde consentir com isso.

— Então está julgando uma exposição inteira sem nem ter visitado? — questiona Bodie. — Saquei.

— Não preciso ter visitado — argumenta Ash. — Já fui em outras exposições imersivas e sou contra o conceito. É só uma estratégia de marketing pra vender uma *experiência* para as pessoas, quando olhar uma obra do Van Gogh por si só já é uma experiência. É como ir ao parque, ou à praia, ou às montanhas. O mundo é uma experiência imersiva!

— Tá, tudo bem, mas talvez o Van Gogh amasse uma coisa dessas — argumenta Bodie.

— Sim, claro — cede Ash. — Mas talvez não. Esse é meu argumento. Não dá pra saber, então não acho certo transformar a arte dele num parque de diversões.

— Sim, sim, tem razão.

Bodie murcha. Dá para ver como ele quer sair dessa discussão, mas não consegue pensar em uma estratégia para vencer. Ele sabe que Ash está certo, embora eu e Bodie tenhamos amado a exposição imersiva do Van Gogh. Fomos com nossos pais. Tiramos um monte de fotos. Compramos umas tranqueiras caríssimas na lojinha. Foi depois desse dia que Bodie colocou *A noite estrelada* como papel de parede. Desistindo do debate, ele decide me puxar junto.

— O Kam amou a exposição — diz, com uma pontada de rancor na voz. — Então, tipo, eu não sou o único que gosta de arte corrupta.

Minhas bochechas queimam de vergonha. Estou preparado para me defender, mas Ash me salva.

— Que legal — diz ele para mim. — Você é livre pra gostar de coisas das quais eu não gosto. Isso não te torna uma pessoa ruim.

Bodie balança a cabeça, sem acreditar no que está ouvindo e irritado por seu potencial romântico ser um idiota enquanto o meu é inteligente e compressivo. Ele volta a se concentrar no ódio por Jack.

— Tipo, mesmo se não tivessem cartazes de *A noite estrelada* por toda parte agora… ainda é meio que uma das pinturas mais famosas do mundo.

Ele pega o celular. O papel de parede é uma foto que tiramos juntos na nossa viagem para Nova York, saltando no ar no meio da Times Square, iluminados por todos os painéis de LED e luzes néon.

— O que você está fazendo? — pergunto a Bodie, que digita furiosamente no celular.

— Estou pesquisando quais são as pinturas mais famosas do mundo.

Ash balança a cabeça.

— Você não precisa de um celular pra te dizer que…

Mas Bodie interrompe Ash:

— Pronto. De acordo com a CNN, é a terceira mais famosa, depois de *Mona Lisa* e de *A última ceia*. E se eu for correndo atrás do Jack agora pra ver se ele reconhece a Mona Lisa?

Ash ri sozinho e para abruptamente.

— Que foi? — pergunta Bodie.

— Nada, não — responde Ash, dando de ombros.

— Qual é a graça? — questiona Bodie. — A minha vida amorosa sendo um fracasso atrás do outro? A minha incapacidade de ter um relacionamento?

Ash olha para Bodie com uma frieza que me faz prender o ar. Escolhendo as palavras deliberadamente, ele diz:

— Não. Só acho engraçado você precisar pesquisar no celular algo que já sabia que era verdade. Só isso.

Os olhos de Bodie se enchem de raiva.

— Ah, tá bom. Desculpa se não sou tão superior como você a ponto de não ter um celular.

A expressão de Ash fica tensa.

— Eu não disse isso como um insulto.

— Bom, pareceu um. Pareceu que você me considera um viciado em celular que não tem cérebro e…

— Eu nunca zombaria de um vício dessa forma — sussurra Ash.

— Ai, meu Deus, eu não estou *zombando* de nada. Só estou dizendo que não fico grudado no celular como você acha.

No mesmo instante, Bodie recebe uma notificação. É uma mensagem de Olivia. As palavras DEIXEM O PAPAGAIO BERNIE APRESENTAR DRAG RACE, SEUS COVARDES aparecem na tela. Os dedos de Bodie tremem para ver o que ela enviou.

— Tudo bem — diz Ash. — Deixa pra lá.

Bodie abre a mensagem de Olivia. É um vídeo de um papagaio dizendo "sashay away" infinitamente. Ele guarda o celular.

— Beleza, talvez eu ame meu celular. Mas e daí? Eu uso para me conectar com os outros. Durante a pandemia, foi o único jeito de manter contato com as pessoas, e eu amo pessoas. É você quem vive sozinho, excluindo todo mundo da sua vida.

— Bodie, calma... — falo.

Meu estômago borbulha de nervoso. Quero tanto que eles gostem um do outro.

— Não, tá tudo bem — diz Ash. — Bodie tem razão. Eu excluo as pessoas mesmo. Estou me esforçando para mudar isso.

— Para de dizer que está tudo bem quando claramente não está — reclama Bodie. — Não está tudo bem nós dois não nos entendermos. A gente precisa se dar bem pelo Kam. Eu sou o melhor amigo dele e você é o...

Ash sorri.

— Amuleto da sorte dele.

Bodie parece confuso ao continuar:

— Então tá. Só estou dizendo que nós dois somos importantes para ele, então precisamos nos esforçar. Certo?

— Certo — concorda Ash. Torço para que isso ponha um fim amigável à conversa. Mas, então, ele completa: — Só preciso dizer mais uma coisa. Às vezes, se esforçar demais estraga tudo. Às vezes, o melhor jeito de se conectar com alguém é parar de forçar tanto.

Bodie assente, pensativo.

— Sim, entendo. Eu ia tentar de novo e ver se você consideraria ir ao encontro da AGH hoje à tarde com a gente, mas talvez já esteja forçando. Só acho que você iria gostar. É um grupo bem pequeno.

Ash balança a cabeça.

— Obrigado, mas me sinto melhor com uma pessoa de cada vez. Desculpa.

Bodie pensa no argumento dele por um instante.

— Se prefere uma pessoa de cada vez, não tem espaço para mim aqui.

— Peraí, oi? — exclama Ash. — Acho que não entendi direito.

Eu entendi exatamente o que Bodie está dizendo. O meu relacionamento com Ash será o fim da nossa amizade. Era esse o medo que vinha me consumindo. O medo de ter que escolher entre os dois.

— Você acabou de me pedir para sair pra ficar sozinho com o Kam!

Bodie se vira para mim. Sinto que quer que eu fique do lado dele. Que eu termine com Ash assim como ele vai terminar com Jack, para que tudo volte ao normal entre nós dois. Parte de mim está tentada a fazer isso, mas aí eu só estaria fugindo, como Bodie sempre faz com os caras. E não quero fugir do amor nem da nossa amizade. Quero correr na direção dos dois.

— Não foi isso que eu disse — esclarece Ash. — Sinto muito se você se sentiu assim.

— Não aguento mais esse papo passivo-agressivo — rebate Bodie. — Tô indo nessa, Kam. Te vejo mais tarde?

— Claro — digo, com o máximo de carinho que consigo.

Observo Bodie indo embora, mexendo no celular como sempre faz. Já sei que ele está mandando uma mensagem terminando tudo com Jack. Clássico Bodie. Ele se cansou de Jack. E meu medo é que já tenha se cansado de Ash.

Ash apoia a cabeça no meu peito.

— Que merda — comenta ele.

Me afasto.

— Sim — respondo, com frieza.

Ele se aproxima de novo.

— Tá bravo comigo?

Desvio o olhar, encarando as pessoas menos interessantes que estudam aqui. Estou um pouquinho bravo com ele. Mas, ao mesmo tempo, apaixonado.

— Não sei — digo. É o mais perto da verdade.

Ele me abraça. Seu cabelo comprido cai sobre mim, como um véu me protegendo do mundo lá fora.

— Vou me esforçar mais na próxima vez que a gente sair com ele. Prometo.

— Isso se houver uma próxima vez — falo, incerto de que Bodie vá querer sair com Ash de novo.

— Entendi. — Ash suspira. — Amigos se afastam o tempo todo. Talvez você e o Bodie não tenham mais tanto em comum como antigamente. Vocês são tão diferentes.

— Nossa, do que você tá falando? — pergunto, me distanciando de novo. — Eu não estou me afastando do Bodie.

— Tá bom, desculpa. Acho que entendi errado. Sou assim às vezes. Perdido no meu próprio mundo. — Ele suspira. — Essa é nossa primeira briga?

— Não foi uma briga — digo. — Pelo menos eu não estou brigando. E você?

Ele balança a cabeça.

— Eu não te mereço. A verdade é que eu...

O sinal toca antes que ele possa terminar. Todos começam a voltar correndo para as aulas.

— A verdade é que você o quê? — pergunto mais alto em meio ao barulho.

— Que eu estou muito a fim de você — diz ele. — E não quero te perder.

Eu me aproximo dele agora e o beijo com carinho, ciente de que estamos em público, no colégio, provavelmente sendo observados.

— Você não vai me perder. Eu sou seu.

* * *

Ele é meu amuleto da sorte. Sinto isso toda vez que estou com Ash. Sinto quando deixo a *mixtape* dele me transportar. Sinto quando fico com ele e Carla na sala de artes um dia. Ela é tão legal. Abre espaço para mim no mundo deles. Queria que Bodie fosse assim também. Mas o melhor é quando vou jantar com a família Greene. O pai dele prepara um tipo de guisado vegano que é delicioso. A mãe me faz mais perguntas sobre os meus interesses do que meus próprios pais. E a irmã, Dawn, desperta um lado diferente em Ash. Os dois são muito diferentes. Ele, um artista recluso. Ela, uma atleta desimpedida. Mas há algo engraçado e fofo no jeito como os dois se provocam.

— Tá bom, agora que minha mãe já fez todas as perguntas básicas, preciso fazer as importantes — diz Dawn. — Tipo... como meu irmão manipulou seu cérebro pra te conquistar?

— Dawn! — exclama a sra. Greene.

— Ele usou algum tipo de misticismo? — pergunta Dawn. — Te hipnotizou com arte?

Falando supersério, Ash responde:

— Só precisei ferver pó de sapo e girino no meu caldeirão.

O sr. Greene ri.

— Não seria uma poção decente sem lã de morcego e cão latido.

Ao mesmo tempo, Ash e os pais recitam algo de cor:

— *Para criar muita aflição, no inferno do caldeirão!*

Eles riem. Dawn revira os olhos.

— Viu só o que eu tenho que aturar a minha vida inteira? — reclama Dawn. — Estou cercada de gente que vive recitando Shakespeare e Rilke e Jung. Melhor você fugir enquanto dá tempo.

O celular de Dawn vibra e ela pega para ver uma mensagem.

— Eu gosto daqui — digo, animado. — Sério. Obrigado por me receberem.

— Dawn, nada de celular na mesa de jantar — repreende o sr. Greene.

— Ai, meu Deus, é só uma mensagem — diz ela. — Já estou na faculdade. Eu deveria ter um pouquinho mais de liberdade.

A sra. Greene balança a cabeça, de olho na filha.

— Você é livre. Isso não te dá permissão para ser rude.

Quero aliviar a tensão. Com os olhos em Ash, eu falo:

— Bom, pelo menos o celular do Ash não vai tocar na mesa, já que ele é o único adolescente do mundo que não quer um.

A família inteira se entreolha, como se eu não estivesse ali. Ash fica inquieto na cadeira. Dawn encara os pais com um olhar desafiador antes de dizer:

— Não é bem assim...

Mas, antes que ela possa terminar, o sr. Greene interrompe:

— Sabe que horas são? Hora do meu jogo favorito. Quem Sou Eu!

— Tá bom, beleza — cede Dawn. — Mas, juro por Deus, se vocês colocarem só nomes de filósofos obscuros, eu vou surtar.

— Melhor do que jogadores de tênis obscuros — diz Ash.

Dawn ri.

— Maria Sharapova não é *obscura*.

— Nem Kant!

— Saúde! — brinca Dawn, e todo mundo ri.

A tensão desaparece tão rápido quanto surgiu. Queria que minha família soubesse resolver os problemas assim.

Depois de uma partida acalorada, Ash me leva até minha casa e pergunta quando poderá conhecer meus pais.

— É... complicado — digo.

— Por causa do meu piercing no septo? — pergunta ele, meio brincando. — Eu posso tirar.

— Não quero que você mude por causa deles.

— É só um objeto. Não é parte essencial de quem eu sou. — Ele sorri. — Por que você não contou sobre a gente para os seus pais?

— Por que você colocou esse piercing? — Tento desviar o assunto.

— Sei lá. — Ele dá de ombros. — É meio que um lembrete para eu me manter em contato com meus sentidos. Para cheirar tudo ao meu redor. — Ash faz uma pausa antes de repetir a pergunta: — Sua vez. Por que não contou sobre a gente para os seus pais?

— Acho que estou com medo — confesso.

— Na minha experiência, nossos medos ficam menos assustadores quando os expressamos. Do que você tem medo?

Eu poderia dizer a verdade. Que tenho medo da homofobia de meu pai voltar à tona como uma erva daninha. Medo da intensidade errática de meu pai e do julgamento silencioso de minha mãe. Medo de que assustem Ash ou de que isso perturbe o equilíbrio delicado de nossa família. Mas em vez disso eu só falo:

— Vou contar pra eles em breve, prometo.

Ash não força além disso, mas dá para ver que conhecer meus pais é algo importante para ele. Talvez por não ter conseguido se aproximar de Bodie. Não que eu tenha tentado fazer os dois passarem mais tempo juntos. Na real, eu fiz de tudo para mantê-los bem distantes. Ash e Bodie parecem forças centrais porém opostas em minha vida, como linhas paralelas que nunca vão se cruzar. Eu aceito isso. Acho que estou acostumado com uma vida bem dividida.

Em uma rara noite de sexta, quando meus pais estão em casa para o jantar, crio coragem e conto para eles. Ensaiei as palavras em voz alta um milhão de vezes. Escrevi no meu diário. *Mãe, pai, preciso conversar com vocês. Estou saindo com alguém há quase um mês e gosto muito dele. Já conheci a família dele e seria muito importante para mim se vocês o conhecessem também.* Antes de começar meu monólogo, minha mãe diz com uma voz grave:

— Kamran, estamos em casa hoje porque precisamos conversar com você.

Meu coração acelera. Tenho medo de eles terem descoberto sobre Ash. Talvez Bodie tenha contado para os pais dele, que contaram para os meus. Tenho medo de ficarem bravos comigo, me acusarem de mentir, de ter escondido algo deles. Tenho medo de que me proíbam de ver Ash. Talvez Bodie tenha dito aos pais dele que Ash não me faz bem. Preciso me defender logo. Preciso dizer tudo o que Ash já fez por mim. Como ele é importante. Mas, antes que eu possa começar, meu pai se serve de um copo de uísque e solta um suspiro pesado.

— Perdi meu emprego — anuncia ele.

— Ah.

Me ajeito na cadeira. Eles não sabem de Ash... e agora sinto que não posso contar. Me sinto um babaca por achar que tudo é sobre mim. Na minha cabeça, se meu pai não tinha sido demitido até agora, ele estava bem.

— Vão me substituir por um robô. — Ele toma um gole demorado. Nem pisca enquanto a bebida desce. Não tocou no prato de comida que minha mãe preparou. — E nem vou receber rescisão porque eles me contrataram como terceirizado. Esse país é o cão.

— Bahman... — Minha mãe não diz mais nada.

Meu pai continua seu discurso:

— Já era ruim saber que eu estava fazendo dinheiro para um bando de americanos ricos que destruíram o Irã com sua política corrupta, mas eu até poderia aceitar. Só que isso... isso é...

A voz dele falha e ele termina de virar o copo. Aí serve mais um. Nunca vi meu pai tão... pequeno. Ele nunca demonstra vulnerabilidade. Isso me abala.

— Vamos passar por isso como uma família unida — fala minha mãe, com firmeza. — Tem outros empregos por aí.

— Estamos numa pandemia e eu sou velho. — Há uma desistência assombrosa na voz do meu pai.

Minha mãe ergue a cabeça.

— Pense em tudo que já passamos, Bahman. Uma revolução. Guerra. Nos mudamos de um país para outro, e outro, e outro. Fizemos isso por nós. Pelo nosso filho.

Minha mãe assente para mim com determinação e sorri. Ela quer me acalmar, mas só faz o oposto. Está forçando demais.

— Eu sinto muito, pai.

Ele infla as narinas. Imediatamente eu sei que disse a coisa errada. Meu pai não quer a pena de ninguém, especialmente do próprio filho. Ele quer ser uma inspiração para mim.

Depois de terminar o uísque, ele esvazia o resto da garrafa no copo, se levanta e joga a comida no lixo.

— Estou sem fome — grunhe.

— Isso não significa que podemos desperdiçar comida — dispara minha mãe.

Ele ri alto demais. Há algo quase sinistro nessa risada. Queria que ele colocasse Dean Martin para tocar e dançasse comigo. Que me deixasse gravar vídeos bobos dele.

— Por que não podemos desperdiçar comida? Porque seu marido imprestável está desempregado? É, Leila? É isso?

Por incrível que pareça, minha mãe segue calma.

— Claro que não. Eu só passei muito tempo preparando esse *ghormeh sabzi*.

— Bom, eu não te pedi pra fazer nada! — grita ele. Me sinto exatamente como me senti durante o almoço com Bodie e Ash, preso entre duas forças, uma quente e outra gelada. Dá para ver que meu pai quer brigar e minha mãe não vai ceder, e isso o deixa ainda mais furioso. — Eu nunca pedi por nada disso! Por essa vida! Sempre tendo que ganhar mais, mais, mais! — berra ele.

— Bahman, para. Por favor.

Minha mãe continua sentada. Quanto mais feroz ele fica, mais quieta ela permanece.

— Tudo isso pra quê? — pergunta meu pai. — Nunca acaba. A gente precisa trabalhar feito um camelo pra sempre, enquanto os ricos manipulam o mundo para ganhar vantagem. Eu devia ter me demitido antes. Fui cúmplice deles, não fui? Agora que saí do mercado, posso aproveitar a vida!

— Saiu do mercado? — pergunta minha mãe. — Você não vai procurar outro emprego? Não podemos contar só com as minhas comissões.

Eu como enquanto eles continuam brigando. Meu pai rosna furiosamente. Minha mãe provoca gentilmente. Levo o prato vazio para a pia. E, quando há uma abertura na conversa, digo:

— Acho que vou sair um pouco.

Os dois olham para mim. Meu pai berra:

— Aonde você vai?! O Bodie está no cinema com os pais dele.

Congelo. Merda. Se tudo tivesse acontecido como deveria, eu teria contado sobre Ash hoje e poderia dizer a verdade. Mas não posso fazer isso agora. Se eu falar de Ash, eles não vão aceitar bem. Meu pai vai associá-lo com a demissão — com a humilhação — para sempre.

— Só vou dar uma volta. Clarear a mente.

Não chega a ser uma mentira. A casa de Ash fica a quinze minutos de distância.

Minha mãe se levanta e beija minha testa. Ela me abraça por um momento breve e angustiante.

— Vai.

Há um mundo inteiro de melancolia comprimido nessa única palavra. Ela me segura em silêncio por alguns segundos, como se estivesse tentando nos firmar. Essa versão silenciosa da minha mãe me assusta. Ela me disse "Vai", mas o que eu ouvi foi "Fuja".

* * *

A sra. Greene abre a porta quando eu toco a campainha. Há certa preocupação no rosto dela ao me ver.

— Ash não está em casa — avisa ela.

— Ah. Desculpa incomodar.

Ela parece perceber o quanto eu preciso dele, porque pergunta:

— Está tudo bem?

— Está, sim. — Não quero que ela pense que sou um garoto problema que não fará bem para o filho dela. Forço um sorriso. — Só avisa a ele que eu passei aqui e pede pra me ligar hoje à noite, se der tempo? Vou ficar acordado até tarde.

— Aviso. — Mas a voz dela está hesitante. Quando me viro para ir embora, ela solta: — Ele foi acampar. Volta só amanhã.

— Ah, tudo bem.

Me parece estranho ele ter ido acampar sem me avisar. É inevitável não achar que tem alguma coisa acontecendo. Ele se cansou de mim? Será que está com outra pessoa? Minha mente se enche de possibilidades horríveis.

Na manhã de sábado, Dawn atende quando eu ligo para a casa da família Greene. Ela me diz que Ash ainda não voltou para casa. Peço que diga para ele me ligar.

Na manhã de domingo, ele ainda não ligou e eu não dormi nada a noite inteira. Meu pai também não, sentado na sala de estar como um zumbi, apostando on-line enquanto bebe direto da garrafa. Ele nem se dá mais ao trabalho de usar um copo. Ligo para a casa de Ash de novo. Ninguém atende. Vou até a casa e bato à porta. Não tem ninguém lá. As cortinas estão fechadas. A casa está escura. Confiro minhas mensagens de novo, na esperança de ter perdido alguma dele. Abro a pasta de spam e minhas DMs nas redes sociais, acreditando que ele deve ter se comunicado comigo em algum lugar, de alguma forma.

Mas não. Agora, tenho certeza de que ele se cansou de mim. Provavelmente nem foi acampar. Deve ter passado o fim de semana inteiro no quarto, pedindo para a família dizer que não estava porque é covarde demais para terminar comigo.

Não tenho mais ninguém para quem correr além de meu melhor amigo. Preciso dele. Vou até a casa de Bodie, uma distância curta na direção oposta da casa de Ash. No meio do caminho, quase desisto pelo menos umas dez vezes. Se eu contar para Bodie que Ash está me ignorando, isso vai provar que meu amigo estava certo. Vai dar a Bodie a munição de que ele precisa para me dizer que sempre soube que Ash iria partir meu coração, então talvez seja melhor terminar tudo agora e não ficar mais apegado do que já estou.

— Oi — diz Bodie ao abrir a porta. — Você não avisou que estava vindo.

— Desculpa, minha cabeça está muito cheia.

— Relaxa. Eu adoro visita-surpresa… quando é você a visita. Se *literalmente* qualquer outra pessoa aparecer sem avisar, eu ficaria muito irritado.

Ele abre espaço para que eu entre na casa.

— Agora estamos literalmente liberados para zoar o Jack? — pergunto.

— Literalmente, sim. — Dá para ver que ele está sozinho, porque tem eletropop tocando alto nas caixas de som. Ele silencia a música pelo celular. — É sobre o seu pai?

— Não.

Vou até o quarto dele e me jogo na cama de solteiro. Observo o mural de cortiça na escrivaninha dele. É uma mistura caótica de imagens que Bodie recortou de revistas, além de fotos de nós dois ao longo dos anos. Ao lado do mural, está um dos muitos poemas que a família de Bodie espalha pela casa, escrito em caligrafia persa que nenhum de nós dois sabe ler. Mas a gente sabe o que cada poema diz porque os pais de Bodie já recitaram muitas vezes. Esse é de Rumi. *Há uma voz que não usa palavras. Ouça.*

— É o Ash. Ele... ele não está retornando minhas ligações.

Bodie pega algumas roupas do chão e joga no cesto de roupa suja.

— Passa na casa dele, ué — sugere.

— Já fiz isso. Ele não está em casa. — Pauso antes de completar: — A mãe dele disse que o Ash foi acampar e que voltaria ontem de manhã. Mas talvez seja mentira. Talvez ele estivesse em casa esse tempo todo e pediu para ela mentir porque não quer me ver. Porque se cansou de mim. Será que acabou tudo entre a gente?

Lágrimas começam a escorrer pelas minhas bochechas. Bodie se deita ao meu lado e me deixa chorar no seu cardigã de lã.

— Calma, tá tudo bem.

— Como está tudo bem? — pergunto, soluçando. — Ele fez uma *mixtape* pra mim. Me apresentou pra família. Não faz sentido. Eu gosto muito dele. Tipo, muito. Ele é o primeiro garoto de quem já gostei.

Bodie me envolve em seus braços.

— Sim, mas não será o último, né?

— Não sei se consigo lidar com isso, Bodie. É demais para mim. O lance do meu pai já é ruim o bastante. Nem te contei tudo. Ele está sem controle com a bebida.

— Eu sei. — Olho para ele, curioso. — Meus pais estão preocupados. Sua mãe passou aqui esses dias e minha mãe perguntou se ela já assistiu àquele programa *Intervenção*.

— Ai, meu Deus, imaginar minha mãe encenando uma intervenção é a coisa mais hilária e deprimente do mundo. — Suspiro. — Peraí, ela não está planejando mesmo uma intervenção, está?

— Nem ferrando! — Bodie ri. — Quando minha mãe explicou o programa, as duas riram sobre como os americanos são cheios de rituais esquisitos.

Assinto.

— Melhor assim, acho. Meu pai não aceita muito bem receber ordens. Ei, quer saber um pensamento fodido que eu tive esses dias?

— Sempre — diz ele.

— Me convenci de que meu pai perder o emprego foi, tipo, o preço que precisei pagar para estar com o Ash. Sei que não faz sentido, mas, tipo… acho que não posso ter muitas coisas boas ao mesmo tempo na vida. Então, como eu estava superfeliz com o Ash gostando de mim, precisei ser punido de alguma forma.

— Você não merece ser punido, Kam — diz Bodie, com carinho. — Não pense assim. Líderes autoritários merecem ser punidos. Você merece o mundo inteiro.

— Enfim, não importa, porque agora o Ash se cansou de mim, meu pai só está piorando, minha mãe está surtando e, no fim das contas, não tem *nada* de bom acontecendo comigo.

Ele me dá um chute no pé.

— Você tem a mim. E sempre vai ter.

— É. — Assinto. — Não sei o que eu faria sem você.

Pego a mão dele e aperto com gratidão. Nós dois encaramos o teto pelo que parece ser uma eternidade.

— Você acha que eu deveria confrontar ele amanhã no colégio? — pergunto finalmente. — Tipo, terminar com ele antes que ele tenha a chance de terminar comigo.

Nos olhos de Bodie, vejo algo que queria não ter visto. Uma pontada de felicidade. Ele está feliz porque eu e Ash terminamos. É claro que está. Queria que não estivesse.

— Meu pai disse que queria ter pedido demissão antes de ser demitido. É a mesma coisa, não é? É melhor eu me demitir do Ash antes que ele me demita.

Bodie hesita, e então pergunta:

— Se eu disser que parece uma boa ideia, você vai me chamar de ciumento de novo?

Dou de ombros.

— Desculpa por ter dito aquilo.

O afeto nos olhos dele me diz que Bodie aceita as desculpas. Mas ele não para por aí.

— Não é que eu não queira te ver com alguém. Eu só não quero que você fique com alguém que vai te machucar. Desaparecer assim não é nem um alerta vermelho. É tipo uma placa enorme de PARE. É horrível.

— Bodie, já entendi, obrigado.

Consigo ouvir a irritação na minha voz. Me pergunto se talvez Bodie não esteja com ciúme. Se talvez não esteja feliz com nosso término. Se, esse tempo todo, o que ele queria de verdade era me salvar dessa dor terrível.

— Desculpa. — Os olhos dele se iluminam. — Ei, vamos te animar com comida gordurosa e programas de TV cem por cento lixo. Suas opções são *Top Chef*, *Iron Chef* ou… peraí, você já assistiu a *Sal, Gordura, Ácido, Calor*?

Balanço a cabeça em negativa.

— Nossa, é isso que a gente vai ver, então. Não é lixo. É uma série documental genuinamente incrível sobre uma chef iraniana.

Ele pega o celular e pede comida chinesa para nós. Assistimos à série meio que por alto, já que estamos distraindo um ao outro com as mensagens hilárias que recebemos dos nossos pais recentemente. Nossa favorita é uma da mãe dele, que perguntou: **Farbod, o que é lacrar?** Além disso, teve uma da minha mãe dizendo **Esqueci de ligar o salame de segurança**, e rapidamente se corrigindo em caixa-alta, **ALARME DE SEGURANÇA. Liga o salame quando chegar em casa, por favor.** E depois: **Liga o ALARME. Odeio minhas unhas novas. Não consigo digitar com elas.**

Devo ter caído no sono porque o toque do meu celular me acorda de supetão. Minha cabeça está no peito de Bodie, eu babei no cardigã dele e estamos no terceiro episódio da série. Olho para o celular e vejo que é Ash me ligando. Uma foto dele ao lado de um cacto surge na tela.

— Eu atendo? — pergunto.

— Nem ferrando — responde Bodie, incisivo. — Termina com ele amanhã.

Ele me espera silenciar a ligação, mas não faço isso.

Encaro a foto de Ash na tela. É do dia em que ele me levou ao Jardim Botânico e me mostrou as suculentas que tanto ama. Fiquei tão feliz naquele dia. Ele me disse que as árvores são conectadas pelas raízes embaixo da terra. E que é assim que ele se sentia em relação a nós dois. Depois de seis toques, a foto de Ash desaparece.

— Ah, o silêncio… — suspira Bodie. — Agora vamos voltar para a série.

Solto uma risadinha triste e me deito, deixando ele passar o braço em volta de mim. Me sinto seguro com Bodie. Mas, quando o celular toca de novo, não quero essa segurança. Eu quero Ash. Me levanto com um salto e atendo.

— Alô?

— Me desculpa, Kam — diz ele. — Eu estava no deserto.

— Aham — falo, esperando por mais.

— Eu tive… uma ideia para uma série nova de ilustrações e poemas, e precisava de paz para criar, sabe? — Eu não sei, então não digo nada. — Eu ia te avisar, mas acabei esquecendo e, quando cheguei lá, eu não tinha celular nem nada. De qualquer forma, lá nem tem sinal.

— Sua mãe disse que você ia voltar no sábado de manhã — lembro, com frieza.

— Bom, era para eu ter voltado antes, mas foi tão inspirador que eu acabei ficando, e meus pais ficaram bravos, mas às vezes você tem que fazer o que é certo para si mesmo e não para as pessoas que você ama, entende?

Me seguro para continuar calado. Não estou pronto para perdoá-lo, embora eu queira muito.

— Fiz uma coisa pra você — conta ele. — Mal vejo a hora de te mostrar. Acho que ficou muito bom.

— Eu quero ver. Mas, Ash... eu fiquei preocupado. — Tento soar como a minha mãe, fria e controlada. Acho que consegui.

— Me desculpa, Kam. Por favor, me dá mais uma chance. Por favor, vem pra cá. Posso te mostrar o que eu fiz e a gente pode comer alguma coisa. Meu pai fez sopa de grão-de-bico, que é, sinceramente, a coisa mais gostosa do mundo. Depois da sua boca, é claro.

Não consigo segurar o sorriso.

— Então eu sou mais gostoso que sopa de grão-de-bico, é?

Bodie parece, ao mesmo tempo, enojado e irritado enquanto espera pacientemente que eu dispense Ash.

— Vem pra cá, meu amuleto da sorte mais lindo — pede Ash. — Tenho outra surpresa que você não vai conseguir resistir.

— O que é?

— Você vai escutar em breve — diz Ash, com um sorriso na voz.

Bodie fecha a cara quando eu falo:

— Chego aí daqui a pouco. — Desligo o celular e viro para Bodie. — Por favor, não fica chateado. Podemos terminar a série depois?

Bodie se senta na cama.

— Kam, o que você tá fazendo?

— Pode até ter parecido, mas ele não estava me ignorando. Ele estava criando arte.

Já estou calçando os sapatos e limpando as embalagens descartáveis de comida.

— Mas ele *te ignorou*. E você vai voltar correndo pra ele — rosna Bodie. — Cadê o seu amor-próprio?

Fico de pé à porta, segurando um saco de lixo com as embalagens de comida.

— Eu peguei uma coisa que não era sobre mim e fiz ser. Talvez essa seja a lição. Nem tudo é sobre mim. É uma boa lição, não acha?

— Sim, acho que preciso aprender essa também porque isso aqui, agora, com certeza *não é* sobre mim. Parece que eu não tenho nenhuma importância. — Ele cerra o maxilar forte, mas a mágoa nos seus olhos é como um soco em minha barriga.

— Bodie, me desculpa — imploro. A última coisa que quero é magoar meu melhor amigo. — Eu surtei sem motivo, e você é um amigo tão bom por ter cuidado de mim durante o…

— Não foi sem motivo — corta ele. — Se você desaparecesse por um fim de semana sem me dizer onde está, eu ia te matar.

— Bom, talvez esse seja o problema. A gente precisa parar de esperar que as pessoas fiquem disponíveis todo dia, o dia inteiro, né? Não somos donos de ninguém.

— Não, mas nos comprometemos — rebate Bodie. — Não machucamos os outros sem motivo.

— Ele tinha um motivo — argumento. — Ele estava…

— Criando arte. Que seja, eu desisto. — Bodie balança a cabeça. — Vai lá curtir com ele. Mas, da próxima vez que o Ash sumir, não vem chorar no meu ombro.

— Não vai acontecer de novo — garanto. — Eu conheço ele melhor que você. Vou te mostrar.

— Quero só ver — diz ele, com a voz cansada e apática.

No caminho para a casa de Ash, penso em Bodie. Estou arrasado. Uma parte de mim quer voltar para meu melhor amigo, conquistar o perdão dele, provar que tenho amor-próprio.

Mas não volto. Vou até Ash. Quando ele abre a porta, parece mais vivo do que nunca. Seus olhos brilham como se tivessem uma luz interna.

— Senti tanta saudade. — Ele quase grita. — Dois dias sem você é tempo demais!

Ash me pega nos braços e me beija.

— Então não desapareça assim de novo — imploro, agarrando-o com toda a minha força, como se ele fosse sumir de novo se eu não o segurar forte o bastante.

— Não vou. Prometo. Vem, tenho surpresas! — Ash me leva para dentro. Enquanto seguimos até o quarto dele, grita: — Mãe, pai, o Kam chegou!

A voz da sra. Greene vem da cozinha:

— Kam, você quer...

— Vamos pro quarto. Tchau! — grita Ash. Ele está irradiando energia e empolgação de tanta saudade que sentiu de mim. É tanta que Ash fica até elétrico. Ele me entrega um desenho. — Fiz esse pra você no deserto.

Encaro a imagem por tempo o bastante até entender que o que parecia ser uma pedra é, na verdade, um camaleão camuflado em uma rocha, como uma ilusão de ótica.

— Viu? — pergunta ele.

— O camaleão?

— Isso. — Ele sorri. — Quando eu estava no deserto, vi um camaleão numa pedra. Ele se camuflava tão bem que estava quase invisível. E me lembrei de você por algum motivo. O jeito como passamos semanas no mesmo coral, nos mesmos corredores, até nos encontrarmos, sabe?

— Sei. — É impossível não me deixar levar pelas palavras dele.

— Tá bom, agora fecha os olhos para o segundo presente — ordena Ash.

— *Hum*, tá bom. — Fecho os olhos. Ele coloca algo gelado na minha mão. Parece um CD. — Você gravou um CD pra mim?

— Abre os olhos.

Quando abro, não acredito no que estou segurando. É um CD embalado em plástico de um álbum futuro de Lana.

— Pera, mas esse álbum só vai ser lançado semana que vem.

— Eu sei! Loucura, né? — Ele sorri com orgulho. — A mãe de uma colega de tênis da Dawn trabalha na Interscope.

— Eu amo a sua irmã! — grito, tonto de tanta empolgação. — Mas a gente pode abrir?

— Sim, claro. Só não podemos vazar. Mas podemos ouvir. Pensei em me deitar com você e escutar as músicas juntos.

E é exatamente isso que fazemos. Nos abraçamos e escutamos uma vez, e depois mais outra. Fico extasiado pelas músicas e por beijar durante horas. Na segunda vez que escutamos, ficamos em pé na cama quando

"Dealer" começa a tocar. Damos as mãos e pulamos no colchão, voando alto e gritando "I DON'T WANNA LIVE" com toda a força dos pulmões e dos corações. Tão alto que fica claro que o que realmente queremos é viver *assim*, por inteiro, profundamente, com mais propósito e paixão do que o mundo superficial espera de nós. Para sempre.

SEGUNDO ANO

— Meu nome é Jared, e sou um grato membro da Alateen.

Olho ao meu redor para mais ou menos doze pessoas sentadas em cadeiras dobráveis, nos fundos de uma igreja luterana. Todos os olhos estão em Jared, que cutuca uma espinha no rosto enquanto fala. Seus olhos estão marejados com lágrimas contidas.

— Oi, Jared — respondemos.

— Não estou bem hoje. Não mesmo. — Jared olha para Byrne, um dos dois apadrinhadores adultos na sala. Byrne sorri e assente para ele, incentivando-o a continuar. — Sinto saudade da minha mãe — diz ele, com a voz embargada. — Sei como isso soa estranho. Tipo, quem sentiria falta de uma mãe que... bom, vocês sabem o que ela fez. Mas amanhã é aniversário dela, e ela vai passar na cadeia. Isso me deixa tão triste.

Uma recém-chegada cobre a cabeça com o capuz do casaco e se afunda na cadeira, que range alto no chão. Sinto o desconforto dela, o jeito como queria estar em qualquer lugar menos aqui.

Jared fica ofegante e deixa as lágrimas escorrerem. Não sei onde ele estuda, mas sei que tem o físico de um jogador de futebol e os maneirismos dos garotos que me provocam no colégio. Ele poderia facilmente ser parte do grupinho de capangas do Ken Barry. Ainda assim, Jared não é como eles. É doce, sensível e está arrasado. É um lembrete de que não devo julgar as pessoas rápido demais.

— No último aniversário dela, minha mãe ficou muito brava comigo por ter guardado o secador de cabelo na gaveta errada. Implorou para que eu não a obrigasse a me bater no dia do seu aniversário. E aí me bateu com o secador.

Todos nos inclinamos para a frente, tentando demonstrar nosso apoio através da linguagem corporal. O cronômetro do grupo emite um alerta barulhento.

— Um minuto. Entendi, obrigado. — Jared suspira. — A questão é que vivo pensando que, desde que ela foi embora, um pedaço de mim foi junto. Como se fôssemos uma pessoa só, sabe? É como se eu não soubesse onde ela acaba e eu começo. É assim que me sinto.

Sinto isso no fundo da alma. É assim que me sinto em relação ao meu pai. E a Ash também. Me pergunto se tem a ver com ser humano, com o amor ou com o vício. Como se quiséssemos ser a peça que falta, a coisa que completa a outra pessoa. Me lembro de meu pai lendo um livro para mim quando eu era mais novo. Ele inventava um sotaque caipira bobo enquanto cantava:

— *Ai-ai-iô, assim eu vou, em busca da parte que falta em mim.*

Ele amava caubóis. E provavelmente estava bêbado.

— Enfim, é nisso que venho pensando. — Jared engole a própria tristeza. — Não quero extrapolar meu tempo, mas queria dizer para quem está chegando agora…

Todos olhamos para os novatos, sentados perto da porta caso queiram fugir.

— Tenho frequentado os encontros há quase um ano. Aqui é o lugar onde eu me sinto, sei lá… validado, acho. Nem sempre é fácil. E tá tudo bem não conseguir lidar com tudo durante o processo. Mas eu continuo voltando. Obrigado por me deixarem compartilhar.

Todos aplaudem e Jared se senta.

Byrne diz:

— Temos tempo para mais um depoimento antes de falar com os recém-chegados. — Todo mundo já falou, menos eu e os novatos. Os olhos de Byrne me encontram, me incentivando a me abrir. Não me mexo. A esta altura, já sei que todos os nossos problemas são relativos. Ainda assim, é impossível não sentir que qualquer coisa que eu tenha vivido parece insignificante ao lado dos problemas de pessoas como Jared. — Beleza, então. Agora é hora de ouvirmos os recém-chegados, se alguém quiser falar.

Uma garota levanta a mão.

— Oi, gente, me chamo Holland.

— Oi, Holland — respondemos.

— Só queria agradecer a todo mundo por compartilhar suas histórias. É esquisito ver como estou com medo de falar. Já fui assassina num júri de mentira. Falar em público é minha especialidade. — Alguns riem. — Mas aqui é diferente. Consigo debater a respeito de políticas de imigração, defender um crime fictício, mas falar da minha irmã é… difícil. Parece que estou traindo ela ao falar com vocês.

As palavras dela me levam de volta à primeira reunião, quando minha terapeuta sugeriu que eu frequentasse o grupo. Minha mãe achou que eu estava na terapia para lidar com o desaparecimento de Ash. E, de início, era isso mesmo. Mas aí meu pai foi embora seis meses depois. E a terapia foi se tornando cada vez menos sobre Ash e cada vez mais sobre meus pais. Meu pai já havia partido havia um ano quando vim à primeira reunião. Não disse nada além do meu nome aqui na Alateen por um mês inteiro, até vir em uma reunião guiada pelo sr. Byrne. Ele fez com que eu me sentisse confortável o bastante para me abrir. Me ajudou a enxergar que falar dos segredos da minha família em voz alta não era trair meus pais, e sim cuidar de mim mesmo.

— Quem se sentir à vontade, pode se levantar agora para a nossa oração de serenidade — diz Byrne ao final da reunião.

Todos nos levantamos e damos as mãos. Me sinto envergonhado com minhas mãos pegajosas, meu pulso acelerado. Fechamos os olhos.

— Deus, conceda-me serenidade para aceitar as coisas que não posso mudar. Coragem para mudar as que posso. E sabedoria para reconhecer a diferença entre elas.

Toda vez que faço essa oração, penso a mesma coisa. Como vou saber a diferença entre as coisas que posso e não posso mudar?

— Continuem voltando. Só funciona se vocês se esforçarem, e vocês valem o esforço.

Essas palavras me atingem em cheio. Eu continuo voltando. Para as reuniões, sim. Mas também para os mesmos pensamentos. Sobre meu pai, me perguntando onde ele está. Sobre Ash, me perguntando se ele está vivo. Torcendo para que esteja.

* * *

Fora da sala de reunião, enquanto todos os adolescentes vão embora, Byrne me chama. Eu o encontro recostado em um jacarandá, com os galhos secos.

— Oi — digo, baixinho.

— Como você está? — pergunta ele.

— Desculpa por não ter falado hoje. — Mordo o lábio. — Sei que não falo tanto quanto os outros nas reuniões.

— Eu não disse nada disso. Perguntei como você está. — Byrne manda um tchau para a outra apadrinhadora enquanto ela entra no carro.

— Meu pai nunca me bateu. Ele não está na cadeia. Me sinto um babaca comparando meus problemas com os de outras pessoas, tipo o Jared. Ele sofreu pra caramba. — Estou falando muito rápido.

— Por que você acha que sua terapeuta recomendou que frequentasse o Alateen? — questiona Byrne, me pegando de surpresa.

Relembro minhas sessões de terapia. A terapeuta era incrível. Eu a escolhi entre uma lista de nomes que a mãe de Ash me passou. Ela me ajudou nos meus momentos mais difíceis, mas, depois de dois anos, informou que eu precisava de algo diferente.

— Ela disse que eu precisava de uma comunidade. Que o que mais iria me ajudar era saber que não estou sozinho.

— Entendi. — Byrne sorri com carinho. — Numa comunidade, sua dor não é uma competição com a dos outros.

Sei que ele tem razão. Ainda assim, é difícil não me comparar, geralmente em situações em que me sinto menos. Menos bonito que Bodie. Menos talentoso que Ash. Menos traumatizado que Jared.

— Sei que isso não são as Olimpíadas do vitimismo — digo, mas até eu consigo perceber a mágoa por trás da piadinha.

Espero Byrne dizer alguma coisa, mas ele fica quieto. É uma das estratégias dele. Deixar o silêncio ficar tão desconfortável que eu acabo preenchendo com a verdade.

— Acho que, de certa forma, eu tenho muito em comum com o Jared. Tipo, eu também sinto saudade do meu pai. Me faz mal às vezes, mas eu sinto. Tenho saudade dos momentos em que ele era bobo e… divertido. Sei que, provavelmente, ele só estava solto daquele jeito por causa do álcool, mas ainda assim…

Byrne apenas assente.

— Além disso, aquilo que o Jared disse de não saber onde a mãe dele termina e ele começa…

— Se identificou com isso? — pergunta Byrne delicadamente.

Assinto.

— Sim, mas não só com o meu pai. Com o Ash também.

Byrne acena com a cabeça.

— Já decidiu se vai a Joshua Tree?

— Ainda estou pensando. — Sinto um tremor na minha voz. Lágrimas se formam nos meus olhos e as deixo cair. — Acho que tem um monte de coisa na minha cabeça. Tipo, fico pensando em como era a minha vida dois anos atrás, quando meu pai ainda morava com a gente. Quando meus pais brigavam o tempo todo. Vivo me perguntando por que nunca contei pro Ash que meu pai era alcoólatra. Escondi dele porque eu era tão… sei lá, acho que tinha vergonha. E medo de que o Ash não quisesse ficar comigo se soubesse como a minha família era problemática.

Engulo em seco. É agora que eu deveria contar a Byrne o que acabei de descobrir. Que Ash também tinha problemas com abuso de substâncias. Mas, de certa forma, revelar isso me parece uma traição à família dele, a Dawn, que me contou mesmo contra a vontade dos pais dela. Nem contei para Bodie ainda, e sei que ele vai ficar puto se descobrir que contei para outra pessoa antes, mesmo se for Byrne. Tenho medo de que, se eu falar em voz alta, a informação vaze de alguma forma. Só consigo imaginar o que Ken Barry e seus capangas fariam se pudessem chamar Ash de drogadinho, culpando ele e a família pelo que aconteceu.

— Queria… queria poder voltar atrás e ser honesto com o Ash sobre tudo. Me assusta pensar que eu só não fui totalmente honesto com ele porque não o amava o bastante, porque amar é confiar, né?

Não falo minhas outras suspeitas em voz alta. Tipo, será que eu poderia ter ajudado Ash se tivesse contado a ele sobre meu pai? Talvez saber dos problemas de meu pai faria com que ele se sentisse mais seguro ao meu lado. Seguro o bastante para se revelar por inteiro para mim. E talvez, apenas talvez, ser completamente honesto poderia tê-lo ajudado a parar.

Então, penso em outro cenário. E se ele tivesse me contado a verdade e eu me sentisse traído? Enganado? Bom, nesse caso, eu teria terminado com ele e nunca teria ido àquela viagem. E, se eu não estivesse lá, talvez ele ainda estivesse aqui.

É tudo minha culpa. Essa é a única conclusão.

— O amor é complicado — fala Byrne.

— Mas eu não confiei meus segredos a ele — admito. — E ele não confiou os dele a mim. Será que não me amava?

— É claro que ele te amava — afirma Byrne. — Todo mundo via isso.

Balanço a cabeça, incerto.

— Queria não ser como a minha mãe — confesso. — Ela brigava com meu pai quando eu não estava perto, depois fingia que nada tinha acontecido. Eu escutava ela chorar sozinha, no banheiro, e minutos depois saía para trabalhar com um sorriso no rosto, ou ia dançar em alguma festa. Eu sou assim. Finjo que está tudo bem quando não está.

— Não é isso que você está fazendo agora — aponta Byrne. — Você não parece estar escondendo nada.

— Talvez o programa esteja funcionando. — Dou de ombros. — Mas sei lá. Ainda não entendo essa coisa do Poder Superior, às vezes.

— Deus pode ser qualquer coisa — lembra Byrne. — Deus pode ser só amor.

— Eu sei disso tudo. Mas, se Deus é amor, por que há tanto ódio no mundo? Acho que é difícil para mim colocar a vida nas mãos de um Poder Superior porque, se eu aceitar que existe um Deus, então esse é o mesmo Deus que tirou o Ash de mim. Que tipo de Deus cruel é esse?

Respiro fundo.

Desta vez, Byrne fica sem palavras.

— Não tem nenhuma sabedoria para compartilhar? — pergunto, meio brincando e meio sério, porque realmente preciso de mais sabedoria.

— Já estive onde você está. Não na mesma situação, mas com o mesmo questionamento. — O corpo dele murcha. Os ombros caem. — Só posso dizer que o programa me ajudou a passar por isso. Me lembra todos os dias de focar nas coisas que eu *posso* mudar, e não nas que eu não posso.

Penso na família Greene. Eles acreditam que descobrir o que aconteceu com Ash é algo que não podem mudar. Mas eu sei, do fundo do coração, que isso não é verdade. Talvez eu consiga me lembrar melhor do que aconteceu naquela noite. Talvez possa encontrar alguma pista que todo mundo deixou passar. Talvez possa provar que todos estão errados se eu for ao deserto.

— Continue voltando — sussurro para mim mesmo. — Só funciona se você se esforçar, e você vale o esforço.

— Isso — diz Byrne.

Deixo as palavras flutuarem na minha mente. Preciso continuar voltando ao deserto, porque Ash vale o esforço. Talvez seja tarde demais para que minha honestidade o impeça de desaparecer. Mas não é tarde para encontrá-lo por aí, de alguma forma. Sinto isso em meu peito.

— Senhor Byrne, acho que eu quero voltar ao deserto.

Ele assente.

— Você vai precisar que um dos seus pais assine a autorização.

— Sei disso. Vai dar certo. Eu espero.

*　*　*

— MAS NEM SONHANDO! — briga minha mãe quando peço que assine a autorização na véspera do prazo de entrega.

— Mas todo mundo vai! — imploro.

— Você não é todo mundo. — Ela nem olha para mim. — Eles não… passaram pelo que você passou lá. Você é novo demais para voltar. É tudo muito recente.

— Beleza, vou pedir pro papai. Eles só precisam de uma assinatura. — Pego o celular de forma ameaçadora. — Posso ligar pra ele?

— Vai em frente. Ele vai estar bêbado demais para ler a autorização.

O olhar dela me desafia a enfrentá-la.

— Eu não preciso que ele *leia* — argumento, decidido a não desistir. — Só preciso que *assine*. Coisa que provavelmente vai fazer só para te provocar.

Isso chama a atenção de minha mãe, porque ela finalmente olha para mim. Olha para mim de verdade. Não dando um fim à conversa, mas indicando o começo de uma *nova* conversa. Uma mudança.

— Kamran, nesses últimos dois anos, tem só uma coisa que eu nunca te disse. E eu me esforcei tanto para não dizer. Tive vontade de falar tantas, mas tantas vezes.

— O quê? — Me preparo para alguma revelação secreta sobre o meu pai.

— Eu nunca disse "Eu te avisei". Nunca disse que eu tinha razão.

Meu coração se parte, não só por causa das palavras dela, mas pelo jeito como ela fala. Com um tom de desistência. Minha mãe nunca desiste. Sempre tem forças para lutar um pouco mais. Mas não agora. Não quando pega o papel da minha mão e assina. Ela desistiu. Está me deixando vencer.

— Às vezes eu queria que você *tivesse* me proibido de ir — falo. — Talvez as coisas tivessem sido diferentes. — Olho para ela com o coração na boca. — Você *tinha* razão da última vez, mãe. Mas não agora. Eu preciso voltar.

Ela me entrega o papel assinado.

— Você é minha vida todinha. — A voz dela não tem aquele orgulho de sempre. — E você é tão novo. Só quero te proteger. Isso me faz parecer uma mãe horrível?

— Não. — Eu a abraço. Porque ela assinou o papel. E porque eu a amo. — Mãe, eu não te acho horrível. É assim que você acha que me sinto?

— Não sei. Você nunca me conta nada.

— Porque você odeia falar de sentimentos — digo.

— E é por isso que eu odeio! É doloroso — rebate ela. Passando a mão pelo meu cabelo, ela ri. — Desculpa. Você é meu mundo todinho.

— Você já disse isso — respondo, com um sorriso.

— Porque eu não quero que você esqueça.

Parte de mim quer contar a ela que não é saudável transformar alguém no seu mundo inteiro. Quer implorar a ela para que abra mão. De mim. Do controle. Mas quem sou eu para pedir a ela que abra mão de mim, quando eu não consigo abrir mão de Ash?

— Só espero… — Ela faz uma pausa. Escolhe as palavras com calma. — Só espero que você se cuide quando estiver lá. Me promete isso. E, se algo der errado de novo, me promete que não vai demorar dois anos pra dizer que eu estava certa.

Quero continuar a conversa com ela. Tem tanta coisa não dita. Quero dizer que meu pai indo embora e Ash desaparecendo são versões diferentes da mesma coisa. Mas será que são? Já posso até escutá-la dizendo que dividiu duas décadas da vida com meu pai. Que eles tiveram um filho juntos. Já eu namorei Ash por alguns meses. Não tem como comparar, e talvez ela esteja certa. Talvez ela esteja sempre certa. Espero que não, porque estou contrariando os conselhos dela mais uma vez. Não digo nada disso. Só falo:

— Eu prometo.

PARTE 2
LÁ

TERCEIRO ANO

— Muito bem, vamos repassar nossas Regras Gerais de Espaço Seguro. — Byrne está no assento do passageiro do motor home e a sra. Robin está dirigindo. — Quem pode recitar pra gente?

Bodie levanta a mão, suas unhas pintadas balançando no ar. Ele está vestindo o cachecol branco felpudo que Louis deu de presente. Louis pegou a estrada de Long Beach só para se despedir de Bodie e conhecer o restante da AGH. Deu para ver como Bodie amou mostrar seu namorado lindo para todo mundo.

— Manda ver, Bodie — diz Byrne.

— Nada de presumir coisas — começa Bodie. — Suas afirmações são suas. Menos generalização e mais especificidade. Abra o espaço e tome o espaço. Aceite o desconforto.

Nós escrevemos e definimos as regras no começo de cada ano, para que os novos alunos possam participar da criação e compreender tudo. Assim, iniciamos todas as reuniões lendo as regras em voz alta, geralmente bem alta.

— Estava pensando nessa parte do "aceite o desconforto" — diz Danny.

— Como assim? — pergunta a sra. Robin.

— Se trata de desconforto emocional, né? Que eu supertopo aceitar. Pode mandar todo o desconforto emocional que tiver. Vocês basicamente acompanharam toda a minha transição e me apoiaram nos piores momentos, então não é como se eu tivesse medo de emoções mais intensas.
— Danny engole em seco. Ele é do terceiro ano, como eu e Bodie. Às vezes, sinto que não tenho nenhum outro amigo além de Bodie, mas, quando olho para este grupo, percebo que tenho, sim. Danny continua:
— Acho que é o desconforto físico que me preocupa. Dormir numa tenda no meio do deserto durante o inverno? Pra ser sincero, estou um pouco assustado. A versão dos meus pais de "curtir a natureza" é pegar uma mesa na varanda de qualquer restaurante.

Solto uma risada triste porque, é claro, eu já fui como Danny. A ideia de dormir ao relento me apavorava. Mas meu maior medo eram as cobras e os leões da montanha, criaturas sobre as quais minha mãe me alertou — e não o desaparecimento do meu namorado.

— Peraí, quem disse que você vai dormir numa tenda? — pergunta a sra. Robin. — Nós preparamos barracas de luxo com cobertores de lã, um banheiro só seu, travesseiros com plumas de ganso...

— Você tá brincando, não tá? — pergunta Danny.

A sra. Robin sorri.

— Claro que estou brincando. Mas a gente alugou esse motor home, então vocês não precisam ficar congelando numa tenda, e ficarão a salvo das cobras.

— Vai ser super *Bandeirantes de Beverly Hills* — diz Bodie, provocando algumas risadas, já que todos assistimos a este filme em uma noite de cinema da AGH.

— Tá mais para *Bandeirantes do Centro de Los Angeles* — acrescento, causando ainda mais risadas.

— Mandou bem — responde Bodie, mas o sorriso dele parece forçado.

Talvez não tenha gostado de receber menos risadas do que eu. Mas acho que ele está um pouco chateado com a minha decisão de vir para a viagem, de não dar ouvidos a ele.

— Que tipo de animais vivem lá? — pergunta Olivia. — Tipo, eu amo animais. Vocês sabem que tenho dois cachorros, três gatos e um papagaio supereloquente chamado Bernie.

— Nós sabemos — diz o grupo inteiro ao mesmo tempo.

Olivia fala dos animais de estimação constantemente. Mostra fotos o tempo todo. Ela tem uma conta semipopular no TikTok em que posta todas as coisas absurdas e fofas que eles fazem.

Olivia ri.

— Tá bom, já entendi. Mas, apesar do meu amor pelos animais, tenho um medo muito bizarro de ursos. Acho que é porque assisti àquele filme do Leonardo DiCaprio.

— Você deveria ter visto *Paddington 2*, então — brinca Danny.

Outra escolha de filme da AGH. Aquele urso é tão gay.

— Ursos são raros no parque — informa Byrne. — Eu não me preocuparia com isso.

— Raros? — questiona Olivia. — Raros quanto? Raro tipo ser atingido por um raio? Ou raro tipo a Nina Simone ganhando um Grammy?

— Peraí, qual dos dois é mais raro? — pergunta Lincoln George.

— Ursos não são nativos do parque — explica Byrne. — Mas acredito que já foram vistos lá, raras vezes.

Com um sorriso irônico, Bodie comenta:

— Diferente do oeste de Hollywood, onde tem ursos em todo canto!

Todos riem. Bodie se sente em casa nas reuniões da AGH.

A sra. Robin entra na via expressa.

— Obrigada por isso, Bodie. — Nós rimos. — A regra mais importante para essa viagem é que chegaremos em grupo e permaneceremos em grupo. Nada de ficar perambulando sozinho. O parque não tem sinal de celular, então vocês ficarão incomunicáveis. Mas os aparelhos funcionam normalmente, então podem tirar fotos. E, felizmente, Kam será nosso cinegrafista oficial.

— Por que eu?

A sra. Robin ri.

— Porque você está sempre filmando tudo — explica ela. — Eu dou aula de cinema para o último ano. Sei reconhecer um diretor promissor quando vejo um.

Meu rosto fica vermelho. Não me sinto promissor em nada.

— Mas e se alguém precisar falar com a gente? — pergunta Fiona. — Tipo, se acontecer alguma emergência em casa, ou algo do tipo?

A sra. Robin respira fundo e lança um olhar de solidariedade geracional para Byrne.

— Talvez você perca essa emergência. Mas, sabe, a vida era assim quando eu era criança. E quando o sr. Byrne era mais jovem também. Assim que saíamos de casa, estávamos incomunicáveis. Fim de papo.

— Isso parece... horrível. — Fiona agarra o celular no bolso como se ele fosse desaparecer do nada.

Byrne ri.

— De certa forma, era mesmo.

— Mas tinha um lado bom — fala a sra. Robin. — As pessoas não te davam bolo.

— As pessoas eram mais presentes — confirma Byrne, suspirando.

— Sério mesmo? — pergunta Bodie. — Ou vocês só estão romantizando o passado?

— Sinceramente, não sei — admite Byrne. — Acho que um pouquinho dos dois. Mais alguma pergunta?

Quero saber o que vai acontecer se eu entrar em pânico quando chegar lá. E se eu não suportar? E se as lembranças me atormentarem? Mas não toco nesse assunto. Não posso dar a Bodie um motivo para me arrastar de volta para casa. Não depois de ter implorado para que minha mãe assinasse a autorização.

— Tenho uma pergunta superimportante — declara Olivia. — Vou poder jogar água gelada na cara da Fiona se ela roncar muito alto?

— Eu nem ronco! — rebate Fiona.

— Peraí! Como você sabe que a Fiona ronca, Olivia? — pergunta Bodie. — Vocês já...

— Ai, meu Deus, a gente faz festa do pijama em casa desde os 8 anos. — Olivia, que está sentada atrás de mim e de Bodie, dá um pescotapa no meu amigo. — E aquele bonitinho lá que você está namorando? *Ele* ronca?

Bodie olha para mim, todo nervoso. Desde que começou a sair com Louis, está pisando em ovos para me contar os detalhes. Sei que não quer me magoar falando de seu namorado presente quando sabe que ainda não superei meu namorado desaparecido, mas, de certa forma, ser ignorado é pior. Isso cria uma distância terrível entre nós dois.

— Claro que ele não ronca — conclui Fiona. — O Louis é perfeito.

— Ele não é perfeito. Ninguém é perfeito — argumenta Bodie, mas não soa convincente.

— Mas ele chega bem perto. Você também — comenta Olivia. — Vocês dois juntos chega a dar raiva, sinceramente. Aquele vídeo que ele fez de você, tipo, é tão fofo que dá nojo.

Bodie olha para mim de novo. Não tenho a menor ideia sobre qual vídeo ela está falando, e ele sabe disso. Está escondendo segredos de mim.

— Minha pergunta é: quando é o casamento? — diz Fiona.

— Gente, para! — implora Bodie.

Sei que ele ama atenção. O que não ama é eu estar aqui ouvindo tudo.

— Não vou e nem quero. — Olivia sorri. — Pelo menos não estou te envergonhando igual à sua mãe procurando um médico pra te receitar PrEP.

— Peraí, oi? — Me viro para Bodie, tentando ler a expressão dele para saber se Olivia está brincando.

Ele dá de ombros como se não fosse nada de mais.

— Você conhece a minha mãe. Meu relacionamento com o Louis está ficando sério, então ela quer se certificar de que eu estou seguro e...

— Quantos médicos ela consultou? — pergunto.

O que realmente quero dizer é: *Por que você não me contou? Por que a Olivia sabe disso? Eu sou seu melhor amigo.*

— Ela começou perguntando para o médico iraniano da família.

— O dr. Javaherian? — pergunto, porque claro que nós temos o mesmo médico. — Duvido que aquele cara já tenha ouvido falar de PrEP.

— Acertou.

A sra. Robyn mantém os olhos na estrada enquanto fala:

— O fato de existirem médicos que nunca ouviram falar de PrEP já me diz tudo o que preciso saber sobre como a medicina não se importa com a nossa comunidade.

— E em Los Angeles! — exclama Byrne.

— Bom… em Teerângeles — digo, arrancando uma risada genuína de Bodie. Minha piada é um lembrete de que existe um pedaço da nossa vida que nenhum de nossos outros amigos é capaz de entender de verdade. — É uma cidade diferente da que vocês moram.

Danny se inclina para a frente.

— Nós passamos por cinco médicos até encontrar um que não parecesse cético conversando comigo. O médico da nossa família disse que eu era jovem demais para tomar bloqueadores de puberdade.

— Foi exatamente isso que o grande dr. Javaherian disse quando finalmente entendeu o que é PrEP. — Bodie imita um sotaque iraniano carregado ao dizer: — Farbod *joon*, pra que se apressar em fazer sexo com outro garoto na sua idade? Espere e veja se muda de ideia.

— Pessoas cishétero nunca precisaram esperar para começarem suas vidas — murmura Danny, com tristeza.

— E acham que, ao nos protegerem de ISTs, vão nos transformar numas vagabundas sem vergonha — comenta Bodie. — Tipo, me dá logo minha PrEP e minha vacina contra o HPV, seus covardes!

— Nunca fui tão feliz em ser assexual — diz Tucker. — Aproveitem o papilomavírus, amigos!

Passamos por um outdoor de um cassino, seguido por um de um advogado especialista em danos morais.

— Os adultos amam dizer que somos novos demais para isso ou aquilo — fala Danny.

— Minha mãe disse que eu sou novo demais para voltar ao deserto — sussurro. — Que eu não sei onde estou me metendo.

Todo mundo olha para mim com preocupação. Eles não estavam esperando que eu trouxesse isso à tona.

— E como você acabou convencendo sua mãe? — pergunta Olivia, quebrando o silêncio desconfortável.

Olho para Bodie. Ele sabe que eu a convenci ameaçando de ligar para meu pai, e também sabe que eu não quero falar do meu pai com ninguém. Então intervém para me poupar de responder, puxando um saquinho cheio de bolinhos.

— Acho que está na hora de vocês provarem meus bolinhos experimentais. Testei um monte de receitas novas. Tem de alho-poró, erva-doce e queijo feta. Flor de laranjeira com água de rosas. Coalhada e brócolis. E, meu favorito, pimenta sriracha, presunto de Parma e nata.

Bodie passa a bolsa pelo motor home. Olivia pega o de presunto de Parma e insiste:

— Tá bom, agora voltando pro Kam, como você convenceu...

Mais uma vez, Bodie me salva.

— O que a gente precisa comentar mesmo é sobre o perfil no Tinder que eu e Kam criamos para a mãe dele ontem à noite.

— Nossa, sério? — pergunta Olivia. — Queria que minha mãe voltasse a namorar também.

— A minha foi bem resistente — explico.

— Vocês tinham que ver as mensagens que ela recebeu — conta Bodie. — Ela teve uns dez *matches* no minuto em que colocamos o perfil no ar. Tipo, *bam-bam-bam*!

Deixo Bodie comandar a conversa. Ele diverte todo mundo com as histórias dos homens que mandaram mensagem para minha mãe. Me pergunto se ela vai de fato sair com algum deles enquanto eu estiver fora, mas acho que, a esta altura, provavelmente já deletou o perfil. Só nos deixou fazer para calarmos a boca, eu acho. Mas, no fundo, quero que ela encontre o amor de novo. O que me faz pensar em outra coisa.

Espero que eu encontre o amor de novo. Só de pensar, sinto um arrepio de surpresa atravessando meu corpo.

* * *

Conforme nos aproximamos de Joshua Tree, encontramos montanhas cobertas de neve à distância, e fileiras e fileiras de moinhos de vento, com as hélices girando lentamente na brisa. A sra. Robin estaciona em uma parada com algumas lojinhas. Há uma cafeteria, um brechó, um restaurante vegano, uma botica e uma loja chique que vende roupas básicas.

— Paradinha rápida para comprarmos mantimentos antes de entrarmos no deserto — avisa ela. — Nos reencontramos no motor home em trinta minutos, ok?

— Lembrem-se de que no parque não tem sinal de celular — alerta Byrne. — Então, se precisarem ligar para os seus pais...

— Ou para os seus namorados ridículos de tão gostosos — acrescenta Olivia, com uma piscadinha para Bodie.

— Se precisarem ligar para alguém, liguem aqui — conclui Byrne.

Saímos do ônibus, encarando o ar gelado do deserto. Caminhamos pelas ruas em grupo, observando um salão com um estilo vintage e a fachada de um bordel fechado. Os dois lugares parecem parados no tempo, porém, curiosamente modernos. Seguindo as ordens da sra. Robin, eu filmo tudo, girando o celular para capturar um tronco de árvore com um rostinho feliz pintado. Depois, as artes na entrada de um lugar chamado Rainha das Artes, com pinturas de Jesus e Leonard Cohen, e outra na qual está escrito: "Ego, descanse em paz". Dou zoom na placa de um salão de beleza que também é um Museu da Beleza. Paro de filmar quando entramos no espaço apertado juntos. O lugar parece ter saído direto da década de 1950, como um salão que a Frenchy de *Grease* abriria.

— Acho que finalmente encontramos o lugar mais gay do mundo — brinca Bodie.

Um dos homens fazendo um penteado em uma mulher diz:

— Vou aceitar isso como o melhor dos elogios. Fiquem à vontade para observar tudo. Coleciono essas coisas desde bem antes de vocês nascerem.

— É tudo incrível — elogia Olivia.

— Obrigado — responde o homem. — Estão indo para o parque, garotada?

— Estamos — diz a sra. Robin. — Essa é a AGH do nosso colégio.

Uma das clientes do salão sorri.

— Meu neto é gay — fala ela. — E ninguém parece se importar. Na verdade, ele diz que na escola dele ser gay é coisa do passado.

— É um pouquinho mesmo — concorda Fiona. — Eu sou gênero fluide e pan, que tá *super* em alta.

— Não sei o que isso significa, mas apoio todos vocês — diz a mulher enquanto o cabelo dela seca.

Nós exploramos o lugar juntos. A parte da frente é uma lojinha de presentes, com livros e discos antigos e óculos de sol em formato de coração à venda. Nos fundos, fica o museu, cheio de bonecas e secadores de cabelo, anúncios emoldurados de produtos de beleza com fotos da Bette Davis e Elizabeth Taylor, revistas antigas e produtos de cuidados pessoais.

Quando saímos do salão, Bodie está com um sorrisão no rosto.

— Que lugar maneiro — diz ele. — É meio doido ver isso em Joshua Tree. Sempre pensei que parques nacionais fossem lugares super-héteros.

— Por que você achava isso? — pergunta Byrne.

— Sei lá. Acho que só imagino a comunidade queer existindo em cidades grandes, sabe?

A sra. Robin assente.

— É verdade, muitos de nós fugimos para as cidades grandes em busca de comunidade porque estamos escapando do ódio das nossas famílias, ou da nossa cidade natal, ou da religião. — A sra. Robin solta um suspiro daqueles que parecem carregar uma história pessoal. — Mas isso não significa que não possamos existir em qualquer lugar. Nós podemos. Existimos na natureza porque somos naturais, e ponto-final.

— Ponto-final! — repetem juntos Bodie e Olivia, seguindo rapidamente com um: — Gêmeas!

Continuamos andando pela ruazinha comercial. Eu e Bodie entramos sozinhos na botica. Há fileiras de óleos essenciais ao lado de bastões de sálvia, artes locais e chocolates orgânicos.

— Bodie? — Cheiro uma essência de ervas com rosas que lembra sorvete persa. — Por que você não me contou sobre a sua mãe e toda aquela parada da PrEP? E que vídeo é aquele que a Olivia mencionou?

Bodie encara a vitrine. Todos os outros alunos estão na loja de roupas vintage, experimentando chapéus de caubói e camisas jeans e tirando fotos engraçadas uns dos outros enquanto posam como foras da lei.

— Sei lá. Acho que tem muita coisa acontecendo.

— Sim, eu sei, mas, tipo... você pode conversar sobre o Louis comigo.

— Eu sei disso — rebate ele. Então, irritado com o questionamento, acrescenta: — E foi você que só me contou que dormiu com o Ash depois que ele... você sabe...

— Sumiu?

— Ele não *sumiu*. — De repente, a voz de Bodie ganha um tom de urgência. — Você faz parecer como se fosse um truque de mágica. Como se ele tivesse desaparecido e fosse voltar a qualquer momento.

— O que *você* acha que aconteceu com ele? — pergunto. — Todo mundo parece ter uma teoria. Você nunca me contou a sua.

— Kam... — Ele olha para uma mulher misturando essências atrás do balcão, implorando com o olhar para que ela o salve desta conversa. — Eu não sei. Talvez tenha sido desidratação. Ou uma picada de cobra. Talvez ele tenha caído de uma pedra. Não sei. Só sei que é uma situação horrível. E eu ainda acho que voltar para lá não é uma boa ideia.

— Já estamos aqui.

— Não estamos, não — argumenta Bodie. — Ainda não chegamos no parque. Podemos voltar. Se eu ligar para a sua mãe, ela vem nos buscar agora mesmo.

A mulher se aproxima da gente. Os cristais pendurados em seu pescoço tilintam enquanto ela anda.

— Posso ajudar?

— Na verdade, sim — digo. — Você tem algum óleo ou essência que estimula a memória? — Evito o olhar afiado de Bodie.

— É claro — diz a vendedora. — Posso fazer uma mistura especial para memória e foco. Um pouquinho de olíbano, vetiver, laranja doce, patchouli...

— Vou ligar para a minha mãe — informa Bodie, claramente desinteressado nos óleos essenciais.

Enquanto a mulher volta para trás do balcão para preparar minha essência, ligo para a minha mãe também.

— Está tudo bem? — pergunta ela, ofegante.

— Mãe, relaxa, tá tudo bem — tranquilizo. — Só estou ligando da cidade antes de perder o sinal.

— *Aziz* — sussurra ela. — Eu posso...

— Chega. O Bodie já tentou me convencer a voltar. Isso não vai rolar. Preciso ir até lá. Preciso me lembrar do que aconteceu. Preciso entender por que, seja lá o que tenha acontecido com ele, *não* aconteceu comigo.

— Ter sobrevivido não te torna culpado — murmura ela, com a voz gentil.

Ela me espera dizer alguma coisa. Sei o que quer que eu diga, que ela também não fez nada de errado ao sobreviver, ao se manter firme e no controle de tudo, mesmo quando meu pai se enfureceu, mesmo quando ele foi embora.

— Queria que você tivesse conhecido ele — digo. — Se conhecesse o Ash como eu conheci, entenderia porque eu preciso...

— Mas eu conheci ele — interrompe ela. — Nós nos encontramos.

Dou uma risada.

— Mãe, você encontrou ele uma vez e zombou dele por...

— Eu *não*...

— Eu *te ouvi*. — Sinto meu coração na boca, como se fogos de artifício estivessem prestes a estourar dentro de mim. — Você e o papai riram de como ele era *americano* e zoaram ele. Vocês... vocês trataram a pessoa que eu mais amei na vida como uma piada, e agora talvez você nunca mais possa conhecê-lo. Nunca vai entender como ele é tudo, menos uma piada. Nunca vai conhecer essa parte tão grande da minha vida.

A voz dela fica delicada ao dizer:

— Eu não sabia que você estava ouvindo.

— Eu sempre estava. A casa é pequena. Eu ouvia até demais...

— Sinto muito. Por favor, aceite minhas desculpas. — Ela hesita antes de continuar: — Com seu pai... às vezes o jeito mais fácil de me aproximar dele era encontrando um inimigo em comum. Não estou dizendo que o Ash era... Ele não era nosso inimigo. Mas às vezes era mais fácil rir de alguém juntos do que perceber como o nosso relacionamento já estava em frangalhos.

Momentos voltam à minha memória. Meus pais dirigindo de volta para casa depois de um jantar, rindo de como a garçonete era incompetente. Meus pais na cozinha, comentando como o presidente era horrível, como o aiatolá era cruel. Ela tem razão; eles eram unidos por inimigos em comum.

— Talvez esse fim de semana possa ser uma oportunidade para você também — digo, baixinho. — Você pode sair num encontro.

— Não tenho interesse algum em encontros — rebate ela. — Todos os homens que me mandaram mensagem naquele aplicativo parecem péssimos, e você me conhece. Nunca vou me contentar com algo menos que perfeito.

— Beleza, então aproveite a casa toda só pra você.

— Você faz a solidão parecer algo bom.

— Solidão, não. Solitude. — Fecho os olhos e vejo Ash ao meu lado. Sentado de pernas cruzadas na frente de um cacto, me dizendo que a solitude é o maior dos luxos. A moça termina minha essência e acena para mim. — Mãe, preciso ir. Vou ficar bem. Por favor, não se preocupe.

Desligo e pago pela essência. Após me entregar o frasco, a vendedora diz:

— Ei, só queria dizer uma coisa. Sinto muito pelo seu namorado.

— Ah. Você me conhece?

Sinto meu rosto queimar, esperando pelo que ela vai dizer em seguida. Talvez ela ache que eu matei Ash. Talvez me diga que o viu sendo abduzido por alienígenas.

— Me lembro de você e dos pais do garoto espalhando cartazes pela cidade. Vocês colocaram um bem no final do quarteirão.

— Ah, claro. Foi mesmo. — Fecho os olhos e me lembro da busca fervorosa por Ash. — Achei que todo mundo já teria esquecido disso a esta altura. Os jornais locais pararam de cobrir o caso poucos dias depois. Parece que as pessoas deixaram de se importar.

— Algumas pessoas com certeza deixaram. O mundo tem se movido rápido ultimamente, e nós temos muitas coisas com que nos importar.

— Ela suspira. — Eu sinto muito mesmo por tudo o que você passou. Este é um lugar mágico, mas às vezes um tipo sombrio de magia também aparece.

— Obrigado. — Não consigo me segurar e pergunto: — Aliás, você não viu ele por aí, viu?

Ela cerra os olhos para mim.

— O garoto desaparecido? Claro que não. — Ela encara a essência que estou segurando, como se finalmente tivesse entendido o que me trouxe até esta loja. — Espero que te ajude com seja lá o que você precise lembrar. Sinto muito mesmo.

Quando saio da botica, todos me chamam para a loja de roupas vintage.

— VEM LOGO, KAM! — grita Olivia. — Foto em grupo!

Vou correndo. Lincoln coloca um chapéu preto de caubói em minha cabeça e Tucker ajusta o temporizador da câmera do celular. Nós posamos enquanto a tela faz a contagem regressiva de dez até um, e depois Tucker envia a foto para todo mundo. Quando a abro no meu celular, o aparelho começa a tocar, e, quando vejo quem está ligando, meu coração perde o compasso.

É meu pai.

Não nos falamos desde que ele foi embora.

Me afasto do grupo, debatendo se devo atender ou não. Deixo o celular vibrar na minha mão, como se estivesse segurando meu próprio pai. O caos da existência dele. A vibração para. Aperto o celular com força, esperando por uma mensagem de voz. Talvez ele diga que voltou a me amar. Ou que está sóbrio agora. Mas ele não deixa mensagem. Eu deveria ter atendido.

Sinto os olhos de Bodie em mim, me perguntando o que está acontecendo. Quero retornar a ligação de meu pai, mas hesito. Não sei o que ele quer comigo. Não sei se estou preparado para o que ele quer me dizer antes de voltar ao deserto.

Meu celular toca de novo. É meu pai, tentando uma segunda vez. Agora fico preocupado. E se não for ele ligando? E se algo aconteceu com ele, e...

— Alô? — atendo, com urgência.

Silêncio do outro lado da linha. Acho que consigo escutá-lo respirando.

— Pai, você está aí?

Déjà-vu. Eu acordando no deserto, procurando por Ash, incapaz de lembrar todos os detalhes da noite anterior, gritando para o céu, para as formações rochosas, para as árvores tortuosas... *Ash, você está aí?*

— Pai, cadê você?

Ash, cadê você?

— Pai, diz alguma coisa.

Ash! Ash!

— Pai... me escuta. Você precisa ficar sóbrio. Sei que isso é difícil pra gente... tipo, culturalmente... terapia, AA, essas coisas... sei que você não entende, mas, por favor... — Minha garganta fica seca. — Vá a uma das reuniões, onde quer que você esteja. Há reuniões dos Alcoólicos Anônimos em todo lugar, até on-line...

Ele desliga. Pressiono o celular contra o peito. Uma parte de mim quer ligar de volta. Outra parte me diz para bloquear seu número. Não sei qual é o certo, então faço a única coisa que me ajuda a esquecer meu pai. Abro a pasta secreta de vídeos de Ash.

Lá está ele, lendo Rilke para mim.

— *Viva os questionamentos agora. Talvez, gradualmente, sem nem perceber, em um dia distante, você viverá a resposta.*

Abro outro vídeo. Lá está ele, na biblioteca do colégio, usando um dos computadores da escola porque não tinha um em casa. *Amor, pode pegar meu trabalho lá na impressora? Obrigado.* Mantenho a câmera nele enquanto busco o papel. Não é um trabalho do colégio. É um papel em que está escrito *Eu amo o Kam, eu amo o Kam, eu amo o Kam, eu amo o Kam* de novo e de novo até acabar o espaço na página.

Lá está ele, dizendo: *Para de me filmar e vem me beijar!*. Dizendo: *Larga esse celular e viva o momento.*

De repente, Bodie está ao meu lado, assistindo ao vídeo.

— O que você está fazendo? — pergunta ele. — Com quem estava falando?

— Ah, *hum*, com a minha mãe — respondo, sem saber ao certo por que menti. Bodie é meu melhor amigo. Ele sabe tudo sobre meu pai.

— Ela está surtando sem você?

— Sim, um pouquinho, eu acho. — Ash continua na minha tela. Vejo Bodie espiando a imagem dele em meu celular. — Às vezes assisto aos meus vídeos do Ash quando estou me sentindo… sei lá… quando sinto saudade dele.

— Um dia a gente podia assistir a todos os vídeos que você gravou de nós dois — sugere Bodie. — Você tem anos de evidências humilhantes das minhas fases horríveis salvas na nuvem.

Relembro tudo pelo que já passamos juntos. Me sinto péssimo por ter mentido.

— Não era minha mãe no telefone — confesso.

— Como assim? — pergunta ele. — Quem era?

— Meu pai.

Ele me encara, curioso.

— Por que não me contou? O que ele disse?

— Nada. Ele não disse nada. Ele só… desligou. Não é um bom sinal do seu estado.

— Sinto muito — diz Bodie, com gentileza.

Solto um suspiro pesado.

— Pois é.

— Ainda não entendi por que você mentiu. — O olhar de Bodie é afiado. — A gente deveria contar tudo um para o outro.

Guardo o celular, pensando em tudo que eu e Bodie já compartilhamos. E também nas pequenas coisas que escolhemos não compartilhar. Sinto uma pontada de raiva dele.

— Engraçado ouvir isso de você, que não me contou sobre o tal vídeo misterioso que o Louis gravou.

— Aquele vídeo não é nada de mais.

— Deve ser *alguma coisa*, já que você escondeu de mim.

— Eu não *escondi* de você — rebate ele. — Sempre te conto as coisas.

— Sim, depois de contar para a Olivia e o resto da AGH. — Me sinto como uma chama que só vai ficando mais e mais quente.

— Ah, que se foda, ele disse que me ama, tá bom? — confessa Bodie finalmente.

— Ele disse o quê? — pergunto. Não consigo conter a tristeza na minha voz.

— Ele se filmou dizendo que tinha medo de falar que me ama pessoalmente, então disse em vídeo.

— E você não me contou porque também ama o Louis. — Estou juntando as peças. — Porque tem medo de que, se eu vir você se apaixonando, vou ficar arrasado, né? Porra, Bodie!

— Desculpa. Mas...

— Não quero mais ouvir — rebato. De longe, o sr. Byrne e a sra. Robin acenam na direção da van. — Temos que ir.

— Kam, por favor! — implora Bodie enquanto me afasto dele. — A gente não precisa fazer isso.

— Não. *Você* não precisa fazer isso. — Respiro fundo o ar das montanhas. — *Eu* preciso. Essa é minha história. Nem tudo gira em torno de você.

— Do que você está falando? — pergunta Bodie. — Estou aqui por você. É tudo por você.

— Nem vem. Você está aqui por causa da AGH. Você nem liga pro Ash. Nunca ligou. — Sinto muitas emoções conflitantes borbulhando dentro de mim. Medo, raiva e confusão. Estou descontando tudo nele. — E é sempre sobre você. Sobre as *suas* paixões. *Seus* amigos. *Seus* sonhos. Às vezes parece que eu estou só de carona na sua vida.

— E às vezes parece que eu estou de carona na sua! — grita ele. — Tipo agora, por exemplo.

Balanço a cabeça.

— Não sei o que está acontecendo — confesso.

— Então vamos fazer o que sempre fazemos quando as coisas ficam difíceis — diz ele. — Vamos assistir a *The Great British Bake Off*, comer e rir e sermos nós mesmos. Esse lugar é sinistro demais. Vamos voltar pra casa.

Mantenho o olhar nas montanhas lá longe. Um conglomerado de nuvens brancas se abre atrás delas, deixando o sol atravessar e me aquecer. Não posso voltar atrás. Preciso seguir em frente e, para fazer isso, tenho que viajar deserto adentro. É lá onde estão as respostas.

PRIMEIRO ANO

— Por favor, me explica por que você quer dormir no meio do nada? — pergunta minha mãe.

— Não é no meio do nada. É num parque nacional. Pai, explica pra ela!

Meu pai sobe na ilha da cozinha e se estica até o armário mais alto para pegar uma garrafa nova. Ele costumava beber com discernimento. Gostava do uísque escocês. Se importava com o quanto a bebida estava envelhecida. Agora, ele bebe o tempo todo, geralmente sozinho. E a gente finge que é normal ele encher os armários com bebidas baratas, as garrafas que ele tem condições de comprar no atacado desde que perdeu o emprego.

— Explicar o quê?

— Explica que é um parque nacional e não é no meio do nada — imploro.

Meu pai dá de ombros enquanto pega a garrafa e volta para o chão. Minha mãe reorganizou os armários da cozinha esses dias. Tirou o álcool da despensa e colocou na estante mais alta, aquela alta demais para alcançar sem subir no balcão de mármore, branco com pequenas manchas de todas as vezes que meu pai cortou limão ali. Ela provavelmente acha que o esforço necessário pode fazer meu pai hesitar em beber. Ou talvez pense que *eu* vou hesitar, já que tem medo de que eu comece a beber como ele.

— Já li sobre o parque. — Minha mãe mexe o *khoreshteh gheymeh* pelo prato. — É um lugar perigoso. As pessoas se perdem lá. Ficam desidratadas.

— A gente vai levar água. Diz pra ela, pai.

Meu pai se junta a nós no canto onde costumamos jantar. Ele abre a garrafa e se serve um copo cheio, enquanto minha mãe olha feio.

— Eu não discuto com a sua mãe porque não dá para vencer.

Minha mãe balança a cabeça. Ela não morde a isca. Nunca morde na minha frente. Ela guarda a briga para mais tarde, quando acha que eu não estou ouvindo.

— Já fiz minhas pesquisas.

— Que tipo de pesquisas? — pergunta meu pai.

Dá para sentir que minha mãe está se esforçando para manter a compostura. Os lábios dela estão levemente tensos.

— Pesquisei sobre esse lugar que o Kamran quer visitar com completos desconhecidos.

— O lugar se chama Parque Nacional de Joshua Tree, e as pessoas são o Ash e os pais dele. Não são desconhecidos. — Eu bufo. — Ele é meu namorado e os pais dele são pessoas incríveis. Coisa que vocês saberiam, se passassem algum tempo com eles.

— Eu já conheci o Ash — defende minha mãe, seca.

— Uma vez! — rebato. — E só porque eu te forcei a conversar com ele depois da apresentação do coral.

Minha mãe foi extremamente educada quando conheceu Ash. Falou que o concerto foi lindo. Perguntou onde ele planejava fazer faculdade no ano seguinte. Manteve as perguntas breves, sem esperar que Ash daria respostas longas e elaboradas. Ash disse a ela que ainda estava decidindo entre estudar arte ou não fazer faculdade. Vi a expressão dela quando ele disse isso, como se jamais fosse aprovar que eu ficasse com uma má influência que poderia me fazer desistir de ir para a faculdade. Ele disse à minha mãe que não sabia se a criatividade poderia ser ensinada, então seu trabalho como artista não envolveria ir para faculdade, e sim encontrar jeitos de se aproximar de Deus. Foi aí que a expressão dela mudou de preocupação para pânico.

Mais tarde naquela noite, quando meus pais acharam que eu já estava dormindo, escutei minha mãe contando para meu pai sobre Ash e suas teorias sobre criatividade. Ela disse que foi a coisa mais pretensiosa que já escutou. Ele disse: *É por isso que terapeutas e professores de filosofia deveriam ser proibidos de ter filhos.*

Eu sempre quis que meus pais se dessem melhor, mas não estava preparado para ouvir que a coisa que unia os dois em tom de gargalhada era achar o meu namorado bobo.

— Se quer passar mais tempo com o Ash, por que não convidamos ele para jantar qualquer dia desses? — sugere minha mãe. — Esquece essa ideia de acampamento.

Reviro os olhos.

— Você só está convidando ele para jantar como uma tática de negociação para me proibir de ir. Enquanto isso, os pais dele já passaram horas e horas comigo. Eles *me conhecem.*

Minha mãe me ignora.

— Bahman, me ajuda aqui. Aquele lugar é cheio de cascavéis. Uma picada e seu filho já era. Manda ele ficar aqui com a gente.

Engulo em seco. Eu também fiz minhas pesquisas. Sei que tem cobras lá, e elas me deixam apavorado. Já li sobre como não posso enfiar a mão em nenhum lugar escuro porque elas gostam de picar. Mas também sei que uma mordida de cobra não vai me matar.

— Isso não é verdade, mãe — explico. — Se formos picados, coisa que não vai acontecer, é só dirigir até o hospital mais próximo e tomar um antídoto.

Meu pai fecha os olhos quando engole o álcool, como se o único jeito de aproveitar a bebida fosse nos ignorando. Ao abrir de novo os olhos, diz:

— Quando eu era criança, meus pais não monitoravam todos os nossos passos. Eles nos deixavam ir aonde a gente quisesse. Nem perguntavam aonde fomos quando voltávamos para casa. Eles nos alimentavam e nos deixavam viver nossa vida.

Minha mãe cerra os olhos.

— Desculpa por não copiar os métodos dos seus pais, visto que...

Ela se segura e não diz mais nada. Minha mãe pode não ter muitas coisas, mas seu autocontrole nunca falha.

— Visto que...? — insiste meu pai.

Minha mãe vai até uma pintura emoldurada que ganhamos de presente dos pais de Bodie. Ela ajusta o quadro para a esquerda, até ficar perfeitamente alinhado.

— Nada — dispensa ela, com os lábios rígidos.

Mas não é nada. É *aquele momento*. O momento em que eu me retiro porque sinto que algo está prestes a explodir.

— Vou dar um pulo na casa do Ash.

Levo meu prato até a pia e o lavo.

— Pode colocar na lava-louças — diz minha mãe, baixinho. Dá para ouvir o arrependimento na voz dela. Sei que ela queria me criar em um lar perfeito, com um pai perfeito, em um mundo perfeito. — Não tem sinal de celular lá — continua minha mãe. — Como vou saber se você está seguro?

Meu pai solta uma risada alta, grave e debochada.

— Como você acha que os pais sabiam se os filhos estavam seguros antes de começarem a rastrear cada passo deles?

— Eu não rastreio cada passo dele — diz ela.

— Você vive checando a localização dele no celular. — Meu pai fala com um tom acusatório. — Já me disse que nunca vai deixar ele tirar carteira de motorista porque prefere que ele use a sua conta da Uber, assim você pode rastrear os carros.

Odeio a bebedeira do meu pai, mas fico grato pelo que ele está dizendo. Me sinto sufocado aqui. Ele só quer que eu seja livre.

— Eu estava brincando! — fala ela, tentando amenizar o clima.

— Não estava, não.

— Tô saindo. Volto antes das dez.

Dou dois beijinhos nas bochechas da minha mãe. Meu pai assente para mim. Ele nunca foi de beijos e abraços. Nem minha mãe, para ser sincero. Os beijos dela são educados, obrigatórios. Nenhum dos dois diz que me ama ou que tem orgulho de mim. Ash vive dizendo que isso é inacreditável, mas, para mim, é mais difícil acreditar que existe um pai que diz que te ama todo dia. Antes de sair, eu falo:

— Joshua Tree é o lugar favorito do Ash no mundo todo, e eu vou, quer vocês gostem ou não.

— Kamran, nós não entramos num acordo sobre...

Antes que minha mãe possa terminar, meu pai a interrompe:

— Deixa ele ir, Leila.

Saio de casa. Minha bicicleta está bem na frente, onde a deixei, apoiada na figueira enorme que se mesclou à fundação da nossa casa. Todas as janelas estão abertas porque está calor agora que não conseguimos mais pagar pelo ar-condicionado. Desde que meu pai perdeu o emprego, estamos economizando em tudo que dá. Nada de TV a cabo. Nada de ar-condicionado. Nem jardineiro, mas com isso não me importo porque gosto de regar as flores e plantas com o pouco de água que podemos dar a elas, dadas as restrições por causa da seca. Observá-las florescendo e morrendo e florescendo de novo.

Através das janelas abertas, consigo escutar minha mãe perguntando com frieza:

— Será que tem como você me apoiar de vez em quando?

— Eu te digo o mesmo — responde meu pai.

— Sério mesmo? Porque, a meu ver, eu estou te apoiando de todas as formas possíveis. Quem paga as contas?

A crueldade na voz de minha mãe me choca. Ela nunca falou comigo nesse tom afiado que está usando com meu pai.

Bodie chega de bicicleta enquanto meu pai começa a reclamar, dizendo que não é culpa dele ter sido substituído por robôs.

— Você tá chegando ou saindo? — pergunta Bodie.

— Eu estava indo ver o... Ash. — Hesito antes de completar a frase. Desde que Ash ficou um fim de semana inteiro sem me responder, Bodie parece gostar ainda menos dele. Mudo de assunto para algo que nos une em vez de nos dividir: nossos pais. — Mas agora estou escutando o lindo som dos meus pais brigando. Tá ouvindo?

Nós dois escutamos por alguns segundos. Meu pai grita, dizendo que minha mãe o trata como uma criança. Ela rebate com palavras duras, dizendo que só o trata como criança porque ele age como uma.

— Sinto muito. — Bodie oferece um sorriso em apoio. — Achei que poderíamos estudar juntos para a prova de matemática, mas talvez seja melhor acharmos um ambiente de estudo mais relaxante do que a sua casa.

— Já estudei.

— Nerdzinho do caralho — xinga ele, com um sorriso. — Você é o sonho de qualquer pai persa.

— Olha quem fala. Você estuda tanto quanto eu, e se parece com o Marlon Brando no auge da beleza. É o filho persa ideal e sabe muito bem disso.

— Tirando o fato de que sou gay e não tenho a menor intenção de estudar direito na faculdade — aponta ele, com uma risada triste. — Será que é absurdo eu estar com mais medo de contar para os meus pais que quero ser um chef do que quando me assumi para eles?

— Quando se trata das nossas famílias, tudo é absurdo.

De dentro da casa, vem o som de minha mãe gritando:

— Para, por favor! Eu sei *por que* você não está trabalhando. O que não entendo é por que não ajuda de outras formas.

— Pelo menos os vizinhos não conseguem entender eles — comenta Bodie.

— É. — Dou de ombros. — Mas fico feliz que você entenda. Não só o idioma. Sabe como é, o aspecto cultural.

Os pais de Bodie podem até se amar. Podem até não brigar tanto quanto os meus. Mas ele entende a história que meus pais carregam porque os dele têm os mesmos traumas.

— Que outras formas? — pergunta meu pai.

— Com o Kamran! — grita minha mãe. — Eu preparo a comida. Eu resolvo as papeladas do colégio. Aquele monte de formulários. Fui eu quem matriculou ele nesse colégio novo e me certifiquei de que a família do Farbod fizesse o mesmo, para que continuasse perto do melhor amigo.

Bodie me abraça por trás. Imitando a voz da minha mãe, ele diz:

— Continue perto do seu melhor amigo, tá bom?

Minha mãe continua:

— Eu levo ele no médico, no dentista. Antes até fazia sentido por causa do seu horário de trabalho, mas…

— Meu horário de trabalho nunca foi o motivo de você continuar fazendo tudo isso — rosna meu pai. — Eu te deixo fazer porque, sempre que eu tento ajudar, você diz que não sei fazer direito!

Ele não está errado.

— Tipo quando? — pergunta minha mãe.

— Sei lá! — grita meu pai.

Bodie põe a mão no meu ombro.

— Sabe que você não precisa ficar ouvindo, né? A gente pode sair daqui e tomar sorvete. Por minha conta.

Eu não me movo.

— Preciso ouvir isso. É melhor saber do que ficar imaginando.

— É? Por quê?

— Porque tudo o que eu imaginar vai ser pior do que as coisas que eles dizem um para o outro.

Bodie assente. Ele apoia a cabeça no meu ombro e nós ouvimos meus pais brigarem.

— A festa de aniversário! — grita meu pai.

— Qual festa de aniversário?

— A festa. Você sabe qual. A da cama elástica.

— Isso foi há cinco anos. Ele tinha 10 anos. *Esse* é o seu exemplo de bom pai? Levar ele e o Farbod para uma festa meia década atrás?

Engulo em seco.

A voz de meu pai fica mais grave, mais alta, mais descontrolada:

— Não, esse é meu exemplo de por que nem me dou ao trabalho de fazer qualquer coisa. Porque eu levei ele e o Farbod para uma festa idiota, e você me culpou por ele ter torcido o punho.

— Foi uma fratura, não uma torção! — Minha mãe parece tão furiosa quanto ficou cinco anos antes, quando meu pai me trouxe para casa do hospital. — E, sim, eu te culpo. Porque cama elástica é um troço perigoso, e…

— E DAÍ? — berra meu pai, e sinto meu corpo todo encolher. — A vida é perigosa. Atravessar a rua é perigoso. Andar de carro é perigoso. Você quer prender o menino num casulo.

— Não quero. Mas também não quero ele fazendo coisas que possam…

— Que possam transformar ele num *homem* — diz meu pai, lenta e deliberadamente.

— O que você disse? — questiona minha mãe.

Consigo sentir o corpo de Bodie enrijecendo de ansiedade com o que vem em seguida.

— Ele só é assim por sua causa — acusa meu pai. — Você não deixa ele virar homem.

— *Homem*? — Minha mãe diz a palavra como se fosse um insulto. — Todos os homens da minha vida morreram por serem homens.

— Você sabe do que eu estou falando — insiste meu pai. — Não estou te pedindo para mandar ele pra guerra. Só pare de mimar tanto o garoto e talvez ele mude. Talvez essa fase…

Déjà-vu. Meu pai furioso, dizendo que minha sexualidade é apenas uma *fase*. Transformando minha saída do armário no próprio showzinho. Me sinto tão idiota por achar que meu pai queria que ela parasse de me sufocar para que eu pudesse ser livre, quando, na verdade, ele quer que ela pare para que eu vire hétero.

Bodie olha para mim.

— Kam, sério, vamos embora. Você não precisa reviver sua saída do armário. Uma vez só já é o bastante.

— Pelo menos eu aceito o nosso filho — fala minha mãe em um sussurro que quase não consigo ouvir. — Pelo menos conheci o Ash, coisa que você nunca se deu ao trabalho de fazer.

— E você zombou do menino!

— Zombei porque ele é metido, não porque é um garoto. Se o Kam estivesse namorando um menino bom como o Farbod, eu morreria de alegria.

Eu e Bodie rimos de nervoso quando ela diz isso.

— Ai, meu Deus, é claro que minha mãe quer que eu te namore — digo. — Ela não entende nada mesmo.

Bodie rói a unha.

— Pois é. — E não diz mais nada.

— Vou dar uma saída — grita meu pai. — Aproveite a casa só pra você por algumas horas. É sua, afinal. Você que paga as contas.

— Acho que chegou nossa hora — falo, subindo na bicicleta.

Bodie faz o mesmo.

— Vai! — berra minha mãe enquanto coloco o capacete e afivelo. — Vai pro seu bar, pros seus jogos, pro buraco onde você se enfia. — Quando começo a pedalar, eu a escuto gritando: — E nem pense em procurar as chaves do carro! Eu escondi!

— Achei que você ia querer que eu batesse numa árvore logo! — grita ele de volta. — Assim ficaria livre de mim.

Eu e Bodie pedalamos o mais rápido possível. Para longe, longe, mais longe. Longe dos gritos, da tristeza e do ciclo infinito de culpa. Paramos na nossa sorveteria favorita. Fico cuidando das bicicletas enquanto Bodie entra para fazer o pedido. Ele nem pergunta o que eu quero. Bodie tem opiniões fortes sobre sorvete. Acha que sempre é preciso pedir mais de um sabor, e um deles tem que ser baunilha, porque é reconfortante. E o outro precisa ser o sabor mais ousado possível, porque é emocionante. Bodie pensa que comida, assim como a vida, é melhor quando é confortável e arriscada ao mesmo tempo.

Ele volta com dois copinhos de sorvete.

— Temos baunilha com cardamomo e baunilha com mel de lavanda. Qual você quer? — oferece ele.

— Mel de lavanda.

Pego o meu e tomamos sorvete em silêncio por um tempo, roubando colheradas um do outro sem pedir.

— Como vão as coisas com o Ash? — pergunta ele finalmente.

Fico chocado ao vê-lo falando de Ash. Às vezes sinto que minha amizade com Bodie e meu relacionamento com Ash são dois universos paralelos.

— Ótimas — respondo.

— Ele não sumiu recentemente? — pergunta ele, arqueando a sobrancelha.

Suspiro. Achei que ele estava pronto para apoiar meu namorado.

— Bodie, não seja como os meus pais. Sei que o Ash não é sua pessoa favorita no mundo, mas eu amo ele e...

— Peraí, você ama ele? — Bodie enfia a colher com muita força no sorvete derretido no copinho, fazendo um pouco respingar para fora. — Você nunca me disse isso.

— Não disse nem pra ele — confesso.

— E ele... te ama também?

Faço uma pausa.

— Acho que sim. — Eu sinto que ele me ama. Talvez seja o bastante. — Tipo, ele ainda não usou a palavra...

— Talvez seja melhor assim — diz Bodie. — Seria rápido demais. Acho que amor de verdade tem que ser... sei lá, conquistado. Não pode ser instantâneo.

— Eu e o Ash não somos uma parada instantânea. E nem todo mundo vive o amor do mesmo jeito. Talvez seja diferente para cada pessoa.

Olho para Bodie, curioso, me perguntando o que ele sabe sobre amor verdadeiro, afinal, sendo que dispensou todo mundo que já tentou sair com ele.

— E você vai contar pra ele? — pergunta Bodie.

Dou de ombros.

— Não sei. Por algum motivo, me parece muito mais fácil contar pra você sobre como eu me sinto do que pra ele.

Bodie sorri.

— Talvez seja porque você se sente muito mais confortável comigo.

Dou de ombros de novo.

— Ou talvez seja porque estou com medo de assustar o Ash.

— Sim, bom... — Bodie hesita. — Nós dois já sabemos que ele gosta de desaparecer. — Ao ver a pontada de irritação nos meus olhos, ele rapidamente se desculpa. — Foi mal. Só sou muito protetor quando se trata do meu melhor amigo, tá bom? Mas fico feliz por você também. E quero conhecer melhor o Ash. Ele não facilita, mas, sabe, talvez a gente possa sair pra comer um dia. Ou jogar boliche.

— Boliche? — Dou uma risada. — Uma atividade que nós três odiamos.

— A gente pode se unir pelo ódio. — Ele ri. — Não foi nosso ódio por *kashk bademjoon* que nos uniu lá no começo?

Sorrio com a lembrança.

— Pra ser justo, nenhum garoto de 4 anos quer levar berinjela na lancheira.

— Meu paladar não era nada sofisticado. — Ele balança a cabeça, julgando a si mesmo.

— Você tinha 4 anos! — Solto uma risada. — Além do mais, hoje em dia a gente ama.

Ele assente.

— Exatamente. As pessoas mudam. Se a gente odiava berinjela e hoje ama, talvez seus pais consigam se resolver, e talvez um dia eu e o Ash sejamos melhores amigos.

— Você é o *meu* melhor amigo. Eu não quero que isso mude. Só quero que você pare de odiar ele.

Bodie bebe o caldinho derretido de sorvete.

— Você está livre para ir pra casa dele a hora que quiser. Preciso mesmo estudar hoje à noite.

Dou um abraço rápido em Bodie.

— Obrigado pelo sorvete, e por ser a única pessoa na minha vida que entende como a minha família é fodida.

* * *

Subo na bicicleta e pedalo na direção de Ash. Na direção de uma família que me acolhe, me aceita e não explode feito um vulcão toda noite.

Chego na frente da casa de Ash. Agacho para trancar minha bicicleta no bicicletário. Sinto as mãos dele cobrindo meus olhos.

— Adivinha quem é? — pergunta ele.

— Salvatore?

— Não, ele está fazendo *beatbox* e rap na chuva de verão.

— Carmen?

— Não, ela está ocupada demais andando pela rua toda invocada.

— É a porra do Norman Rockwell.

Ash ri.

— Em carne e osso. — Ele tira as mãos dos meus olhos.

Sinto ele duro ao pressionar o corpo contra o meu.

— Norman duro-feito-pedra Rockwell — digo, amando a malícia no meu tom.

— Você acha que talvez… no deserto… você vai estar pronto? — pergunta ele. — Não quero botar pressão nem nada. É só que… eu estou pronto, só isso.

Viro para beijá-lo.

— Eu me sinto pronto também, mas…

— Mas?

— É só que… não sei se quero que a minha primeira vez seja num deserto.

— E tem lugar melhor para fazer amor do que sob as estrelas?

— Adoro você chamando de *fazer amor*.

— E como eu devo chamar? — pergunta Ash, com uma inocência que me faz querer pular em seus braços. — Nós podemos despistar meus pais no deserto… encontrar uma caverna escondida…

— Levar uma picada de cobra, ser atacados por um coiote…

— Tá bom, tá bom, vamos fazer do jeito convencional, numa *cama*, com todas as janelas fechadas para nenhum animal selvagem nos atacar.

— E portas trancadas para nenhum dos nossos pais interromper — completo.

Ash me beija. Então, aponta para a janela do quarto dele.

— Eu estava desenhando quando você chegou. Te vi virando a esquina de bicicleta e me perguntei *quem é aquele gatinho?* Daí me dei conta. *Peraí, é o meu gatinho.* E vim correndo te ver.

Fico corado.

— O que você estava desenhando? — pergunto.

Ele me observa com amor.

— Você sempre muda de assunto quando eu digo como você é lindo.

— Vamos entrar — sugiro.

Ele revira os olhos.

— Vou continuar te chamando de lindo até você acreditar em mim.

— Eu sou mediano. O Bodie que é bonitão.

Ele passa a mão pela minha bochecha com ternura.

— Sei que seus pais provavelmente te comparam com o Bodie o tempo todo, mas você não precisa fazer isso.

— Sim, eu sei. — Tem tanta coisa que quero falar para ele. Tipo o quanto eu o amo. Mas as palavras não saem de mim do jeito que saem dele. Nem o amor. — Eu não estava dizendo que acho o Bodie gostoso. Eu acho *você* gostoso.

— Ele é muito mais gostoso do que eu, e não tenho o menor ciúme dele — diz Ash.

— Na real, eu acho que... — Respiro fundo para me acalmar. — Acho que você é a pessoa mais bonita de todo o universo.

Ele sorri.

— O universo é vasto. Provavelmente existe algum planeta por aí onde os seres são muito mais bonitos do que qualquer coisa que a gente possa imaginar. — Ash aponta para o céu. — O que você vê lá em cima?

— Poluição.

— Exatamente. — Ele me envolve com os braços grandes. Ash é uns dez centímetros mais alto do que eu, uns quinze quilos mais pesado e dois anos mais velho. Eu gosto da sabedoria que adquiriu com esses dois anos a mais. Amo o jeito como seu corpo envolve o meu, quando me pega nos braços. — Agora, imagine esse mesmo céu, mas sem a poluição. É isso que veremos em Joshua Tree. Estrelas. Constelações.

— Me parece incrível.

Ash beija meu pescoço.

— Estamos por trás da poluição agora, um do lado do outro. Câncer e Leão, lado a lado, sempre.

Fechos os olhos e nos imagino no deserto, sob as constelações.

— Vem — diz ele. — Tem sobremesa lá em casa.

Os pais dele me recebem com abraços, torta vegana de pera e arroz doce. O sr. e a sra. Greene me fazem perguntas enquanto como. Já falei com meus pais da viagem para acampar? Preciso que eles me ajudem com uma lista de coisas para levar? Tenho alguma preferência de lanche ou bebida?

— Meus pais ainda não me deixaram ir — confesso. — Mas eu vou. Só preciso tranquilizar a minha mãe.

— Sobre o quê? — pergunta a sra. Greene.

— Ela não é muito de sair ao ar livre. Acho que nunca saiu da cidade.

— Essa é das minhas — brinca Dawn.

— Como a Dawn não vai com a gente, podíamos convidar seus pais. Adoraríamos conhecer os dois, e não tem lugar melhor pra isso do que uma viagem para acampar!

— Não, tá tudo bem. Quer dizer, obrigado, mas não é muito a vibe deles e... bom, eles andam muito ocupados.

Não digo que a última coisa que eu quero é a companhia dos meus pais na viagem. Vou acampar para ficar com Ash no lugar onde ele é feliz, mas também para passar um fim de semana longe dos meus pais e das suas explosões.

Sinto um olhar inquisitivo vindo de Ash, como se ele pudesse sentir todas as coisas que não estou dizendo.

O sr. Greene passa o braço ao redor da esposa.

— Se precisar que a gente converse com seus pais, será um prazer. Juntos nós somos bem convincentes. Pergunta pro Ash sobre a vez que convencemos ele a comer besouros.

Faço uma careta e digo:

— Besouros? Tipo os Beatles? Aposto que, se fosse o Ringo, o sabor seria gostoso.

— O Ringo é, sem dúvidas, o Beatle mais gostoso.

A sra. Greene levanta a mão e eu dou um toque.

— Vocês dois estão errados — diz Ash. — É o George, com certeza. Sem dúvidas. Sem competição. George sempre vence.

— Odeio ter que concordar com você, maninho — fala Dawn. — Mas é o George com certeza.

Todos nós olhamos para o sr. Greene, que dá de ombros.

— Eu sou hétero convicto, mas, se tivesse que ser bi, eu seria pelo John.

Afundo na cadeira enquanto rimos e discutimos sobre quem era o Beatle mais gostoso. Me pergunto como deve ser morar em uma casa onde o pai fala sobre ser bi pelo John Lennon e a mãe trata o namorado do filho como um membro da família. Onde os pais trocam afeto à mesa de jantar.

Quando terminamos de comer, vamos para a cozinha. Grudados na porta da geladeira, encontro desenhos que ainda não tinha visto.

— Esses são novos, Ash? — pergunto.

— Não ficaram incríveis? — diz a sra. Greene, pegando um da geladeira. É, sem dúvidas, o trabalho de Ash, mas parece ter evoluído. Os monstros misteriosos que ele ama desenhar estão ali, mas em um novo cenário, em um lugar que parece um planeta desconhecido. — Esse é o meu favorito. Não sei de onde meu filho tira tanta imaginação.

Ash fica corado ao pegar o desenho e devolver para o lugar onde ele estava.

— Não é nada de mais.

A sra. Greene coloca a sobra da torta dentro da geladeira.

— Nada de mais? É um universo inteiro que você criou do zero.

— Não criei do zero — corrige Ash. — Eles...

— Eles vêm da inspiração divina — diz Dawn, provocando-o gentilmente. — E talvez um pouquinho de...

O pai a interrompe:

— Dawn!

Ela olha para o celular.

— Tenho que ir. O time de tênis vai sair hoje à noite. Até mais tarde.

O sr. Greene dá um abraço forte nela.

— Por favor, esteja em casa antes das...

— Pai! — Dawn parece incrédula. — Já falamos sobre isso. Se eu estivesse morando nos dormitórios da faculdade, você não saberia aonde eu vou e a que horas eu volto. E como só estou morando aqui para economizar o seu dinheiro, você não pode me dizer a que horas devo chegar e aonde posso ir.

O sr. Greene sorri com a audácia confiante da filha.

— Tem razão — cede ele. — Divirta-se.

Quando Dawn vai embora, eu pergunto:

— Senhor Greene, posso ver aquelas pastas de arte que a Dawn mencionou?

Ash revira os olhos.

— Ai, não. A gente não precisa ver meus desenhos velhos horríveis.

— Por favor — imploro. — Amo tanto seus desenhos. É como se...

Quero dizer que é como se eu estivesse olhando para dentro da alma dele, mas isso não soaria natural saindo da minha boca como soaria se fosse Ash falando.

— Tá bom, beleza — responde ele.

A sra. Greene sai por um instante e retorna com uma pilha de pastas. Enquanto folheio as páginas, me pego atraído por aquelas criaturas e mundos bizarros que Ash criou ao longo dos anos, desesperado para resolver este lindo mistério que é o garoto que eu amo.

* * *

Durante a tarde de um dos dias de pôquer, meus pais finalmente decidem me deixar acampar. Ligo para Ash para contar as boas notícias. Não só vou ao deserto com ele, mas terei a casa inteira só para mim hoje à noite.

As partidas de pôquer nunca terminam antes da meia-noite. Ele pergunta se pode chegar mais cedo, para ver meus pais antes que eles saiam.

— Seria legal finalmente conhecer seu pai, antes de eu bater aí pra te levar pro deserto comigo.

— Você vai bater aqui, é? — pergunto, com um sorriso malicioso. — Acho que eu iria gostar de te ver batendo aqui.

— Ai, para. Vamos falar sério — pede ele. — Ele é seu pai. Quero agradecer por ter feito você.

Me parece legal poder finalmente apresentar meu pai para Ash. Mas aí penso em todas as coisas que podem dar errado. Só consigo imaginar a resposta do meu pai, caso Ash realmente o agradeça por ter *me feito*. Essas palavras soariam tão bobas e distantes para meu pai.

— Acho melhor você chegar depois que eles já tiverem saído — digo.

No andar de baixo, posso ouvir meus pais discutindo. Minha mãe está implorando para que meu pai troque de roupa.

— Você usou essa camisa nas últimas quatro noites de jogos.

— Tá bom, eu entendo. — Ash não tenta disfarçar a decepção na voz.

— Ash… eu… — Minha voz embarga. — Acho que, se você quiser mesmo bater aqui, ou se quiser que eu bata uma…

— A gente não está falando de violência, né? — pergunta ele, com a voz animada e furtiva.

— Não, eu tava pensando em bater, tipo… um bolo. — Imediatamente caio no riso. — Não acredito que eu disse isso.

— Você tem futuro como escritor de fanfic erótica. — Ele imita uma voz grave de narrador de audiolivro e diz: — Ash Greene bateu meu bolo até ficar bem suave e açucarado. Então, pegou a colher de pau e…

— Colher de pau! — Solto mais uma gargalhada. — Enfim, talvez hoje seja uma boa noite para isso. Eu estou… — Paro antes de dizer que estou carente, porque carência não é atraente. Em vez disso, digo: — Eu estou pronto.

— Eu também.

Quando ele desliga, seguro o celular perto da orelha, como se ele ainda estivesse ali. Abro meus vídeos. Lá está Ash, segurando o aparelho de som sobre a cabeça. O herói da minha comédia romântica. E que hoje será o herói da minha fanfic erótica.

No andar de baixo, minha mãe continua brigando sobre a escolha de camisa do meu pai. A voz dela soa contida, porém incrédula.

— As pessoas vão achar que não temos dinheiro para roupas novas.

Meu pai ri com escárnio.

— Nós *não temos* dinheiro para roupas novas, mas não é por isso que estou vestindo essa camisa.

— É por que, então? — pergunta ela. — Ela nem foi lavada a seco. Sinceramente, não quero ser cruel, mas ela está fedendo.

Ouço meu pai indo pegar uma garrafa. A escalada em cima do balcão. A porta do armário mais alto se abrindo. A cachoeira de uísque caindo em um copo grande.

— Quer saber o motivo, Leila? Quer arrancar todos os meus segredos até eu não ter mais nada só pra mim?

— Bahman, é só uma camisa...

A voz de meu pai sai furiosa:

— Não é só uma camisa. É a minha camisa *da sorte*. Quando estou com ela, eu ganho. Não lavo porque tenho medo da sorte ir embora se...

— Bahman, você está se ouvindo? — indaga minha mãe delicadamente. — Parece aqueles bitolados religiosos que sempre critica.

Me sinto tenso, como se ela estivesse me ofendendo. Também sou vítima da minha mente supersticiosa.

— Você venceu, Leila. Aqui, pega essa camisa. Lava. Joga no lixo. Não me importo. — Meu pai deve estar tirando a camisa. Provavelmente a jogando em minha mãe. — A sorte só funciona quando é segredo, então agora já acabou.

Enquanto meu pai vai embora, minha mãe grita para ele:

— Se você perder hoje, eu não vou aceitar essa culpa. Se perder, é por causa das suas apostas impulsivas. E não porque deixou de usar um pedaço de pano sujo!

Ela marcha em direção ao quarto.

Meus pais ainda estão brigando quando os de Bodie chegam para buscá-los. Nem me dou ao trabalho de descer para cumprimentá-los. Estou ocupado demais arrumando o quarto para Ash. Abro a caixa de sapatos com lembranças dele, na qual guardo tudo o que me deu. Os desenhos e poemas, começando com o nascer do sol com letras da Lana, até o mais recente, um desenho de corvos com um poema sobre voar através dos ventos de um céu nublado. Guardo todos os bilhetinhos que ele escondeu no meu armário, na minha mochila ou nos meus livros para que eu encontrasse. Bilhetes que dizem *Te amo, meu lindo*, ou *Eu amo o Kam*, ou algumas das citações favoritas dele. *Amar é medir tempo e espaço com o coração* — Marcel Proust, porra! E, é claro, o papel que ele me pediu para buscar na impressora da biblioteca. *Eu amo o Kam. Eu amo o Kam. Eu amo o Kam.* Fecho a caixa e a escondo no alto do armário. Não quero que Ash encontre e descubra como sou obcecado por guardar todas as minhas lembranças dele.

— KAM! — grita minha mãe lá de baixo. — VEM CÁ! FARBOD ESTÁ AQUI.

Sinto uma onda de pânico. Bodie ia ver filme com um pessoal da AGH hoje. Eles me chamaram, mas eu disse que ficaria em casa estudando. Poderia ter dito que estaria com Ash, mas não estava a fim de responder perguntas sobre o que faríamos. Dou uma última olhada no quarto, satisfeito com a arrumação, e desço até a porta de casa.

— Oi, sr. Omidi, sra. Omidi, vocês estão muito elegantes.

Toda orgulhosa, a mãe de Bodie ajusta a gola da camisa do marido.

— Acabei de comprar essa camisa para ele. É orgânica.

O pai de Bodie ri.

— O que torna uma camisa orgânica?

Olho para meus pais, que há pouco estavam discutindo sobre uma camisa velha e sobre não poder mais comprar camisas novas, quem dirá orgânicas. Eles não dizem nada. Me viro para Bodie.

— Achei que você ia ver filme com o Lincoln e a Olivia e…

— A Olivia ficou com dor de garganta — explica Bodie. — Testou negativo, mas tá seguindo todos os protocolos…

O pai de Bodie o interrompe:

— Seguindo todos os protocolos. Tá aí uma frase que escuto todos os dias desde que a pandemia começou. É incrível como nosso vocabulário foi moldado no último ano. Distanciamento social. Quarentena.

Gentilmente, Bodie corrige o pai:

— Pai, as pessoas usam a palavra "quarentena" desde muito antes do ano passado. Enfim, a Olivia cancelou os planos porque decidiu praticar o distanciamento social ficando de quarentena, seguindo todos os protocolos. — O pai de Bodie ri. — E, como a noite do filme seria na casa dela, decidimos cada um ficar na sua. Daí vim pra cá pra gente estudar junto. — Ele levanta a mochila pesada e aí percebe meu rosto pálido de susto. — Foi mal, você tinha outros planos pra hoje?

Sinto meu pulso acelerar.

— Não, claro que não, vamos estudar.

— Nossos meninos são tão brilhantes — diz a mãe de Bodie. — Sempre tão empenhados. Quem disse que essa geração é preguiçosa e mimada?

— *Você* acabou de dizer, mãe — responde Bodie, com uma risada.

A sra. Omidi passa a mão pelo cabelo de Bodie.

— *Kalak* — diz ela. A palavra significa rapaz esperto, pilantra ou trapaceador, mas é uma expressão carinhosa na nossa cultura. — Kamran, você anda pensando melhor no que quer ser quando crescer?

— Ah, sim, quer dizer, não — gaguejo.

— Quem sabe você não vira advogado como o Farbod? — sugere o sr. Omidi.

Vejo Bodie cerrar o maxilar.

— Não seria incrível ver nossos filhos trabalhando juntos assim como a gente? — continua a sra. Omidi.

— Kamran é inteligente o bastante para ser tudo o que ele quiser. — Minha mãe passa a mão pelo meu cabelo, como se tivesse a necessidade de provar que é tão orgulhosa de mim como a sra. Omidi é de Bodie. — Advogado, médico, empresário.

Bodie e eu trocamos uma risadinha porque "tudo o que ele quiser" significa apenas essas três opções para pais iranianos.

Minha mãe bate uma palma.

— Se ficarem com fome, tem *khoreshteh karafs* na geladeira e arroz o bastante para os dois.

— Nos desejem sorte! — diz o pai de Bodie, animado, antes de saírem. Mas fica claro que ele não liga muito para ter sorte ou azar esta noite. Ele tem um emprego. Ganhando ou perdendo no pôquer, ficará bem.

Já para o meu pai atormentado e suas superstições secretas, ganhar é questão de sobrevivência.

Bodie entra em casa quando nossos pais vão embora no carro do pai dele.

— Não precisamos estudar se você não quiser. Eu trouxe uma surpresinha. — Ele pega uma cópia de exibição de *Casa Gucci*. — Eu ia levar pra Olivia, mas a gente pode assistir. Meu pai tem um cliente que ganha um monte de cópias antecipadas de uma produtora como agradecimento. A gente pode voltar toda vez que a Gaga disser "Pai, filho e Casa Gucci". — Bodie exagera no sotaque italiano para tentar imitar a Patrizia Reggiani.

Como não dou risada, ele percebe que há algo errado.

— Tá tudo bem? — pergunta ele. — É o Ash? — Olho para ele e assinto. — Puta que pariu, ele desapareceu de novo, né?

— Quê? Não! — digo, na defensiva.

— O que foi, então? — Bodie vai até a cozinha e eu o sigo. Ele abre a geladeira e olha para o guisado persa dentro da vasilha. — O *karaf* da sua mãe é perfeito. Posso esquentar um pouco?

Ele nem espera uma resposta. Só tira a vasilha da geladeira e pega um pouco de arroz também. Me sinto tão irritado com ele invadindo meu espaço assim, embora a gente invada a casa um do outro desde criança. Nunca pedimos permissão para visitar. Nunca precisamos.

— Por que você sempre faz isso? — reclamo.

— O quê?

Ele se serve de um prato cheio de arroz e guisado.

— Faz uma pergunta, mas não espera a resposta.

— Oi? Eu não faço isso. — Ele coloca o prato no micro-ondas para esquentar por dois minutos. — Moralmente, sou contra micro-ondas, mas estou morrendo de fome, então não me julgue.

O prato gira dentro do eletrodoméstico iluminado, um holofote só para a comida.

— Não estou te julgando por usar o micro-ondas, mas é que o Ash...

— O que foi? Pera, vocês terminaram? — O tom de esperança dele parece uma apunhalada.

— As coisas estão indo muito bem. Meus pais me deixaram ir para o deserto com ele, desde que todo mundo se teste antes de ir...

— Ah, você não me contou.

O micro-ondas apita e ele pega o prato de comida. Come em pé mesmo.

— Acabou de acontecer — explico. — Eu ia te contar.

— Pelo menos você vai para algum lugar — diz ele. — Meus pais cancelaram nossas férias no Havaí porque os casos voltaram a subir. Que merda.

Quero dizer a ele que não é uma merda ter pais que ainda conseguem planejar viagens em família quando os meus só sabem brigar sobre dinheiro e sobre o fato de meu pai continuar desempregado. Mas acho melhor ficar quieto.

— Vou sentir saudade — diz ele. — Quanto tempo vocês vão ficar por lá?

— Só cinco dias — respondo. — É uma viagem rápida.

— Cinco dias sem você, o que será de mim? — questiona Bodie, fazendo drama.

Então, a campainha toca.

Bodie olha para mim, curioso.

— É o Ash — explico, irritado por soar tão culpado quando não fiz nada errado.

Bodie coloca o prato na pia. Ele parece magoado.

— Achei que... você disse que ia estudar. Achei que era por isso que você não ia ver filme com a gente.

— Eu ia. Quer dizer, esse era meu plano quando falei com você. Mas aí meus pais me deixaram ir pro deserto, e eu e o Ash decidimos comemorar.

A campainha toca de novo. Bodie me acompanha até a porta.

— Você não fica nervoso de receber ele aqui? E se seus pais voltarem mais cedo?

— Meus pais nunca voltam mais cedo. — Me viro para Bodie antes de abrir a porta. — Ele nem conheceu meu pai ainda. Só quero que ele veja o lugar onde eu moro. Só isso.

— Tá bom — diz Bodie.

Quando abro a porta, Ash está segurando uma pilha de desenhos e um livro no topo, junto com um fouet de aço inoxidável. Ele está com um sorriso enorme no rosto... até ver Bodie.

— Ah, Bodie, oi. Não sabia que você vinha.

— Vocês vão cozinhar? — pergunta Bodie, de olho no fouet. Sei o que ele está pensando. Cozinhar é coisa dele.

Ash olha para mim com um sorriso malicioso e diz:

— É só uma piada interna.

Bodie recebe a resposta como um tapa na cara.

— Beleza. Bom, sendo assim, estou me mandando para a área *externa*.

— Não foi isso que eu quis dizer — responde Ash rapidamente. — É só que...

Bodie pega a mochila e joga sobre o ombro.

— Não, sério, tá tudo bem. Estou indo para a Olivia. — Me pergunto por que Bodie sente a necessidade de mentir sobre os planos dele. Enquanto sai pela porta, aponta para o livro que Ash carrega por cima dos desenhos. — Nossa, *O alquimista*. Uma das amigas da minha mãe me fez ler esse livro. Ela disse que era superprofundo, mas na real é tão raso. Você precisa ler pro colégio?

— Não, é um dos meus livros favoritos — responde Ash, monótono. — Queria emprestar pro Kam.

Bodie respira fundo.

— Foi mal. Acho esse livro meio vergonhoso, com uma espiritualidade meio fake — explica. Antes que Ash possa responder, ele acrescenta rapidamente: — Enfim, vou indo nessa. Aproveitem suas piadas internas.

Quando Bodie se retira, peço para Ash me dar um minuto.

Saio de casa.

— Bodie, espera! — Ele para e me encara. — Por que você trata ele assim?

— Assim como? Foi você quem mentiu pra mim sobre ele vir pra cá.

— Eu não menti. Você tinha outros planos. Eu só...

— Ai, admite logo que você mentiu — corta ele. — Você quer ele só pra você, e ele é só seu. E você é dele. E eu estou de boa com isso, mas...

— Você *não está de boa* com isso! — grito. — Está com ciúme!

— Nossa, por favor, isso de novo, não — resmunga Bodie. — Acredite, eu não quero ficar com o Ash.

— Eu não disse que você quer ficar com o Ash. — Tento acalmar meu tom. — Mas você quer ficar com *alguém*, e está com ciúme porque não consegue encontrar a pessoa certa pra você e eu encontrei a pessoa certa pra mim. E você nunca pensou que eu encontraria a minha pessoa primeiro porque você sempre foi o mais bonito.

— Quê? — pergunta ele. — Eu nunca pensei isso. Nunca...

— Bom, é o que me parece — confesso. — E espero que você encontre a sua pessoa, de verdade.

— Odeio esse termo, *minha pessoa* — sussurra Bodie. — É tão besta.

— Bom, obviamente eu discordo.

— Tá bom, desculpa. — Mas o tom grosseiro dele não soa nem um pouco arrependido.

— Sabe o que eu sempre amei na nossa amizade?

— Você vai responder à sua própria pergunta ou é pra eu adivinhar?

O olhar dele se volta para o meu quarto. Eu olho também, e vejo que Ash entrou e acendeu a luminária na minha mesinha de cabeceira.

— Eu amo que nós nunca competimos um com o outro como a maioria dos irmãos ou melhores amigos fazem.

— Sim — diz ele. — Verdade.

Ash fecha a cortina do meu quarto.

— Mas não me sinto mais assim — declaro. — Desde que conheci o Ash, parece que não estamos mais do mesmo lado. Quer dizer, eu estou do seu lado, mas às vezes parece que você não está mais do meu.

— Eu não... — A voz de Bodie fica embargada. — Não quero que você se sinta assim. Desculpa. Não foi minha intenção que você se sentisse assim. Na minha cabeça, sempre imaginei que, quando arrumássemos namorados, seríamos como nossas mães, sabe? Iríamos em encontros juntos, sairíamos juntos e continuaríamos sendo *nós dois* apesar das outras pessoas na nossa vida.

— Isso ainda é possível. Você vai encontrar alguém em breve.

— Ah, é? Quem? — pergunta ele.

— Não sei. Não sou vidente. Mas de uma coisa eu sei.

— O quê?

— Vou te ligar amanhã — prometo. — Disso eu tenho certeza. Vou te ligar amanhã, e todos os outros amanhãs.

Ele abre um sorriso.

— Não se eu te ligar primeiro.

Sei que esse é o jeito dele de demonstrar que está tudo bem. Que ainda somos melhores amigos.

* * *

Quando volto para casa, corro até meu quarto.

— Ash? — chamo, enquanto atravesso o corredor.

Uma música tranquila ecoa do meu quarto. Lana. O álbum *Honeymoon*. Bato à porta fechada, o que me parece bobeira, já que o quarto é meu.

— Ash, posso entrar? — pergunto.

— Só me dá mais dois minutinhos! — exclama ele.

— O que você tá fazendo aí?

— Paciência, meu amuleto da sorte.

Deixo a música me acalmar. *Say you want me to, say you want me to*, ela canta, e eu sinto cada palavra. *Diga que você quer, diga que você quer.* Quero entrar com tudo no quarto e deixar Ash me segurar. Me fazer sonhar até esquecer o histórico violento de meu pai, o ciúme furioso de Bodie.

— Fecha os olhos — ordena ele de dentro do quarto.

Obedeço. A porta se abre. Ele me abraça por trás, pondo as mãos sobre meus olhos. Não os abro, mas consigo ver tanta coisa. Espirais no escuro, como se as linhas da palma dele estivessem dançando na minha imaginação. Abro os olhos quando ele afasta as mãos e fico surpreso. Ash cobriu minhas paredes com os desenhos que trouxe.

— Não se preocupe — diz ele. — Usei fita removível. Não vai estragar as paredes.

— Eu não estou preocupado com as paredes.

Analiso os desenhos. Rochas enormes. Cactos. Nuvens no céu. Corvos e lagartos e criaturas que não reconheço. E árvores de Josué, tantas, cada uma de um formato diferente.

— Você queria que nossa primeira vez fosse num quarto, eu queria que fosse no deserto. Acho que esse é o jeito perfeito de realizar tanto o seu sonho quanto o meu. Transformei seu quarto num deserto. Visão dupla.

— Visão dupla? — repito.

Ele chega mais perto e sussurra no meu ouvido:

— "Para dobrar a visão com meus olhos que veem. E uma visão dupla que está sempre comigo. Com o olho de dentro, um velho cinzento. Com o olho de fora, um cardo no caminho." — Ele aponta para uma imagem de um cardo florescendo no solo do deserto. A base da planta parece o corpo de um homem velho. As folhas são como seus membros. — É do William Blake. Não fui eu que escrevi. Mas aquele poema ali é meu.

Ele aponta para um desenho acima da minha cama. Uma fileira de árvores de Josué. Há um poema rabiscado em volta das árvores, mas o desenho está alto demais para que eu consiga ler.

Quando paro em frente ao desenho colorido de um animal, Ash explica:

— Isso é um rato-canguru, que não é nem um rato nem um canguru. — Ele aponta para outro desenho. Algo que parece um jabuti.

— Tartaruga do deserto. Gosto de como ela se move devagar. É um lembrete de que não precisamos correr o tempo todo, sabe?

— A tartaruga do deserto é como nosso álbum favorito — digo. — Um lembrete delicado para desacelerarmos a vida.

— Isso. — Ash beija meu pescoço. — E não precisamos ter pressa hoje. Podemos ir bem devagar.

— Como duas tartarugas do deserto — sugiro.

Com um sorriso, ele tira o casaco e a camiseta. Depois a calça e a cueca.

— Tudo bem assim? — pergunta.

Passo a mão pela lateral do corpo dele.

— Bem melhor agora.

— Sua vez — diz ele.

Hesito, e então lentamente tiro minhas roupas, aproveitando o momento, me lembrando de me mover como uma tartaruga. De não passar pelos melhores momentos da minha vida em uma velocidade acelerada. Quero saborear Ash.

— Você é tão lindo — sussurra ele.

Antes dele, ninguém nunca me chamou de lindo. Sinto meu corpo mudando. Minha postura fica mais orgulhosa. Meu coração se acalma. Não quero esquecer essa sensação, então decido acreditar que sou lindo. Digno de amor.

Nossas mãos se entrelaçam sem esforço algum. Amo o cheiro dele no meu lençol. Sua pele se funde com a minha, como se estivéssemos nos tornando um só. Cada vez que fecho os olhos e abro de novo, ele parece diferente, como se estivesse se transformando bem na minha frente. Sua pele fica mais macia. Os olhos mais profundos, um portal para um lugar secreto. Suas sardas brilham como estrelas de uma galáxia desconhecida.

Nós rimos. Nos beijamos. Ficamos agarradinhos. Paramos de vez em quando só para encararmos um ao outro.

Fazemos perguntas quando necessário. Perguntamos o que está bom e o que não está. Não vamos tão rápido quanto achei que iríamos. Decidimos apenas tocar um ao outro por enquanto. Mas conversamos sobre todas as coisas que queremos fazer quando chegar a hora. Hesito antes de verbalizar cada fantasia, e ele me diz para nunca ter vergonha dos meus desejos. Quando minha mão guia o corpo dele para o clímax no exato momento em que a mão dele me leva ao mesmo êxtase, não sinto vergonha alguma. Uma elevação não só do meu corpo, mas também do meu orgulho.

— Uau — sussurra Ash.

— É, uau.

Estou exausto. Mas é um vazio lindo, porque sinto que, neste momento, pelo menos, estou leve e livre.

Ash toca os dedos no meu queixo e guia meu rosto até ficarmos frente a frente.

— Eu te amo — diz ele.

O tempo parece parar. Estou explodindo de felicidade com essas palavras, mas, de repente, não me sinto a nova pessoa que quero ser. Sou o mesmo Kam de sempre, me perguntando se posso dizer que amo Ash mesmo que falte tão pouco para ele se formar, mesmo que ele nem conheça meu pai ainda, mesmo que Bodie o odeie.

— Não se preocupe, não precisa dizer o mesmo — tranquiliza ele. — Palavras são superestimadas, afinal. Já sinto seu amor falando comigo através da sua alma.

— E como é a minha alma? — pergunto, sorrindo.

— Como uma brisa suave — diz Ash. — Sua alma sempre fala num murmúrio, mas nunca tenho dificuldades em entender o que elu está dizendo.

— Almas usam pronome neutro agora? — pergunto.

— Almas não têm gênero.

O álbum da Lana tocou até o fim e voltou para o começo. *Our honeymoon*, ela canta.

— Sabe pra onde eu quero ir na *nossa* lua de mel? — pergunta ele.

— Joshua Tree? — Estou brincando, mas meio sério.

— Marte! — exclama Ash. — Com sorte, até lá as pessoas já estarão viajando para o espaço. Imagina só!

— Não sei se isso me parece muito romântico — falo. — Eu estava imaginando algo tipo uma praia bem linda em algum lugar...

— Talvez tenha praias em Marte — argumenta ele. — É improvável, já que a temperatura lá é de cento e vinte e cinco graus negativos, mas nunca se sabe. Certamente tem cânions, espelhos-d'água e muita poeira vermelha.

— Tive uma ideia. — Me aninho no peito dele, enroscando seus pelos na ponta do dedo. — E se você fizer um monte de desenhos de Marte e colar nas paredes de um hotel em Paris ou no Caribe?

— Eu gosto de como sua mente funciona — diz Ash, rindo.

Pego o livro que ele trouxe para mim e folheio as páginas. Meus olhos param em uma frase do meio do livro. "O deserto leva nossos homens, e nem sempre os traz de volta." Sinto o pavor tomando conta do meu corpo. Fecho o livro.

Fico em pé na cama para ler o poema que ele escreveu no desenho das árvores de Josué. Me sinto tonto ao levantar, como se estivesse bêbado, embora eu não saiba como é ficar bêbado.

— *Visão dupla* — leio. — *Você perguntou: "O que posso fazer para ajudar a desacelerar o apocalipse que vem chegando tão rápido?" Não sou autoridade alguma, eu disse, mas talvez seja preciso fechar os olhos e enxergar com a alma de novo. Entender que crianças são pássaros, árvores são família, líquido é sólido, os imperdoáveis são diamantes.* — Olho para ele, encantado. — Amei.

Ash fica corado e termina de recitar o poema de cabeça. Logo, parece que somos transportados para fora deste quarto, para dentro dos desenhos, até as profundezas do deserto.

* * *

Mais tarde naquela semana, quando o sr. Greene nos leva ao deserto, meu coração bate em velocidade dobrada. Escutamos Lana durante a viagem de três horas. Eu e Ash morremos de rir com o comentário da sra. Greene de que todas as músicas parecem a mesma.

Quando atravessamos o limiar do deserto, tudo é tão vasto, lindo, cativante, que preciso pegar o celular para filmar. É quase como se não conseguisse processar em tempo real e precisasse criar uma gravação para rever mais tarde. Filmo o céu, as rochas, as árvores, movendo a tela para capturar tudo, dando zoom nos pequenos detalhes do mundo natural.

Porém, não é só o deserto que eu gravo. É Ash também. Ele parece uma beleza natural para mim. Eu o filmo ajudando os pais a montar o acampamento. Eu o filmo enquanto ele me leva até um cantinho quieto e ensolarado para passarmos um tempo a sós antes do jantar.

— Para com isso — implora ele enquanto dou zoom em seu rosto.

— Não quero esquecer isso — confesso. — Eu e você. Nós dois. Sozinhos neste lugar imenso.

Olho em volta. Nem uma alma sequer em qualquer direção. Tudo aqui parece ser nosso. Como se o mundo fosse um segredo só nosso.

— Então você amou aqui? — pergunta ele, com um sorriso.

— Só amei porque estou com você. — Respiro fundo. — Se eu estivesse sozinho... sei lá... provavelmente estaria com medo.

— Por quê?

— Não sei — confesso. — Acho que a solitude total me assusta. Tipo, se você precisasse de ajuda aqui, quem iria chamar?

— A solitude não é algo assustador. É apenas ficar sozinho e gostar disso — argumenta Ash. — Se você aprender a amar a solitude, nunca ficará solitário.

— Faz sentido — digo, de trás da câmera do celular.

Ele aponta o dedo indicador para o espinho de um cacto. Cutuca de leve. Afasta o dedo. Depois cutuca mais uma vez. Afasta.

— Acho que nunca pensei em solitude e solidão como coisas diferentes — explico, cerrando os olhos. A luz do sol é ofuscante.

— A solitude é o maior dos luxos. Sabe o que mais é um luxo?

Os olhos de Ash parecem iluminar a paisagem. Ele é como o sol.

— O quê? — pergunto.

— Não ser filmado o tempo todo! — Ele me joga no chão e nós caímos lado a lado na areia. Ash está vestindo uma regata e eu apoio a cabeça em seu ombro quente. O cheiro de seu suor me deixa tonto de prazer. — Se quer filmar as pessoas, vire um cineasta e encontre uma musa pra você.

— Não sou artista — rebato. — Você é. Mas, se eu fosse artista, você seria meu muso.

Ele segura minha mão na altura do coração.

— Sei que você tem medo de esquecer as boas lembranças, mas isso não vai acontecer. Não existe essa coisa de memória. Só o ato de lembrar. Pelo menos é o que a minha mãe diz, e ela é uma profissional que ajuda as pessoas a ficarem em paz com suas lembranças.

— Não acho que dá pra encontrar paz nas lembranças — comento. — Na maioria das vezes, quando lembro alguma coisa, é porque alguma parte dessa coisa me parece inacabada. Como se eu quisesse voltar no tempo e mudar. Talvez seja por isso que eu não goste de ficar sozinho.

Poderia dizer mais. Dizer que, quando estou sozinho, a tristeza vem. A preocupação. Sobre meu pai bebendo. Minha mãe desapontada. O medo do que vai acontecer quando Ash se formar. Medo do fogo, de uma guerra nuclear, das mudanças climáticas, da pandemia e de outras pandemias. Medo da minha própria impotência.

— Então você precisa aprender. — A voz dele flutua sobre a terra seca, pelas árvores de Josué, atravessando as formações rochosas estranhas. — Solitude é a única coisa que o dinheiro não pode comprar. Experimentar a solitude… e até amá-la… não depender da aprovação dos outros para ficar bem… é tudo. Quando você aprende a ficar sozinho, ninguém consegue te derrubar. Faz sentido?

Já ouvi Ash fazendo essa pergunta antes, como se estivesse acostumado a não fazer sentido para os outros. Talvez seja por isso que ele é tão reservado. É mais fácil do que ser incompreendido.

— Não sei se consigo chegar nesse nível — confesso. — Penso na sua formatura ano que vem e fico morrendo de medo.

— Vou continuar com você. Eu sempre estarei com você.

— Eu sei que você está planejando ficar em Los Angeles, mas…

Ele se vira para me encarar.

— Não é disso que estou falando. — O olhar dele procura o meu. — Você sabe que nunca estará sozinho de verdade, não sabe? Só precisa aprender a escutar.

— Não sei como fazer isso. Eu não sou como você. Ficar sozinho me assusta. Essa vastidão toda também. Acho que tenho medo da natureza. — Observo as árvores de Josué, as rochas imponentes, um lagarto de olhos brilhantes. — Acho que a cidade faz eu me sentir mais seguro. Talvez eu prefira pessoas a criaturas.

— Pessoas *são* criaturas. — Ash abre um sorriso amoroso. — Cidades me assustam. A natureza é muito mais previsível do que as pessoas.

— Mas você é uma pessoa.

— Ei, eu nunca disse que não tenho medo de mim mesmo. — Ele solta um suspiro gentil. — Por que as cidades te passam segurança? — pergunta, sem julgamento na voz, apenas curiosidade.

— Não sei. Acho que é por causa das regras, sabe? E dos hospitais. E das sorveterias.

— Você gosta mesmo de sorvete — comenta Ash, com um sorriso.

— Doce nunca é demais para mim. — Beijo os lábios dele com delicadeza. — Nunca é demais. — Beijo de novo. Com mais vontade dessa vez. — Ei, talvez você possa me ensinar a ficar sozinho.

— Não sou um bom professor. Mas, se tem um segredo, é se apoiar na sua criatividade.

— Mas eu não sou criativo — digo.

— Claro que é. Você canta. — Ele me beija. — Muito bem.

— Eu canto num coral. Me apoio na voz das outras pessoas. Não é como se eu escrevesse minhas próprias músicas.

— O que você acha que os compositores fazem? Eles escutam as vozes que vêm até eles.

— É diferente — respondo. — Eu não *crio* nada. Não existe nenhuma voz do alto falando comigo.

— Feche os olhos — pede Ash.

— Por quê? — pergunto.

— Só fecha.

Antes de fechar, meus olhos repousam em um corvo empoleirado em uma árvore, depois em um lagarto saltando de uma rocha para outra.

— O que você vê? — pergunta Ash.

— Como assim? — Dou uma risada desconfortável. — Meus olhos estão fechados. Não vejo nada.

— Mesmo de olhos fechados, a gente nunca vê "nada". Todos nós vemos...

— Pontinhos pretos — me pego dizendo. — E cores.

— Isso é o que chamam de pseudoalucinações — explica ele.

— Que são...?

Abro os olhos e observo ao redor, como se estivesse vendo o deserto pela primeira vez.

— O que nós vemos dentro das pálpebras quando fechamos os olhos. Pode não parecer, mas elas têm as mesmas qualidades que uma alucinação real.

— *Real?* — pergunto. — Mas a questão das alucinações não é justamente elas serem irreais?

Ele dá de ombros.

— Alucinações são mais comuns do que pensamos. Artistas se inspiram nelas desde sempre. Homero. Yeats. Rilke. E não só artistas. Pessoas que trabalham sozinhas, fazendo algo repetitivo e monótono, têm alucinações o tempo todo.

— Tipo quem? — pergunto. — Quero evitar esse tipo de trabalho.

Ash semicerra os olhos.

— Não evite as vozes e imagens que precisam surgir pra você. Não estou dizendo pra você virar um caminhoneiro só para ver coisas. Mas...

De repente, ele se contém e não diz mais nada.

— Mas? — pergunto. — Mas o quê?

— Estou te assustando — sussurra ele.

Seguro o braço de Ash.

— Você nunca me assusta.

Ele sorri.

— Sabe por que eu amo tanto o deserto?

— Me conta, por favor.

— Porque o espaço aberto, a monotonia visual, a solitude e até mesmo o senso de desidratação, tudo isso abre espaço para que as ideias venham até mim. A privação sensorial está ligada às alucinações. É o que chamam de Cinema dos Prisioneiros.

— Por quê? — pergunto.

— Porque, ao colocar um prisioneiro numa cela escura, ele, ela ou elu começa a ver coisas.

— Ah, isso me assusta — admito. — Não quero ser um prisioneiro. Também não desejo isso pra você.

— Eu não sou — assegura ele, como se eu tivesse entendido tudo errado. — Deita no chão, quero te desenhar.

Eu obedeço. Sempre obedeço.

— Eu sou seu Cinema do Prisioneiro? — pergunto de brincadeira.

— Cala a boca — manda ele, rindo.

— Ah, é pra ser um filme mudo então? — Dou risada da minha própria piada.

Ele puxa o espinho de um cacto.

— Vou te espetar se você não ficar parado.

— Eu gosto quando você me espeta. — Abro as pernas e ofereço meu olhar sedutor mais cômico. Uma coisa que eu amo em estar com Ash é que a seriedade dele traz meu humor à tona, como se eu quisesse conquistar suas risadas. Me esparramo no chão. — Me desenhe como uma de suas garotas francesas, Ash.

— Você não é muito bom em ficar parado, sabia? — reclama ele. — Deixaria o Van Gogh louco.

— Ele cortou a própria orelha. Não acho que precisaria da minha ajuda. — Eu o observo me observando, a mente dele decifrando como me desenhar. Ash fecha os olhos por um segundo, dois, três. — No que você está pensando?

Ele abre os olhos.

— Em como, depois de um século e meio, ainda não sabemos de verdade como o Van Gogh morreu. Algumas pessoas acham que ele se matou. Outras acham que foi assassinado.

— E o que você acha?

— Não me importo muito. Estou mais interessado em como ele viveu. Na origem do dom mágico que ele tinha.

Fecho os olhos. A luz do sol transforma a escuridão sob as minhas pálpebras em um caleidoscópio de pseudoalucinações. Cores rodopiam na minha própria tela de cinema. Vermelho, amarelo, laranja, violeta, como uma estampa *tie-dye* ou um tubo de tinta, tudo na minha cabeça. Me sinto adormecendo com o som do lápis sobre o papel, a voz dele me acalenta. Me dá vontade de chorar.

— *Mmm* — murmuro gloriosamente.

Penso em como a história dele está aqui, neste país, neste estado, naquela montanha lá em cima, do outro lado do deserto. Gerações da árvore genealógica dele foram criadas aqui. Minha história está em outra terra, um lugar estrangeiro onde o ar deve ter um aroma diferente.

Talvez ele saiba como ficar sozinho porque todos os ancestrais dele estão aqui, e eu tenha medo de ficar sozinho porque meus ancestrais estão longe, se perguntando por onde eu ando, já que nunca mais voltei para casa.

O lápis rabisca o papel com mais força agora.

— Você fica tão lindo, deitado sozinho assim. — Ele descobriu como me desenhar. — Acho que, se uma pessoa não gosta de ficar sozinha, é assim que sabemos que ela não é feliz de verdade. Você parece feliz.

Penso nos meus pais. Quando minha mãe fica sozinha, ela conserta coisas, lava coisas, limpa coisas, conclui itens na lista de tarefas.

Quando meu pai fica sozinho, ele se destrói.

Mas eu não digo nada disso, porque o sol está me acalmando e porque não posso falar de coisas da minha família que fui ensinado a esconder.

As cores rodopiam sob as minhas pálpebras, mais ricas e intensas do que antes.

Silêncio.

Quietude.

Sono.

* * *

— Amor, olha. — A mão dele repousa na minha bochecha, me acordando. O retrato está pronto. No desenho, estou dormindo deitado na areia. Tudo na imagem é natural, exceto meus dedos, que são galhos, infiltrando-se na terra como se eu fosse uma extensão do deserto. — O que achou?

— Você me transformou numa árvore.

Solto uma risada rouca, ainda grogue do meu cochilo sob o sol.

— As árvores são conectadas umas com as outras pelas raízes subterrâneas que ninguém vê. Nós também somos, eu acho.

Ash se espeta com um cacto de novo enquanto fala. Cutuca e afasta. Nunca forte o bastante para sangrar, mas no limite do confortável.

Puxo a mão dele para longe do cacto e beijo cada um dos seus dedos.

— Por favor, para.

Ele ri, sem se importar.

— Os papa-léguas moram nessas plantas.

— Você não é um papa-léguas — digo. — Não quero ver meu amor coberto de espinhos.

— É acupuntura natural. — Ash ri. — Um dos muitos milagres do deserto.

Olho ao redor. Deserto infinito. Árvores de Josué por todos os lados. Uma depois da outra, e outra, e outra. Rochas sobre rochas sobre rochas, e montanhas atrás de montanhas e mais montanhas. As montanhas que bloqueiam a água de chegar aqui. Ele já me explicou isso. Estamos em um deserto de sombra de chuva.

As montanhas barram as tempestades que vêm do Oeste.

— Você sabe quantos anos tem a rocha mais antiga deste lugar? — pergunta Ash.

— Não sei. Cem milhões de anos. Duzentos milhões.

— Quase dois *bilhões* de anos.

Ash me analisa, contabilizando isso tudo de tempo. Não faz sentido. Uma pedra estava aqui desde antes de os humanos existirem.

Apoio a cabeça no peito dele. Seu coração bate alto, mas está em perfeita sincronia com o som dos pássaros. Tudo parece mais lento. O ar mais parado. O céu sem nuvens. Os galhos das árvores imóveis, intocados pelos lagartos que passeiam pelo terreno.

— Vamos pegar um número mais razoável — propõe ele. — E prometer ficarmos juntos por esse tempo.

— Oito milhões de anos? — sugiro.

— Um número perfeito. Ficaremos juntos por oito milhões de anos.

Beijo o pescoço dele. Tem sabor de suor seco e amor puro.

— Agora que nos comprometemos a passar oito milhões de anos juntos, vamos tentar ficar sozinhos por alguns minutos — diz Ash, de repente. — Quero que você sinta o poder deste lugar sem mim.

— Como assim? — pergunto, ouvindo o pânico na minha voz.

— Tá vendo aquela rocha? — Ele aponta para uma rocha grande a alguns metros de nós. — Vou ficar do outro lado dela...

— Ash, eu não preciso...

— Só por alguns minutos. Ou mais, se você quiser. Por que a gente não vê quanto tempo conseguimos ficar um sem o outro?

— Eu não duro um minuto sem você.

— Nós dois sabemos que isso não é verdade. — Ash se levanta com um salto. O sol brilha por trás dele, os raios parecendo ricochetear do seu rosto de volta para o céu. — Estarei atrás daquela rocha. Se precisar, é só chamar meu nome, como um pássaro.

— Ash...

Mas ele sai correndo para trás da rocha. Sinto sua falta no momento em que some de vista. Tudo parece diferente sem a presença dele. Não há palavras para preencher o espaço vazio ao nosso redor. Me espeto gentilmente no cacto em que ele estava se espetando. Encaro as árvores, analisando seus formatos. Como cada uma é única. Nenhuma delas é parecida. Encaro o céu. Lá longe, vejo a silhueta sutil da lua nova. Fecho os olhos. Meu corpo parece ainda mais alto do que antes. Posso ouvir meu coração batendo fora do peito. Quando não consigo mais suportar a mim mesmo, eu grito:

— Ash!

E lá está ele. Sorrindo. Saltitando na minha direção, cheio de vida.

— E aí, como foi?

— Legal, eu acho. Tipo, eu sabia que você estava bem ali.

Eu o abraço mais uma vez.

— Notou algo novo?

— Nenhuma dessas árvores é igual à outra — comento. — Achei que o deserto fosse visualmente monótono, mas, quando você observa todas as árvores de Josué, elas têm formas únicas.

— Exceto as mais novas. — Ele aponta para o que parecem pequenos arbustos. — Olha lá, aquelas são árvores de Josué bebês. Ainda não se formaram. Ainda não amadureceram a ponto de se tornar singulares.

— Quanto tempo elas vivem? — pergunto.

— Uns cento e cinquenta anos. — Há uma pontada de dor na voz dele ao acrescentar: — Mas, até o final deste século, todas estas árvores já deverão ter sumido.

— Que triste — digo, apoiado no peito dele.

— *Nothing gold can stay* — canta ele, com delicadeza, citando Lana, que estava citando Robert Frost, que provavelmente estava citando algum sábio antigo. *Nada dourado pode permanecer*. Palavras passadas adiante, cheias de significado e, ao mesmo tempo, tão vazias no grande esquema de dois bilhões de anos, um tempo antes das palavras. — É por isso que precisamos aproveitar nosso tempo juntos ao máximo.

Ele me beija com ternura.

— Ash... — Quero dizer que o amo, mas hesito.

Ele preenche o silêncio da minha hesitação com mais palavras.

— Você sabe o que eu mais amo neste lugar? Não é só um deserto. São dois desertos com dois padrões climáticos completamente diferentes. É o Deserto de Mojave e o Deserto de Sonora. É aqui que eles se encontram. — Ash levanta o dedo e traça a silhueta do meu rosto enquanto fala: — Às vezes eu acho... que somos como este lugar. Somos o local onde dois desertos se encontram. Sabe o que Rilke dizia sobre o amor?

— Claro que não — respondo. — Me conta.

— Que o amor é como duas solitudes protegendo, margeando e saudando uma à outra. Não é lindo? — Assinto, e ele continua: — Duas solitudes. Como estes dois desertos se unindo. Como nós.

— Talvez a gente não seja como dois desertos — contraponho. — Podemos ser como aquelas rochas. — Lentamente, passo as mãos pelo peito dele, tirando sua camisa e depois baixando o short dele e o meu. — Grudadas uma na outra graças a uma explosão geológica poderosa, ou uma erosão cósmica grandiosa ou...

Ash começa a rir enquanto me abraça.

— Você realmente não entende nada de como a natureza funciona.

— Eu entendo um pouquinho — digo, com um gemido, enquanto ele me masturba e eu o masturbo.

— Meninos! — É a voz da sra. Greene, que soa como o canto de um pássaro. Vozes humanas não soam normais aqui. Elas parecem viajar em uma frequência diferente, mais lenta, mais poética. — Meninos!

Ash se deita em cima de mim e, bem quando estou prestes a gozar, ele grita:

— Quase terminando aqui, mãe!

Caímos um sobre o outro, rindo, ofegantes e apaixonados.

— Eu menti? Avisei que estava quase terminado.

— E eu fui junto com você.

— Meninos! — chama a mãe dele de novo. — Venham comer.

— Eu já comi — diz ele. — Acabei de provar o aperitivo mais gostoso.

— Para! — Não consigo parar de rir.

— Não vou parar e nem quero parar — declara ele, com um sorriso na voz.

— Ash e Kam, venham logo! — chama a sra. Greene de novo. — Meninos, já repassamos as regras. Nada de desaparecer.

Voltamos para o acampamento morrendo de rir.

* * *

— Espero que você não seja muito carnívoro — diz a sra. Greene para mim.

Ash segura minha mão enquanto seus pais preparam o jantar no fogão do acampamento. Queria poder ficar assim perto dos meus pais. Sem medo de mostrar afeto.

— Não muito — falo, me lembrando de quando Ash disse à minha mãe que era vegano quando os dois se conheceram, e da cara confusa que ela fez.

Provavelmente estava pensando em como faria para alimentá-lo se um dia Ash fosse jantar lá em casa. O repertório de receitas de minha mãe, que era o repertório de receitas da mãe dela, consiste em guisados de carne, *kotlet* de carne e variações infinitas de jeitos de cozinhar carne vermelha, carne de porco e frango. Na volta para casa naquela noite, ela disse que ele poderia ao menos comer arroz persa, e eu disse: "Se você colocar iogurte, ele não pode". Ela ficou horrorizada.

— Kam adora uma carne — comenta Ash, com um sorriso. — Mas acho que ele aguenta ser vegano por cinco dias.

— Se você acha que eu não peguei essa piadinha de duplo sentido aí, está enganado — diz o sr. Greene.

Fico corado. Ash fala de *tudo* com os pais dele — incluindo sexo —, mas eu não tenho interesse algum em falar do meu desejo pela "carne" de Ash com os dois.

— O que vamos jantar, afinal? — pergunto.

— Estou preparando uma caçarola de batata-doce com arroz selvagem — explica o sr. Greene. — Trouxemos um monte de petiscos da lojinha também. E, por favor, não se esqueçam de se hidratar. Quer beber alguma coisa?

— Estou bem, obrigado — respondo. — E o prato parece perfeito.

— Tá legal, e quem disse isso? — pergunta o sr. Greene. Ele fecha os olhos e recita: — "A verdadeira bondade humana, em toda a sua pureza e liberdade, só se revela quando seu receptor não possui nenhum poder."

— Milan Kundera — acerta Ash, como se fosse óbvio.

— Você não me deixou terminar — reclama o sr. Greene.

— Eu termino. — Ash se levanta. — "O verdadeiro teste moral da humanidade, o teste fundamental, consiste em sua atitude em relação àqueles que estão à sua mercê: os animais."

Sorrio, não por causa da citação, mas pelo jeito como Ash e seu pai amam citar escritores e filósofos. Se Dawn estivesse aqui, seria um inferno para ela.

— Se essa citação não te convencer a virar vegano... — diz o sr. Greene.

— Pai, será que dá pra parar de pressionar o meu namorado a viver como a gente? — repreende Ash.

— É isso que estou fazendo? — O sr. Greene inclina a cabeça inocentemente. — Desculpe, Kam.

— O que faz o mundo girar é a singularidade de cada indivíduo — opina a sra. Greene.

— Como as árvores de Josué — digo, empolgado por poder contribuir mesmo que de forma breve com a conversa.

— Kam reparou como todas elas são diferentes — conta Ash.

— Verdade — responde o pai dele, animado. — Isso é algo que eu amo nestas árvores. Elas refletem as emoções das pessoas.

Ash sorri.

— Minha mãe acredita que toda criança precisa ter suas emoções refletidas.

— É verdade — diz ela.

Penso nos meus pais e em como eles nunca parecem refletir meu estado emocional. Eles o contradizem. Tentam mudá-lo.

— Conta pro Kam o que você costumava fazer — pede Ash.

Ele se aproxima da mãe em frente ao fogão do acampamento, pega a espátula da mão dela e começa a mexer a caçarola.

— Algo me diz que você está debochando de mim... — diz a sra. Greene, apoiando a cabeça no ombro do filho.

— Não estou — insiste Ash.

A sra. Greene se vira para mim.

— Quando Ash e a irmã dele eram bebês, eu tentava refletir as emoções deles, então, se eles choravam, eu também chorava ou fingia chorar. Se eles riam, eu também ria.

Sorrio. Me parece um jeito absurdo de criar os filhos. Mas também é bem fofo.

— E como você agia quando eu fazia birra e jogava minha papinha de vegetais na parede? — pergunta Ash, rindo.

— Viu só? Você está debochando de mim!

A sra. Greene sorri. Ela não liga para as provocações de Ash porque há muito amor ali.

— Eu não debocho, eu imito. — Ash começa a gesticular como se estivesse preso em uma caixa. A mãe dele o encara e imita cada movimento. Ash olha para cima, ela olha para cima. Ash ri, ela ri. Ash fica na ponta dos pés, ela fica na ponta dos pés. Os dois fazem isso até caírem na gargalhada. Se abraçam forte. Fazem uma reverência de brincadeira. — Nossa segunda apresentação começa à meia-noite.

— Meia-noite a gente vai estar dormindo! — exclama o sr. Greene. — Kam, tem certeza de que não quer beber nada?

— Vou tomar água, não se preocupe. — Pego a jarra de água e sirvo um copo para mim.

A sra. Greene passa o braço ao redor de Ash ao dizer:

— Mímicas à parte, acho que a coisa mais importante para as crianças, na verdade para qualquer pessoa, mas especialmente para os mais jovens, é sentir que suas emoções são válidas.

— Sim — suspiro, com tristeza. Eu nunca me senti assim. Não exatamente.

— É isso que eu amo na natureza — explica Ash enquanto serve a caçarola em um prato. — Ela reflete nosso estado atual. Quer dizer, olha só essas árvores.

Todos nós olhamos para as árvores ao redor do acampamento.

— Se você está triste, elas parecem tristes; os galhos, desesperados. Mas, se está feliz, elas parecem felizes, com os galhos estendidos para o céu. É como se estivessem dançando. Faz sentido?

A sra. Greene entrega um prato para cada um e nos sentamos em círculo para jantar.

— Quando destruímos a natureza, destruímos nossa própria vida — declara o sr. Greene antes de dar a primeira garfada.

— Você sabe como esse lugar acabou se tornando um parque nacional? — pergunta a sra. Greene para mim.

Balanço a cabeça e dou uma garfada na comida.

— Está muito gostoso, obrigado — digo aos pais de Ash.

— Uma socialite rica que perdeu o filho e o marido veio até este deserto em busca do sentido da vida e convenceu o governo a proteger a região — explica Ash. — Agora vamos começar as histórias de fantasma!

— Minerva Hamilton Hoyt viu beleza onde ninguém mais via — diz o sr. Greene. — Antes dela, ninguém via esse deserto como um lugar bonito.

Olho para Ash. Ninguém no colégio enxerga a beleza dele como eu. Todos o acham estranho. Solitário. Acham o cabelo dele longo demais e as roupas largas demais. Porém, eu vejo beleza nele, assim como ele vê em mim quando ninguém mais vê. Talvez o melhor tipo de beleza seja aquela que só você consegue notar.

— Vamos contar algo mais divertido para ele — sugere Ash. — Que tal a história do chá mórmon?

— O que é chá mórmon? — pergunto.

Há um momento de comunicação silenciosa entre os pais dele.

Ash ri.

— Tá bom, que tal falarmos sobre Gram Parsons?

— Quem é Gram Parsons? — pergunto.

Ash salta de empolgação. Ele ama me contar coisas que eu não sei.

— A porra do Gram Parsons foi um cantor incrível que queria que suas cinzas fossem espalhadas em Cap Rock, aqui no deserto. Ele costumava vir pra cá em busca de óvnis com a porra do Keith Richards.

— Dá pra parar com os palavrões, por favor? — pede a sra. Greene.

— É só uma brincadeira nossa por causa de um álbum da Lana, A Porra do Norman Rockwell. — Ash revira os olhos. — Enfim, o *piiii* do Gram Parsons morreu na pousada de Joshua Tree quando tinha 26 anos, depois de usar uma caralhada de drogas.

Os pais de Ash se entreolham rapidamente.

— Mas a questão é: a família dele não o compreendia. Eles não respeitaram o desejo dele. Organizaram um velório em Louisiana e nem convidaram os amigos dele. Então, o empresário do Gram roubou o corpo dele no aeroporto.

— Desculpa, ele fez o quê?

Há prazer no olhar de Ash.

— Ele roubou o corpo no aeroporto e trouxe para Cap Rock. Ele e um amigo tentaram cremar o corpo por conta própria.

— Como se faz uma coisa dessas? — pergunto.

— Com muita gasolina e um fósforo — explica Ash, limpando os pratos enquanto fala.

A sra. Greene pega tudo de que precisamos para fazer s'mores veganos. Seguramos os marshmallows veganos em cima da chama do fogão e eles me contam mais histórias estranhas sobre o deserto enquanto assamos e comemos. Houve um dançarino da Broadway que pintou uma plateia falsa nas paredes de um teatro abandonado no Vale da Morte. Fecho os olhos e me imagino dançando sozinho em um teatro abandonado, para uma plateia de pessoas pintadas. O último a continuar dançando. Solitude.

* * *

— *Psiu* — sussurra Ash para mim. — Vamos.

— Pra onde? — pergunto.

— Olhar as estrelas.

— Sua mãe mandou a gente...

— Não vamos nos perder — interrompe Ash. — Vamos só olhar as estrelas. Eu não prometi que ia te mostrar as constelações de Câncer e Leão?

— Eu tô com sono — murmuro enquanto ele amarra os cadarços purpurinados dos tênis pintados à mão e puxa a faixa de cabelo para trás, revelando as entradas na testa dele.

— Esse é o melhor jeito de ver as estrelas. Como se estivesse num sonho. Vem.

Ash canta no meu ouvido: *My Cancer is sun and my Leo is moon.* Meu Câncer é Sol e meu Leão é Lua. Então, ele me puxa para fora do saco de dormir e pega o diário de desenhos e um lápis.

Eu o sigo pela escuridão. Ash avança mais do que eu gostaria, mas não para quando eu peço. O tempo parece derreter. A gente deve ter andado por dez minutos, talvez trinta, talvez mais. Não sei.

O céu me deixa embasbacado quando finalmente paramos e nos deitamos no chão, lado a lado. Na escuridão, o céu preto está cheio de estrelas. Elas estão por toda parte, nos iluminando. Aponto para algo se movendo.

— Aquilo é uma estrela cadente? — pergunto.

— Não. Você vai reconhecer uma estrela cadente quando encontrar uma. — Ele beija meu pescoço. — Aquilo é só um satélite baixo orbitando a Terra.

— O quê?

— Eles são usados para ressonância militar, e também por corporações, para fins de comunicação, espionagem…

— Preferia que fosse uma estrela cadente — digo.

— Olha a lua — aponta ele, me guiando na direção certa com o olhar.

— Nossa!

O encanto na minha voz viaja para cima, na direção do céu. Nunca a vi assim. A luz prateada da lua nova brilha forte, mas o restante dela também está visível.

— Sabe como chamam isso? A lua velha nos braços da lua nova.

Continuo observando.

— Para mim, parece mais a lua nova nos braços da lua velha.

Ash sorri.

— Funciona também. Elas estão abraçadas.

Ele me puxa para mais perto. Passa as mãos pelo meu cabelo.

— A lua nova está comendo a lua velha? — pergunto. — Ou a lua nova está dando para a lua velha?

Risos.

— A lua com certeza é versátil.

— Diferente do sol — sussurro. — Esse é ativo convicto.

— Sabe, o que eu sinto por você... — O tom de Ash muda, de safado para reverente. — É maior do que esse céu inteiro.

— Não sei se isso é possível — provoco.

Nossos olhos estão fixos um no outro quando ele diz:

— Quando olhamos para as estrelas, estamos olhando para o passado.

— Eu... não entendi.

— Demora anos para a luz de uma estrela nos alcançar. Então, quando olhamos para elas, na verdade estamos olhando para como eram anos atrás.

— Quantos anos? — pergunto.

— No caso de algumas estrelas, podemos estar olhando uns quinhentos anos no passado — explica ele. — Pode ser menos. Ou mais.

— É muita coisa pra assimilar.

— Eu sei, é por isso que eu amo. O cara que construiu o Integraton aqui disse que recebeu as instruções de alienígenas. Ele dizia que a estrutura tornaria possível às pessoas viajarem no tempo.

— E?

— E as pessoas se decepcionaram. Mas talvez seja por isso que a gente entende tudo errado quando se fala de viagem no tempo. Talvez o único jeito de viajar no tempo seja ficar parado e olhar para dentro. — Não sei bem o que dizer, então continuo encarando as estrelas enquanto ele segue falando: — Às vezes imagino que já há vida em outro planeta, e os seres de lá já descobriram um jeito de nos ver aqui na Terra. Mas eles não olham pra *gente*, por causa do tempo que leva para a nossa luz viajar até eles. O que estão vendo são os humanos de, tipo, quinhentos anos atrás.

— Ou trinta milhões de anos atrás — acrescento.

— A gente não existia trinta milhões de anos atrás.

— Então os seres desse planeta desconhecido provavelmente ainda não descobriram que existe vida na Terra. — Solto um suspiro profundo. — Qual é o nome desse planeta?

— Planeta Kam — sussurra Ash.

— Não sei se quero um planeta com meu nome. Me parece solitário. Que tal Planeta Kash, com K, de Kam e Ash?

— Entendi — diz ele, sorrindo. — Planeta Kash.

Ele aponta para o alto.

— Está vendo aquela estrela lá?

— Ash, estou vendo centenas e centenas de estrelas. Qual?

— Aquela que está piscando. Acho que é uma estrela dupla. — Ele segura minha mão e aperta. — Às vezes pode parecer uma estrela só, mas na verdade são duas, tão perto uma da outra que brilham como uma.

— Como dois desertos se juntando em um só — falo.

— Exatamente. Vem, vamos encontrar uma pedra pra escalar, assim ficamos mais perto das estrelas.

Me sento, abraçando os joelhos.

— Ash, sua mãe disse que...

— Minha mãe disse o que as mães sempre dizem. Sua mãe nem queria que você viesse, e olha onde está agora. Um rato do deserto.

— Por favor, não fala de ratos. — Sinto um calafrio. — Ratos me assustam.

— Então é melhor você levantar, porque estou vendo um bem atrás de você.

Solto um grito e me levanto correndo. Olho para trás.

— Você me enganou.

Ele sorri.

— Vem.

Ash sai na frente, escuridão adentro, e é claro que eu o sigo. O que mais posso fazer? Não posso deixá-lo ir sozinho. Não posso perder o que mais essa noite mágica reserva para nós.

— Olha aquela formação rochosa — indica ele.

— Qual delas? — pergunto.

— Parece um rosto. Dois rostos. Lado a lado.

— Não estou vendo. — Está sendo difícil acompanhar o ritmo dele. — Ash, vai devagar.

— Não tem ninguém aqui. É tudo nosso. Eu sonhei com isso. Em andar pelo deserto com o amor da minha vida, só nós dois, as criaturas e os espíritos e as estrelas.

— Ash, não estou te vendo. Cadê você?

— Siga a minha voz.

— Ash, cadê você? Estou assustado.

— Não fique. Vai ser como antes, quando nos separamos, mas eu estava atrás da rocha o tempo todo.

— Mas estava de dia. Agora está escuro demais para isso. Vamos voltar. — Paro de andar. Não sei em qual direção seguir. — Ash? — Fecho os olhos. — Fala alguma coisa.

— Eu te amo.

— Eu...

— Não, não diz ainda. Quero olhar nos seus olhos quando você me disser pela primeira vez.

— Mas não consigo te ver.

— Siga a minha voz.

— Então não para de falar.

— Eu te amo, eu te amo, eu te amo, eu... te... amo... eu...

A voz dele parece ir sumindo devagar, como uma fotografia que ficou tempo demais exposta ao sol. Talvez seja porque ele está se afastando de mim, ou talvez eu não consiga mais escutar o brilho dela. Sigo a voz de Ash, mas não sei em qual direção ele está indo. Meus ouvidos estouram. Tudo parece confuso. Me sinto tonto. Fecho os olhos para recuperar o equilíbrio. Luzes inundam minhas pálpebras. Pseudoalucinações que parecem milhões de estrelas, com milhões de anos de idade, piscando e piscando, cada vez mais perto de mim.

Ele está do meu lado de novo.

— Kam — diz ele. — Tem uma coisa que eu quero contar pra você, mas promete que não vai me julgar?

SEGUNDO ANO

Meu coração para quando atravessamos a entrada do parque. Lembranças de Ash inundam minha mente. Estou aqui com a AGH, mas também estou lá, com Ash e os pais dele. Todas as árvores de Josué parecem diferentes, mas também semelhantes. Meus olhos varrem o deserto, procurando por alguma pista de para onde nós fomos naquela noite.

— Kam, desculpa — implora Bodie. — Podemos conversar e nos resolver antes de chegar lá?

Não consigo responder. Estou tentando controlar o medo e a tristeza esmagadores que sinto ao voltar aqui.

— Se em algum momento ficar difícil demais, nós podemos ir embora. — Bodie quase passa o braço por cima do meu ombro, mas reconsidera quando eu me afasto. — Você não precisa provar nada pra ninguém.

Não estou aqui para provar nada. Estou aqui para encontrá-lo.

— Desculpa por não ter te contado que o Louis disse que me ama. — Bodie suspira. — Você ainda está bravo comigo?

Tenho medo de dizer que sim. Não posso ter uma crise agora. O sr. Byrne e a sra. Robin vão pensar que não estou pronto para voltar ao deserto. Vão me obrigar a ir para casa.

— Não quero mais falar disso — falo. — Quando voltarmos pra cidade a gente conversa.

A sra. Robin estaciona o motor home em uma vaga perto da nossa área de acampamento. Ajeitamos as coisas rapidamente antes de encontrarmos nosso guia turístico do dia, um homem parecido com um urso-cinzento que nos guia pelo parque e conta fatos históricos. Aprendemos que o parque abriga a maior base da marinha no país inteiro. Passamos por Cap Rock, o lugar onde o corpo de Gram Parsons foi encharcado de gasolina e queimado, e é claro que eu me lembro de Ash todo empolgado me contando a história. Turistas cercam aquela pedra, tirando selfies com ela. Odeio como transformaram a morte macabra de um homem em um cenário para fotos. Parece que é o desaparecimento de Ash que foi transformado em uma atração turística, em um post passageiro de Instagram.

Ao longo do dia, sinto minha consciência indo e vindo. Perco metade de tudo o que está acontecendo. Perdido no que consigo lembrar, desesperado tentando resgatar o que minha mente bloqueou, vou pegando trechos de conversas aqui e ali.

— Não deveríamos jurar lealdade ao nosso país, quando um país em sua definição divide a natureza da humanidade. Deveríamos jurar lealdade à Terra — diz a sra. Robin.

— Peraí, tem uma simulação de zona de guerra do Oriente Médio aqui no deserto? Que... nojo — comenta Bodie.

— NÓS CONTEMOS MULTIDÕES! — gritam todos.

As palavras deles e meus anseios desaparecem deserto adentro.

Quando o passeio turístico termina, escolhemos fazer uma trilha. Todos se divertem com os nomes das opções. Sequência de Sonho, Bambi encontra Godzilla, Poodles Também são Gente, Crise de Meia-Idade. O grupo escolhe uma trilha chamada Eureka, em homenagem a uma das nossas *drag queens* favoritas.

Bodie avista dois campistas à distância, caminhando com um cachorro na coleira. Ele segura meu braço.

— Tá tudo bem? — pergunta. — Você não disse uma palavra o dia inteiro.

— Tá, sim.

Pisco rápido, tentando me trazer de volta ao momento presente. Fazer minha mente parar de flutuar.

— Scooby Doo? — oferece ele, apontando para o cachorro na coleira.

Assinto, porque, se não entrar na brincadeira, Bodie vai fazer mais perguntas.

Ele faz a contagem:

— Um, dois, três!

Ele diz Iggy Pop e eu digo Christina Ricci. Nenhum de nós ri.

Olivia, que está perto de Bodie, pergunta:

— O que foi isso?

Espero Bodie explicar nossa brincadeirinha esquisita para ela, mas ele só diz:

— Nada de mais, é bobeira.

Parte de mim fica grata por ele ter escolhido manter nossa brincadeira em segredo. Outra parte fica magoada por ele ter chamado de bobeira, como se estivesse *me* chamando de bobo, embora tenha sido ele quem inventou o jogo. Mas talvez eu seja mesmo. Bobo por ter voltado aqui, procurando por respostas em um lugar que não passa de uma grande pergunta.

* * *

De noite, assamos marshmallows na fogueira. Filmo o sr. Byrne tocando violão e nos ensinando a letra de uma de suas músicas folk favoritas. Ficamos obcecados por uma música sobre dezessete elefantes rosa-chiclete. A letra é absurda e engraçada, mas também mística e triste.

— *Ficamos sentados* — cantamos. — *Naquela manhã de outono. O sol ainda escondido, a magia por toda parte.*

Nossas vozes parecem viajar pelo terreno como nuvens, amplificando a magia do momento. A energia é tão inebriante que Tucker pede a Byrne para tocar a música de novo, depois Olivia implora para que ele toque uma terceira vez, Fiona pede a quarta, Bodie pede a quinta. Cantamos dezessete vezes em homenagem aos "17 Elefantes Rosa-Chiclete" que dão nome à canção.

Quando terminamos a estrofe final, eu paro de gravar e Olivia anuncia:

— Beleza, acho que é hora dos adultos irem dormir.

— Oi? — pergunta a sra. Robin com a sobrancelha arqueada. — Não estamos nos divertindo aqui?

— Olha, vocês podem até ser legais e queer, mas ainda assim são adultos. Tem coisas que não podemos fazer com vocês por perto.

— Tipo? — indaga Byrne.

— Tipo... — Olivia faz um aceno para Bodie. Juntos, eles gritam: — *Eu Nunca*!

— Ah, sim, parece que já deu minha hora mesmo — diz a sra. Robin.

— Só Deus sabe como eu não quero que essas crianças saibam tudo o que eu já fiz ou deixei de fazer — acrescenta Byrne.

A sra. Robin levanta primeiro.

— Espero que vocês joguem isso bebendo cidra, e, se precisarem da gente, nós estaremos no...

— *Tchauuuu*! — grita Fiona, e todo mundo ri.

O sr. Byrne e a sra. Robin hesitam antes de finalmente nos deixarem sozinhos. Me pergunto se é com a brincadeira que estão preocupados. Ou será que é comigo?

Provavelmente comigo.

Quando eles finalmente entram na van, Olivia e Bodie se juntam para servir um copo de cidra para cada um. Bodie segura os copos de plástico. Olivia serve a bebida. Bodie entrega um copo cheio para cada um.

— Todo mundo sabe como a brincadeira funciona, né?

Lincoln, o mais tímido do grupo, sussurra:

— *Hum*, na verdade, não.

— Você nunca brincou de Eu Nunca? — pergunta Bodie em choque. — Nunca?

Lincoln dá de ombros. Há uma pontada de vergonha na expressão dele, o que me deixa com vontade de defendê-lo.

— Não é nada de mais, Bodie.

Bodie se encolhe.

— Eu não disse que era. Só fiz uma pergunta.

Se eu estivesse com energia para brigar, teria dito a Bodie que às vezes ele faz perguntas de um jeito que deixa bem claro que há apenas uma resposta certa.

Olivia se mete entre Bodie e mim.

— Tá bom, as regras são assim: uma pessoa de cada vez na ordem da roda diz "Eu nunca..." e aí completa com algo que nunca fez. E todo mundo que já fez bebe.

Ela se senta de novo, fechando o círculo. Bodie exemplifica:

— Então, tipo, se eu disser "eu nunca joguei Eu Nunca", todo mundo beberia, menos o Lincoln.

Reviro os olhos.

— Você ficou obcecado com isso mesmo.

Bodie me ignora.

— Todo mundo entendeu?

Lincoln se inclina para a frente.

— Na verdade, não. Estou muito confuso porque, não sei se vocês sabem, mas eu nunca joguei Eu Nunca.

Todo mundo ri, aliviando o clima imediatamente.

Respiro fundo. Solto o ar aos poucos. Não sei por que não consigo desapegar dessa raiva que estou sentindo de Bodie.

— Eu começo — anuncia Fiona, levantando o copo. — Tenho uma divertida. Eu nunca desejei ser cis e hétero.

De primeira, ninguém bebe. Então, todos se entreolham com suspeita e daí todo mundo bebe.

— Quer dizer, eu não desejo mais isso — confessa Tucker. — Mas, tipo, se *já* pensei nisso antes? Claro que sim.

— Eu também — diz Olivia. — Tipo, hoje em dia ser hétero e cis parece uma maldição. Mas quando me assumi para os meus pais e vi minha mãe fazendo tudo o que podia para esconder a decepção...

Bodie apoia a mão no ombro de Olivia. Dá a ela um tempo para se recompor.

— Sua mãe te ama. Todos nós te amamos.

Olivia se sacode para espantar a tristeza.

— Sim, eu sei disso.

Bodie ergue o copo.

— Essa não foi lá muito divertida. Vou mandar uma boa de verdade. Eu nunca tive um crush em algum professor.

— Bodie, eca! — grita Olivia.

— Ai, não me julguem — declara Fiona enquanto bebe. — Foi só um crushzinho, não é crime. E, sim, eu acho a srta. Carolina uma gata!

— A srta. Carolina? — pergunta Olivia, horrorizada. — A professora de química que vive falando que desperdiçou o doutorado dela dando aula pro ensino médio?

— Desperdício de verdade é ela não se assumir logo — rebate Fiona.

Até eu dou risada. Parece que estamos bêbados, embora não tenha uma gota de álcool na cidra.

— Tá bom, tá bom, chegou a vez do novato — anuncia Lincoln. — Eu nunca fui flagrado pelos meus pais enquanto estava pegando alguém.

De primeira, ninguém bebe. Então, Olivia aponta para Bodie com escárnio.

— Não pode mentir neste jogo sagrado, ainda mais neste deserto sagrado.

Bodie fica corado.

— A gente não estava *se pegando*. Só *beijando*.

Minha garganta fecha. Eu sei como Bodie leva beijo a sério. É algo íntimo. É a parte que ele sempre evita.

Olivia gargalha ao dizer:

— Você disse que o Louis estava sugando sua cara igual a um aspirador quando seu pai apareceu!

— Tá bom, eu bebo.

Bodie toma um golinho de cidra, com o olhar grudado em mim. Temos uma conversa inteira só com os olhos enquanto Tucker decide ser o próximo. A expressão de Bodie me pede desculpas por não ter me contado sobre o incidente, coisa que agora já deveria ser motivo de risada. Se nossa relação ainda fosse a mesma, ele teria me divertido imitando o pai dele aparecendo do nada. Meu olhar diz a Bodie que estou chocado, desapontado e puto da vida com o tanto que ele vem escondendo de mim.

— Eu nunca... — hesita Tucker, e então recomeça: — Não gosto dessa. Tá bom, pensei em outra. Eu nunca cheguei a cogitar não ir para a faculdade.

— Faculdade? — repete Olivia. — Essa brincadeira é sobre situações vergonhosas da nossa vida, não sobre nossos planos futuros.

Fiona ignora Olivia e bebe.

— Não sei se eu *nunca* irei para a faculdade — diz ela. — Mas com certeza vou passar um ano no Corpo da Paz, como meus pais fizeram quando saíram do ensino médio. Depois disso, eu decido.

Eu e Bodie hesitamos, mas bebemos ao mesmo tempo.

— Não sei se isso conta, mas eu e o Kam vamos tirar um ano sabático juntos — diz ele.

— É, talvez — murmuro.

— Como assim, talvez? — rebate Bodie. — A gente vai, sim.

— Você nem contou pro seu pai.

Percebo que está todo mundo olhando para nós dois.

— Gente, era pra essa brincadeira ser divertida! — exclama Olivia. — Minha vez. Eu nunca caguei nas calças.

Todo mundo cai na gargalhada.

— Peidos com surpresa valem? — pergunta Lincoln. Nós rimos mais alto ainda.

— Claro que valem — diz Bodie. — Merda é merda.

Lincoln dá de ombros e bebe. Ele lança um olhar de julgamento para cada um de nós.

— Me recuso a acreditar que nenhum de vocês já soltou um peido com surpresa, mas enfim.

— Tá bom, minha vez — diz Danny. — Eu nunca peguei uma IST.

Bodie ri e balança a cabeça.

— Vocês pegam pesado *mesmo*, hein?

Só Fiona bebe.

— Peguei clamídia uma vez. — Ela não parece nem um pouco envergonhada. — Na real, não foi nada de mais, tirando a ardência na hora de fazer xixi e a humilhação de ter que contar pra minha mãe.

— Eu nunca fui tão feliz por ser assexual! — grita Tucker enquanto dá uma golada no copo.

— Você diz isso toda vez que a gente fala de sexo! — rebate Fiona.

— Tá bom, tá bom, tenho outra. — Com os olhos fixos em Bodie, Olivia diz: — Eu nunca me apaixonei de verdade.

Bodie olha para ela, depois para mim. Sei exatamente o que está acontecendo. Ela o está desafiando a contar para todo mundo que ele está apaixonado por Louis.

Eu bebo, é claro.

Ninguém mais bebe.

E então Bodie bebe também, com os olhos grudados em meu rosto. Sinto meu coração despencar. Uma onda de tristeza parece quebrar dentro de mim. Então ele está *mesmo* apaixonado por Louis. É por isso que vem se afastando. Não há mais espaço para mim no coração dele. Estou triste demais para ficar feliz por ele. Abandonado pelo meu melhor amigo no mesmo deserto que me tirou meu namorado.

— Mostra o vídeo! — ordena Olivia, toda animada.

— Ninguém quer ver isso — protesta Bodie, corando.

Olivia olha para o grupo.

— Gente, acreditem, vocês vão querer ver. O vídeo é, tipo, hashtag meta de relacionamento.

— Mostra pra gente agora! — implora Fiona.

— Ai, tá bom, tanto faz.

Bodie pega o celular e abre um vídeo de Louis na praia, só de sunga. O sol nascente ilumina o corpo sarado dele enquanto ele grita que ama Bodie.

— O corpo dele não é de dar raiva? — comenta Olivia.

— Parece *fake* — fala Lincoln, com um tom seco. — Tipo, o corpo dele parece que foi gerado por IA.

Bodie adora a atenção que está recebendo. Na tela, Louis diz:

— Agora que eu já disse para a câmera, talvez não tenha mais medo de dizer pessoalmente.

Olivia e Fiona soltam um *aaaawwww* demorado quando o vídeo termina, e eu morro de vergonha alheia. Talvez esteja irritado por elas ficarem todas derretidas por Bodie e Louis, como se eles fossem os garotos de *Heartstopper*, ou algo assim. Ou talvez o que realmente me deixa chateado é que, quando eu e Ash estávamos juntos, ninguém ficava dizendo *aaawww* por causa da gente. Acho que não éramos fofos o bastante para causar esse tipo de comoção.

Me levanto, meio que contra a minha vontade. Bodie se vira para mim.

— Tá tudo bem? — pergunta ele.

— Sim, é claro que estou bem. Por que não estaria? — Percebendo como soei mesquinho, tento justificar meu humor. — Só achei que a gente tinha combinado de todo mundo deixar o celular guardado durante a viagem.

— Sério? — Há escárnio na voz dele. — É você quem fica filmando tudo!

— Só porque a sra. Robin me pediu — argumento, me dando conta de que ele tem razão.

— Que seja, vou guardar o celular se é isso que está te chateando — sugere ele.

— Faz o que você quiser — digo, bufando.

Todo mundo troca olhares preocupados, como se eu não estivesse parado bem aqui.

— Quer ir conversar em outro lugar? — pergunta Bodie.

Sinto minhas veias pulsando de ódio. Não consigo mais segurar.

— Essa é a última coisa que eu quero.

— Ah, nossa. Tá bom, então. — Algo no tom de Bodie me faz sentir ainda mais isolado do que eu já estava, como se fosse eu o irracional da história. Odeio isso.

— Não me olhe como se eu estivesse agindo estranho, sendo que é você que vem escondendo um monte de segredos. — Consigo ouvir minha voz ficando mais alta.

— Kam... — O olhar dele me implora para parar.

— Você não me contou quando ele disse que te ama — continuo. — Nunca me contou que também ama ele.

— Eu não disse que amava ele — argumenta Bodie.

— Você bebeu durante o jogo, quando Olivia perguntou quem já tinha se apaixonado — cuspo as palavras. — E, no fim das contas, estou feliz por você! — Consigo ouvir como soo infeliz. — Mas deveria ter me contado primeiro. Eu sou seu melhor amigo. — Olho rapidamente para Olivia. — Sem ofensas, Olivia.

Ela sorri.

— De boa.

— Eu sinto muito, tá bom? — A voz de Bodie sai seca. Como um pedido de desculpas forçado.

— Sente nada — rebato. — Você só está dizendo isso porque quer que todo mundo continue te achando um perfeitinho do caralho. Coisa que você não é, aliás.

— Eu sei que não sou...

Eu o interrompo:

— E sabe qual é o seu maior defeito? Tentar ser perfeito o tempo todo. Querer estar certo o tempo todo. Ser amado o tempo todo. Talvez, se arriscasse não ser querido por todo mundo a todo instante, teria me contado que ama o Louis e teria contado ao seu pai que não quer seguir os passos dele e ser advogado. Mas não, você só diz para as pessoas o que elas querem ouvir, porque...

— Puta merda, você tá com inveja.

Ele se levanta para me encarar.

— Quê? — Meu maxilar range. — Ah, tá. Estou morrendo de inveja do seu namoradinho básico e das dancinhas bregas que ele faz só de sunga!

— Nossa. Vai se foder, Kam!

Os olhos dele estão cheios de mágoa e raiva.

— Tô indo dormir — digo. — Desculpa se estraguei a noite de vocês, gente.

— Kam, você não estragou nada — interfere Olivia. — A gente sabe como deve estar sendo difícil pra você.

— Obrigado — falo, com a voz embargada.

Não consigo dizer mais nada. Tenho medo de desabar.

Enquanto me afasto do grupo, consigo ouvir todo mundo dizendo a Bodie para não levar para o lado pessoal. Eu só estou assim por causa do deserto. Não é culpa dele.

Pouco antes de chegar à van, ouço a voz de Danny atrás de mim.

— Kam? — chama ele.

Me viro.

— Oi — sussurro. — Não precisava ter vindo atrás de mim. Vou ficar bem.

— Eu sei que não precisava. Mas eu quis. Você sabe que somos amigos, né?

Não olho para ele ao responder:

— Sim, claro.

Ele coloca a mão sobre o meu ombro e aperta de leve. Sinto um pouco da tensão se desfazer.

— É só que, às vezes, parece que não tem espaço para outros amigos na sua vida.

— Por causa do Bodie? — pergunto.

Ele assente.

— Posso te perguntar uma coisa?

— Sim, qualquer coisa — digo.

— Você e o Bodie já... tipo, você sabe... — Ele se segura antes de dizer mais.

Eu não estava esperando por essa pergunta.

— Você quer saber se, tipo, se a gente já... — Não consigo terminar também.

— Sim, tipo... já namoraram ou ficaram?

Dou uma risada para disfarçar o desconforto.

— Não, claro que não.

— Tá bom. Eu só estava curioso.

Nenhum de nós dois se mexe por um tempo. A calmaria do ar no deserto parece nos congelar também.

Finalmente, eu pergunto:

— Por que você quer saber?

Ele dá de ombros.

— Sei lá, acho que é algo natural de pensar, já que vocês são tão próximos. Todo mundo fala disso.

— Todo mundo fala do quê?

— De como vocês são próximos. — Ele se atrapalha com as palavras, como se quisesse retirar tudo o que disse. — Desculpa, eu não deveria ter perguntado. Só queria dizer que você pode contar comigo. Se precisar de um amigo agora.

À distância, consigo ver os outros sentados em círculo. Não tenho ideia do que estão falando. Espero que não seja sobre o mesmo assunto.

— Eu fui um babaca hoje — admito. — Desculpa. Acho que é muita pressão, sabe? Estar aqui de novo. Pode pedir desculpa aos outros por mim?

Danny estende a mão e eu o cumprimento. Ele me segura com firmeza, me equilibrando de novo.

— Tudo bem se eu te der um abraço? — pergunta, com delicadeza.

— Tudo.

Ele me puxa e eu desabo nos braços dele. Danny me abraça até minhas lágrimas secarem no ar árido.

* * *

Não consigo dormir. Os barulhos do deserto me mantêm acordado. Assim como as lembranças que me assombram, e aquelas que eu queria conseguir resgatar. Lembranças antigas de quando perdi Ash no deserto. E as novas, da minha briga com Bodie no mesmo deserto. De repente me sinto tão estúpido por ter voltado para cá. É claro que foi um erro. Onde eu estava com a cabeça?

— Bodie — sussurro para meu amigo, que está dormindo, à meia-noite. Quero implorar pelo perdão dele. Dizer que sinto muito por ter descontado minha raiva daquele jeito. — Bodie, tá dormindo?

Ele não responde. Ninguém nem se mexe com o som da minha voz. Todos dormem.

Me arrasto para fora do saco de dormir. Caminho na ponta dos pés até a pequena quitinete e abro a geladeira para pegar água. A luz da geladeira invade o espaço, mas, ainda assim, ninguém acorda. O ar gelado que sai me faz perceber que estou congelando. Coloco as mãos no bolso para aquecê-las, e minha mão direita encontra algo duro.

A essência da botica. Me esqueci disso. Tiro do bolso e abro o frasco. Passo um pouco do óleo nos punhos e depois no pescoço. Respiro fundo, deixando o perfume encher meu corpo, torcendo para que me ajude a lembrar. Mas não ajuda. Só me deixa tonto.

Rastejo de volta para o saco de dormir fazendo o mínimo de barulho possível. Junto as mãos e as coloco perto da cabeça, no travesseiro. O novo aroma nos punhos me dá tontura. O que ela disse mesmo que tinha na essência?

Olíbano... patchouli... e também...

Devo ter caído no sono antes de me lembrar do resto, porque estou sonhando com Ash. Ouço a voz dele na noite em que desapareceu na escuridão do deserto.

Vem.

— Ash? — sussurro e me sento. — Estou dormindo? — pergunto a mim mesmo.

A voz dele parece vir lá de fora. *Vamos encontrar uma pedra pra gente escalar, assim ficamos mais perto das estrelas.*

Vejo meus sapatos ao lado dos outros que estão enfileirados perto da porta. Me levanto. Calço os sapatos e saio em meio à noite de inverno glacial.

Mais perto das estrelas, diz ele.

Quero que sua voz me guie pelo deserto, por cada caverna, cada árvore, até encontrá-lo.

— Mais perto das estrelas — repito, olhando para todas as estrelas e constelações, perfeitamente nítidas no céu do deserto. — Tá bom, não me abandona, Ash. Estou chegando.

Ele não diz nada.

— Ash, pra onde você foi? — A névoa escapa da minha boca a cada palavra, cada fôlego. — Ash?

Fecho os olhos e não vejo nada. Esfrego antes de abri-los. Ainda não vejo nada. Ninguém à vista. Com certeza, nada de Ash. Olho para o motor home. Sinto vontade de voltar para o saco de dormir, abraçar Bodie.

Então, ouço a voz dele lá longe de novo.

Siga a minha voz.

Caminho noite adentro. Ouço um uivo. Algum animal, talvez. Ou talvez seja ele, uivando para mim. Analiso cada estrela, cada árvore, cada arbusto, em busca de pistas. Ash fez esse caminho naquela noite? Ou aquele? Ou aquele outro? Mas não encontro nenhuma resposta, apenas mais perguntas.

Siga minha voz, chama ele de novo.

Quero voltar. Voltar para a segurança. Mas já fui longe demais, andei por tempo demais. Não tenho ideia de quanto. O tempo é mais lento aqui, ou mais rápido, ou os dois. Não sei como voltar. Meu coração acelera. Meus dedos estremecem. Meu corpo parece estar queimando e congelando ao mesmo tempo. Quero gritar por Bodie, mas em vez disso me pego gritando por Ash.

— Ash! Ash! — Minha garganta parece estar em chamas.

Como cheguei aqui? Por quanto tempo estou andando? Continuo andando. Não, correndo. Na direção da risada dele. Ele está feliz.

— Estou te ouvindo. Estou chegando!

Sigo o som da risada até uma rocha toda grafitada. Já vi isso antes. Já estive aqui antes. Meu corpo parece mergulhar em outro tempo, neste mesmo lugar.

— Chegamos — digo. — Naquela noite. Estamos aqui, Ash.

Desabo diante da lembrança chocante. Meus joelhos batem na terra, e apoio as mãos no chão para me equilibrar. Olho para cima, meu corpo em posição de súplica, os olhos procurando pelo paraíso. Estou no céu, uma estrela cadente atravessando o universo.

Me viro e vejo Ash. Ele está aqui. Na minha frente. Correndo. Ouço minha voz, mas não estou dizendo nada. Estou lembrando... não imaginando. Estou recordando. Ou invocando.

— Ash, para! — implorei. — Já fomos longe demais. Não vamos conseguir voltar. — Espero ele dizer algo, mas há apenas o silêncio ensurdecedor do deserto pontuado pelas lufadas de vento e alguns pássaros cantando. — Ash?

Me viro para a direita, na direção da seta. Corro e corro e corro até ouvi-lo de novo.

Olha aquela lá. Não é uma árvore de Josué. É a porra da Martha Graham.

Fecho os olhos com força, desesperado para me manter nessa recordação. Com medo de que desapareça de novo se eu seguir o caminho errado.

— Essa *é* a porra da Martha Graham — respondi. E aquela lá. Apontei para outra árvore de Josué, com os galhos estendidos para o céu. — Aquela é a porra do Bob Fosse.

São todos dançarinos. É tudo uma performance. Ele dançou. Ele se balançou pelo deserto como se estivesse flutuando. *A natureza é uma experiência imersiva.*

— Não vem com esse papo de experiência imersiva de novo, por favor. Eu queria tanto que você e o Bodie se dessem bem.

Eu não quero falar do Bodie. Você vive falando sobre a porra do Bodie.

Abro os olhos, chocado com o tom dele. Ash estava furioso naquela noite. Inconstante. Diferente.

— Desculpa. Não vou mais falar dele — prometi.

Sinto um calafrio atravessando minha coluna enquanto meus olhos repousam em uma árvore. Em uma rocha. Já vi isso antes.

Kam, tem uma coisa que eu quero contar pra você, mas promete que não vai me julgar?

— O que é? — perguntei. Ele está na minha frente. Assim como naquela noite.

Vai nos aproximar mais do que qualquer coisa.

— Não consigo me imaginar ainda mais próximo de você.

Você vai ver. Vai quebrar todas as suas barreiras.

— Eu tenho barreiras? — perguntei.

A risada dele tem uma pontada de crueldade.

Você acha que não tem? Ainda nem disse que me ama.

— Mas você falou que sentia meu amor.

O que você queria que eu dissesse? Que queria que você me amasse tanto quanto ama seu melhor amigo?

— Eu não... não é isso... quer dizer, é um tipo diferente de amor.

É? Porque é tão óbvio que ele é apaixonado por você.

— O Bodie? Quê? Não, nada a ver.

E às vezes eu acho que você também...

— Achei que a gente não ia falar dele hoje — cortei. — Achei que iríamos nos sentir mais conectados do que nunca.

Certo. Eu sei. Só estou assustado. Você tem que prometer que não vai me julgar.

— Eu prometo, juro.

Ash tira algo do bolso. Um saco plástico com diferentes pílulas dentro. *Às vezes, quando eu venho para o deserto, eu tomo...*

— Ash, que porra é essa? O que é isso?

É só oxi. E MD. Se você tomar os dois juntos, é, tipo, a coisa mais incrível que...

— Tomar os dois juntos?

Eu sei o que estou fazendo.

— Não sabe, não.

Se você me amasse, dividiria essa experiência comigo.

— Quê? Isso não é verdade.

Acho que você só está com medo. Não é? Está com medo de viver de verdade? De se arriscar?

— Eu estou com medo — admiti. — Medo por você. Me dá essas pílulas. Por favor.

Você está tentando me mudar. Isso aqui é quem eu sou.

— Não, não é. Eu te conheço. O Ash de verdade. Esse não é você.

É, sim. Estou tentando me abrir aqui, e você está me afastando.

— Ash, dá isso pra mim. Você não precisa disso. Você tem a mim.

Eu sabia que você ia me julgar. Você é igualzinho aos meus pais e à minha irmã. Chato. Convencional pra caralho, é isso que você é. Um tédio.

— Sua família te ama. E eles não são chatos.

Eles acham que eu tenho problemas. Não me entendem. O mundo é o problema. Nós vivemos fodidos, como uns zumbis. Desconectados de tudo que importa. Eu só quero me sentir conectado com o universo.

— Eu posso fazer isso por você. Posso te dar tanto amor que você vai se sentir conectado...

Mas você não me ama de verdade, só está dizendo isso para me impedir!

— Ash, estou implorando *porque* eu te amo. Olha pra mim. Não faz isso.

Você é igual a eles. Só ama uma versão de mim, não me ama por inteiro.

— Isso não é verdade.

Não vem me dizer o que é verdade ou não.

— Talvez você tenha razão. Talvez eu ame outra versão sua. Porque essa versão... você nunca me disse que fazia isso. Não foi honesto sobre si mesmo.

E você? Você dividiu tudo comigo?

Sinto as lágrimas escorrendo pelas minhas bochechas, lá e aqui.

— Não — sussurrei. — Não. Eu escondi a pior parte de mim também. As partes que me envergonham. Mas talvez a gente possa recomeçar. Se você me prometer que vai jogar essas pílulas fora e parar. Por mim. Pare por mim.

Você não se esconde dele.

— De quem? Isso é sobre o Bodie de novo?

Não, é sobre você. Eu não posso te fazer feliz. Talvez ele possa. Eu não sou bom pra você. Não sou bom pra ninguém. Sinto muito. Muito mesmo.

Ele correu e correu, e eu fiquei parado, implorando para que voltasse.

— ASH?! — gritei. — ASH?!

E uivei o nome dele de novo e de novo até desmaiar de exaustão.

* * *

Abro os olhos. Não estou mais no passado. Estou aqui no presente, assombrado pela lembrança. Fecho os olhos, desejando-o de volta ao meu lado. Mas ele se foi. Eu me lembro de tudo, mas não consigo reviver as lembranças.

— Cadê ele? Ash! — imploro, aos prantos agora. As lágrimas geladas no ar congelante.

Uma voz alta grita.

— ELE ESTÁ AQUI! ELE ESTÁ AQUI! GRAÇAS A DEUS! — É a voz de Bodie?

Esfrego os olhos. A luz do sol está ofuscante. Dois cães de resgate guiados por um guarda do parque correm na minha direção. Eles latem alto. Lambem minhas bochechas.

— ELE ESTÁ AQUI! — Bodie parece desesperado. E aliviado.

— Ele está aqui — repito em um sussurro rouco.

— KAM, GRAÇAS A DEUS! — Bodie corre na minha direção. — GENTE, ELE ESTÁ AQUI, OS CACHORROS ENCONTRARAM ELE!

Um por um, vejo meus amigos e professores correndo até nós enquanto o guarda murmura algo no rádio.

— Ele está aqui. — Minha boca está tão seca que as palavras soam como um rádio velho tentando ser ouvido.

— Como assim? — diz Bodie. — Você está bem?

— Eu lembrei — anuncio. — Ash. Ele está aqui. Ou... perto daqui.

— Onde?

Bodie não procura por Ash. Seus olhos estão em mim.

— Não sei. — Olho em volta. Os guardas correm na minha direção. Eu grito para eles. — Vocês precisam procurar por ele. Ele está por aqui, em algum lugar!

Bodie toca meu rosto gelado com as mãos quentes.

— Me perdoa por ter escondido tanta coisa de você. Eu te amo, Kam. Você sabe disso, não sabe?

Quero contar a Bodie tudo que lembrei. Mas um dos guardas pede licença para ele, se ajoelha ao meu lado e abre a maleta médica. Com uma lanterna, ilumina meus olhos. Minha boca. Confere meus sinais vitais.

— Vocês precisam encontrar ele — imploro ao guarda.

— Precisamos te levar ao hospital — responde o guarda. — Você precisa se hidratar. — Ele chama uma ambulância pelo rádio.

— Posso beber água — aceito, com a voz rouca. — Ash...

— Você precisa tomar soro na veia, agora — reforça o guarda.

— Eu tô bem. — Mas, quando me sento, fica óbvio que não estou. Minha respiração está ofegante. Minha cabeça, tonta. Todos parecem preocupados. Eu os fiz passar por um perrengue e tanto. Murmuro, quase inaudível: — Desculpa.

Meus olhos estremecem. Imploram pelo perdão de meus amigos, do sr. Byrne e da sra. Robin, até pararem em Bodie, implorando para que ele me perdoe por ter sido tão babaca, por ter desaparecido, por tê-lo preocupado.

— Tem uma rocha grafitada aqui por perto... eu posso desenhar o grafite... vocês podem refazer nossos passos a partir de lá — tento explicar, mas dói muito falar.

O guarda do parque mais próximo de mim coloca a mão sobre a minha.

— Seus professores nos disseram quem você é. Vamos procurar por Ash. Mas antes precisamos cuidar de você.

De longe, ouço a sirene da ambulância se aproximando. Encaro os olhos de Bodie. Tenho tanto medo de contar toda a verdade para ele. Medo de ele culpar Ash por tentar me drogar. Ou, pior, me culpar por dizer não e deixar Ash fugir. Não preciso desse julgamento. Tudo o que preciso agora é que eles encontrem Ash.

A ambulância chega. Dois guardas me levantam do chão. Me sinto leve nos braços deles. Como se estivesse flutuando. Meus olhos ainda não se ajustaram à luz. Ou talvez só estejam enxergando diferente agora. As coisas não parecem mais como eram ontem. O deserto se abre para mim de um jeito novo. Eu fecho os olhos.

* * *

Quando volto a abri-los, estou em um quarto de hospital, com um tubo na veia. Bodie está ao meu lado.

— Cadê todo mundo? — pergunto.

— No refeitório — responde ele. — Sua mãe está a caminho.

— Ah. — Sinto um vazio dentro de mim, imaginando o quanto ela deve estar furiosa. — Ela está brava?

Ele faz que não com a cabeça.

— Acho que está aliviada. Assim como eu.

— Desculpa se eu agi feito um babaca ciumento — digo. — Eu sei que você ama o Louis...

Ele me interrompe:

— Eu nunca disse que amo o Louis. Você presumiu essa parte.

— Mas você não ama?

— Não sei. — Bodie balança a cabeça. — Dia desses eu disse a ele que estávamos planejando tirar um ano sabático juntos, e ele falou que queria ir com a gente. — Bodie suspira. — Eu deveria ter ficado feliz, mas foi como se algo estivesse me segurando.

Não consigo esquecer o que Ash disse a respeito de mim e Bodie.

— Ash...

— Não se preocupe. — Ele aperta minha mão. — Eles vão procurar pelo Ash. Acho que vão querer conversar mais com você primeiro. — Bodie pausa, com medo de perguntar. — Do que você lembrou?

Hesito, mas não preciso de mais segredos.

— Ele era viciado — sussurro.

Não acredito em como é libertador dizer essas palavras. Queria ter falado as mesmas palavras para Ash sobre meu pai.

— Quê? — pergunta Bodie.

Encaro os olhos chocados dele.

— Ele tomou pílulas naquela noite. Ele... me ofereceu. — Respiro fundo para me acalmar. — Eu tinha bloqueado tudo isso da minha mente.

Bodie não me julga. Nem duvida de mim.

— Sinto muito, Kam. Ele deve ter sofrido tanto.

Olho para Bodie, surpreso com a empatia enorme dele.

— Sim — digo. — Acho que sim.

Fecho os olhos. Tem coisas que eu sei agora. Mas também coisas que jamais saberei. Nunca saberei o que exatamente aconteceu com Ash na noite depois que ele fugiu de mim. Talvez ele tenha usado aquelas drogas. Ou talvez tenha sido mordido por uma cobra. Ou os dois. Tantas coisas podem ter acontecido.

Mas eu sei que, quando ele olhou para aquelas árvores que tanto amava, se sentiu como me sinto agora. Perdoado.

Tem tanta coisa que eu quero dizer a Bodie, mas minha mãe invade o quarto antes que eu consiga. Ela abraça nós dois, se sentando ao lado de Bodie.

— Está tudo bem. — Ela mantém os olhos agitados em mim. Está se segurando para não chorar. — Você está bem.

Assinto, deixando ela e Bodie me reconfortarem.

Através da janelinha do hospital, avisto uma montanha. Quase consigo ver o espírito de Ash sobre ela. Inspiro o perdão do deserto. Deixo ele me perdoar por ter bloqueado todas as lembranças que poderiam ter nos ajudado a encontrar seu corpo há muito tempo. Por não ter visto que ele estava mal, mesmo diante de tantos sinais.

Eu me perdoo por ter sobrevivido.

PARTE 3
EM TODO LUGAR

TERCEIRO ANO

— Temos tempo para mais um depoimento antes de ouvir os recém-chegados — diz o sr. Byrne.

Estamos em uma sala pequena no Centro de Recuperação. Doze adolescentes, todos impactados pelo vício de alguma forma, sentados em um círculo de cadeiras dobráveis.

Levanto a mão.

— Eu gostaria de falar. — O sr. Byrne assente para mim. Eu começo devagar. — Bom… eles encontraram os restos mortais do Ash.

Olho em volta.

Minha mente retorna ao momento em que o sr. e a sra. Greene me chamaram para contar que os testes de DNA confirmaram que Ash finalmente fora encontrado, graças a tudo o que eu lembrei. Me disseram que vão planejar um memorial para celebrar a vida de Ash, no dia do aniversário dele neste verão. Achei que me odiariam por não ter conseguido salvá-lo. Em vez disso, eles me agradeceram por ajudar a encontrá-lo. A sra. Greene até perguntou se eu poderia fazer um compilado de vídeos para o memorial.

— Mas a coisa que não sai da minha cabeça é que… — Engulo em seco. Me sinto incerto quanto a como dizer isso, mas os olhos dos demais membros da Alateen me fazem continuar: — É que, tipo, Ash e meu pai eram viciados, e eu nunca conectei essas duas coisas. Mesmo frequentando as reuniões aqui. Mesmo com as semelhanças que eles tinham. — Meus colegas me oferecem apoio em silêncio. — O comportamento oscilante. O jeito como eles pareciam brilhar quando estavam sob os efeitos das substâncias. É foda. Eu encontrei um cara que lembrava o meu pai e nem me dei conta disso, sabe? É como se eu tivesse usado a intensidade do Ash para fugir do meu pai.

Todos assentem. O cronômetro soa.

— Um minuto. Entendido. — Respiro fundo e com intenção. — Ash e eu nos conhecemos porque nós dois escrevemos a mesma música num pedaço de papel: "God Knows I Tried". Deus sabe que eu tentei. — Quase consigo ouvir Lana cantando na minha cabeça, me mantendo conectado a ele. — E a questão é que ele tentou mesmo, eu tentei também. Acho que tudo que podemos fazer é continuar tentando.

Lágrimas escorrem pelo meu rosto. Deixo a tristeza passar por mim, sabendo que haverá mais tristeza por vir. Mais felicidade também. Mais música. Mais mistérios. Mais vida e mais morte.

Seco as lágrimas.

— Obrigado por me escutar, gente.

Eles aplaudem enquanto eu me sento.

— É hora de ouvirmos os novatos — diz Byrne.

Mas os olhos dele não estão nos novatos. Estão em mim. Ele parece orgulhoso.

* * *

Eu e Byrne saímos do Centro de Recuperação juntos depois da reunião.

— Precisa de carona pra casa? — pergunta ele.

— Não, o Bodie vem me buscar. Estranho ele estar atrasado. Ele nunca atrasa.

— Muito bem. Belo depoimento hoje.

Byrne clica na chave para destrancar o carro, que apita duas vezes do outro lado do quarteirão.

Pego meu celular enquanto espero Bodie. Passeio por fotos e vídeos antigos, primeiro os de Ash. Mas parece que venho estudando esses vídeos por dois anos já. Continuo deslizando, até chegar aos vídeos do meu pai fazendo vozes engraçadas e dançando na cozinha. Vou ainda mais além, até chegar aos vídeos de Bodie. Alguns de nós dois juntos, a câmera posicionada estrategicamente para nos capturar. Bodie me ensinando a fazer *tahdiq*. Nós dois tentando fantasiar nossas mães para o Halloween antes de desistirmos da ideia. Bodie fazendo a barba pela primeira vez e cortando o queixo no processo. Bodie girando um globo terrestre e parando o dedo em um país aleatório para decidir qual culinária vamos pedir para o jantar. Bodie estudando. Fazendo bolo. Sorrindo. Vivendo.

A chegada de Bodie é anunciada pelo som da música pop tocando alto através das janelas do carro do pai dele. Bodie faz o retorno e buzina três vezes rápido e duas devagar. Nossa batida de porta secreta adaptada para uma buzina de carro. Sorrio enquanto ele para em fila dupla e grita pela janela aberta:

— Desculpa o atraso!

Eu entro e abaixo o volume da música.

— Estava brigando com seu pai de novo?

Ele desliga a música por completo e me lança um olhar sério. Depois que voltamos do deserto, eu não fui o único a enfrentar uma grande mudança. Bodie, que passou algumas horas assustadoras achando que eu tinha desaparecido lá, decidiu que a vida é curta demais para perder tempo com qualquer coisa que não seja nossa grande paixão. Finalmente contou ao pai dele a respeito do ano sabático e de querer estudar gastronomia em vez de direito. A reação dele não foi tão boa quanto poderia, mas também não foi tão ruim.

— Na verdade, não. — Ele para em um sinal vermelho e se vira para mim. — Eu estava com o Louis. Ele chegou lá em casa cheio de presentes que comprou na viagem que fez com a família para Ojai. Acredita que ele fez sais de banho pra mim?

— Que fofo — digo, me esforçando para parecer convincente.

— Eu terminei com ele — anuncia Bodie quando o sinal fica verde e o pé dele pisa no acelerador.

— Que reação dramática a sais de banho. — Percebendo que ele não está no clima para piadas, eu fico sério. — Mas, de verdade, o que aconteceu? Você está bem?

— Sim, estou bem. — Ele solta um suspiro triste, balançando a cabeça. — Ele disse que a gente precisava começar a planejar nosso ano sabático agora que meu pai já sabe de tudo. E, de repente, eu me dei conta de que não queria aquilo. Finalmente disse que eu o amava, mas que não estava apaixonado por ele.

— Ai, puts, isso é tão... triste. — Apoio a mão no joelho dele e aperto. — E como ele reagiu?

— Bem mal. Ele ficou muito triste. Estou me sentindo péssimo. Tipo, se eu não consigo amar alguém como o Louis... — Bodie para. — Ele disse que... — E então para de novo.

— O quê? — pergunto.

— Nada.

Bodie olha para mim com desespero, devastado de um jeito que nunca vi antes.

— Sinto muito — digo, com sinceridade, enquanto uma lufada de ar fresco passa por nós através dos vidros abertos.

Penso no que Ash disse sobre Bodie naquela noite horrível no deserto.

— Tá tudo bem, sério. — A voz dele não parece bem. Parece exausta. Assim como seus olhos, vermelhos de chorar. — Ele me acusou de estar com outra pessoa — acrescenta, mordendo o lábio.

— Que absurdo! — falo, defendendo meu amigo. — Você nunca faria isso.

Penso comigo mesmo que eu também jamais faria. Talvez seja por isso que não contei a Bodie o que Ash disse sobre a gente. Não poderia fazer isso enquanto ele ainda estivesse com Louis.

Ele sorri, mas ainda há tristeza em seus olhos.

— Enfim, já passou. Estou solteiro de novo. Você está solteiro de novo. E nós vamos tirar nosso ano sabático depois da formatura. Tudo do jeitinho como era antes.

Será mesmo?, eu me pergunto. Tudo parece tão diferente.

Bodie para o carro na entrada de uma casa construída em um cânion em Mulholland. A estrada que leva até a casa era esburacada e cheia de curvas, mas a casa em si é de tirar o fôlego. Talvez o caminho para a beleza seja sempre esburacado e cheio de curvas.

— MENINOS, VOCÊS ESTÃO ATRASADOS! — grita a mãe dele da porta.

Nós entramos para ajudar nossas mães a arrumar tudo. Mudamos um sofá de lugar. Penduramos quadros alugados nas paredes. Organizamos a mesa com aperitivos que pegamos em um restaurante persa e uma bandeja de biscoitos que Bodie preparou. Servimos garrafas de água com gás e colocamos um formulário de assinaturas ao lado da porta. Deixamos tudo o mais perfeito possível, mas não dá para esconder algumas das pequenas imperfeições da casa. As rachaduras no teto. As manchas no mármore da cozinha. Os arranhões no chão de madeira. Talvez as imperfeições sejam as maiores qualidades da casa, a prova de que existiu amor neste espaço.

A campainha toca enquanto estamos afofando as almofadas.

— Ué? O anúncio não dizia que as visitas só começam à uma? — pergunto.

— Acho que é para você — diz minha mãe, trocando um olhar com a mãe de Bodie.

— Quem é? — pergunto.

— Seu pai. — Consigo ler a preocupação no rosto de minha mãe. Olho para Bodie.

— Você sabia disso também?

— Juro que não.

Basta uma troca de olhares e eu sei que ele está falando a verdade.

Minha mãe se aproxima lentamente.

— Eu não queria te contar antes que ele chegasse porque... — Ela está piscando rápido demais. Está nervosa. — Porque eu não tinha certeza se ele iria aparecer. — Ela assente. — Mas, se ele está aqui agora, significa que já foi em pelo menos três reuniões. Esses foram os meus termos.

Fico surpreso pelo jeito como minha mãe fala do vício dele sem julgamento.

— Certo. Está bem.

Sinto meu corpo tenso. A campainha toca de novo.

— Vai lá — incentiva ela. — Ele está desesperado pra te ver.

Meu pai parece diferente quando abro a porta. Mais macio em lugares em que costumava ser rígido. Como se tivesse se quebrado todo e se remontado em seguida.

— Oi — cumprimenta ele.

— Oi — digo de volta.

Ele olha para mim por alguns instantes sem dizer nada. Me sinto envergonhado, me perguntando quais mudanças está vendo em mim.

— Três reuniões — finalmente digo ao meu pai, quebrando o silêncio. — A mamãe disse que você já foi a três reuniões. Isso é bom.

— É? — pergunta ele.

— É um começo — falo. — Você tem um padrinho?

Ele balança a cabeça em negativa.

— Eu tentei. Marquei um encontro para conhecer um, mas ele cancelou em cima da hora por causa de um teste para um comercial de pasta de dente. Eu disse a ele que encontraria alguém mais confiável. Mas não encontrei. Ainda.

— É a cara de Los Angeles isso. — Dou uma risada. — E a sua cara também.

Ele olha na direção da minha mãe, que está junto de Azam e Bodie. As duas mães rapidamente evitam o olhar de meu pai, mas Bodie não disfarça. Ele mantém os olhos em mim, pronto para intervir se eu precisar de ajuda.

— Ficar tanto tempo sem te ver... foi por isso que eu comecei a ir às reuniões.

— Mas você não pode ir por minha causa — digo a ele. — Tem que ir por *você*.

É esquisito, mas parece que eu sou o pai e ele é o filho.

Ele quase coloca a mão na minha bochecha, mas se afasta.

— Podemos conversar em outro lugar?

Minha mãe se aproxima de nós, o salto alto estalando sobre o piso de madeira. O som familiar de seus passos autoritários faz com que eu me sinta seguro de novo. Me traz firmeza. Ela não abraça meu pai, mas o cumprimenta educadamente. Então, sugere que a gente dê uma volta perto da piscina, já que os compradores em potencial chegarão em breve.

Eu e meu pai caminhamos até a piscina de borda infinita da casa. A borda da água parece terminar do nada, caindo pelo cânion como mágica. Na nossa frente, descortina-se uma vista gloriosa da cidade. Todas as casas e anúncios e prédios e vida.

Parte de mim quer magoá-lo do mesmo jeito que ele me magoou.

— Como vai você? — pergunta meu pai.

Não respondo. Deixo a raiva passar.

— Esse é o tipo de casa que eu queria ter dado pra você e pra sua mãe — diz ele.

— Pai... você não... você não fez nada de errado ao não se tornar um milionário babaca.

— Eu sei. — O sorriso dele está ainda mais torto do que costumava ser. — O problema é que eu acabei me tornando só um babaca.

Encaramos a vista. Quando finalmente olhamos um para o outro, eu começo a rir.

— Qual é a graça? — pergunta ele.

— Nada. Tudo. — Balanço a cabeça. — Sei lá, acho que foi você reconhecendo que foi um babaca.

— Continuo sendo um babaca, não dá pra mudar tão rápido.

Agora ele ri também. Parece fazer tanto tempo desde que ouvi a risada dele. Me dou conta de que, provavelmente, é a primeira vez que meu pai ri sóbrio em anos.

— É meio difícil te imaginar numa reunião — confesso. — Eu adoraria ver sua cara quando as pessoas começam a falar do Poder Superior delas.

Ele se vira para conferir se minha mãe está nos observando pela janela. É claro que está.

— Não quer dizer que eu não ache que você vai encontrar o seu Poder Superior — acrescento.

Ele arqueia a sobrancelha grossa.

— Eu não vou encontrar Deus.

— Sim, claro, eu sei disso...

— Você encontrou? — pergunta ele. — Encontrou Deus nas suas reuniões?

— Não! — respondo, rápido demais. — Quer dizer, não, tipo... um Deus religioso. Mas acho que encontrei... algum tipo de fé. Que me ajuda a entender as aleatoriedades do mundo, sabe? A perda.

Ele assente.

— Sinto muito pelo Ash. Sua mãe me contou que ele foi encontrado. — Depois de uma respiração contida, meu pai acrescenta: — Eu e sua mãe sempre tentamos te proteger do nosso luto. Perdemos tanta gente no Irã.

— Eu sei — sussurro. Também sei como é difícil para ele dizer estas palavras. Se abrir. E não quero forçá-lo ainda mais.

Ele ri sozinho antes de dizer:

— Uma pessoa na minha reunião hoje de manhã chamou o Poder Superior dela de PS.

— Já ouvi essa antes.

— Parece que Deus é um video game — brinca meu pai, e ri.

— Pai? — Espero ele olhar para mim. — Você vai voltar pra casa?

Ele faz que não com a cabeça.

— Eu e sua mãe não vamos reatar. Não vou voltar a morar com vocês dois quando vocês...

— Quando a gente o quê? — pergunto.

— Nada — diz ele. — Só quero que você saiba que a culpa é minha. Por favor, não culpe a sua mãe. Em algum momento eu parei de ser o melhor amigo dela e, para as coisas funcionarem, sua esposa precisa ser sua melhor amiga. — Rapidamente, ele completa: — Ou marido.

O pequeno reconhecimento da minha sexualidade é gigante para mim.

— Eu sinto muito, pai — murmuro.

Nunca o vi mais vulnerável do que neste momento, aceitando minha empatia em silêncio.

— Quando você nasceu, achei que seria meu melhor amigo — começa ele. — Não estava preparado para quem você se tornaria. Tem tanta coisa sobre você que eu não entendo. Acho que nunca serei seu melhor amigo.

— Eu já tenho um — digo.

Ele assente.

— Uma pessoa na reunião disse que nosso pai de verdade é nosso Poder Superior.

Abro um sorriso irônico para ele.

— Talvez. Ou talvez você seja meu pai de verdade.

— Não vou fingir que posso mudar em um dia — diz ele.

— Que bom, porque eu não vou fingir que posso te perdoar em um dia.

Ele abaixa a cabeça humildemente. O celular dele apita. Meu pai pega e lê um e-mail.

— Preciso ir. Tenho uma entrevista para uma vaga temporária numa agência. Nunca achei que diria uma coisa dessas de novo.

Ele ergue a cabeça, como se estivesse tentando impedir que seu orgulho salte da borda da piscina e desapareça cânion abaixo.

Então coloca a mão sobre a minha bochecha. Seus dedos estão ásperos, mas a palma é macia. Fecho os olhos e imagino a linha do coração na palma dele contra a minha bochecha. Uma lágrima desce pelo meu rosto e toca os dedos dele, sendo absorvida por sua pele.

— Te vejo em breve — diz ele, mas o que eu escuto é *Te vejo agora*.

Talvez ele finalmente esteja me vendo. Ou talvez leve mais um tempo. Ele me verá em breve.

Fico na piscina quando ele sai. Minha mãe vem até mim e apoia minha cabeça no ombro dela. A intimidade me choca. Ela raramente me toca a não ser durante os beijos de despedida iranianos obrigatórios.

— Você está bem? — pergunta ela.

Choro em seu blazer lindo.

— O papai disse que vocês não vão voltar.

Ela balança a cabeça.

— Me desculpe.

Levanto a cabeça para poder olhar para ela.

— Não é culpa sua.

— Às vezes eu me pergunto como aguento as dificuldades da vida melhor que seu pai. Por que estou aqui, neste país, quando meu pai e meu avô perderam a vida no Irã. Por que eu sobrevivi dentre tantas pessoas que não sobreviveram.

Estremeço sob o abraço, enquanto ela deixa a frase evaporar como névoa. Minha mãe nunca fala do passado. Me assusta ouvi-la quase tocando no assunto.

— Mãe... — sussurro.

— Não adianta ficar se questionando sobre os motivos — continua ela. — Algumas pessoas sobrevivem; outras, não. Nunca se sinta mal por sobreviver. Está me entendendo?

— Sim.

Sei que ela está falando das pessoas que perdeu, as pessoas da vida dela que não sobreviveram. Mas também está falando de Ash. Esse é seu jeito de me dizer para não apenas superar, mas seguir em frente.

— Seu pai te contou que vamos vender a casa?

Balanço a cabeça.

— Não. Mas tá tudo bem. Tipo, talvez seja a hora de um novo começo. Num lugar sem tantas lembranças.

Ela passa os dedos pelo meu cabelo.

— As lembranças vão te seguir. Saí do Irã antes de você nascer e ainda sinto o cheiro de lá quando fecho os olhos.

— Como é o cheiro de lá? — pergunto.

Ela fecha os olhos e respira fundo.

— Tem cheiro de lar — sussurra antes de reabri-los e me encarar. — Não tem como saber para onde a vida vai nos levar, mas eu sei que, para onde quer que a gente vá, nosso passado sempre viaja ao nosso lado.

* * *

Os primeiros possíveis compradores que aparecem são um casal gay com um mini lulu-da-pomerânia a tiracolo. Eles pedem desculpas por terem trazido o cachorro, mas explicam que ele ainda é filhote e não queriam deixá-lo sozinho em casa. Quando o homem que está segurando o cachorro o coloca no chão por um segundo para assinar o formulário, o filhote corre até a mãe de Bodie e faz xixi ao lado dela.

— *Evah!* — grita ela, tentando escapar do jato de xixi, mas uma pequena gota cai no seu pé direito. — *Boro, sag!* — grita de novo. *Sai, cachorro!*

— Ai, meu Deus, mil desculpas!

Um dos gays pega um guardanapo e se ajoelha para limpar o salto de Azam. Ela o espanta com um quase chute.

— Eu consigo limpar sozinha.

O outro dono pega o cão e o segura na frente de Azam.

— Madonna, peça desculpas. — Ele segura a patinha do filhote e acena no ar. — Ele sente muito — assegura o homem.

Azam franze o rosto, confusa.

— Quem coloca o nome de Madonna num cachorro macho?

Minha mãe sorri e intervém:

— Imagina que história divertida vocês terão se comprarem a casa. Poderão dizer para os seus amigos que seu cachorro urinou em uma das corretoras.

Viro para Bodie e sussurro:

— Minha mãe consegue transformar qualquer coisa numa tática de vendas.

Bodie se vira para mim.

— E a minha oficialmente ganhou uma mijada de um cachorro que tem o nome da rainha do pop.

Nós dois rimos enquanto Azam bate o salto com raiva a caminho do banheiro. Minha mãe entrega mais guardanapos aos homens para que eles limpem o chão.

Quando o cachorro saltita na nossa direção, Bodie o segura no colo.

— Acho que podemos concordar que esse cachorro não se parece em nada com a Madonna. — Com um sorriso no rosto, ele me pergunta: — Quer ir no parque e jogar umas partidas de Scooby-Doo?

Balanço a cabeça.

— Preciso preparar meu trabalho sobre o William Blake, que já está com dois meses de atraso.

— É bom te ver focado nos trabalhos do colégio de novo.

Ele não liga o rádio quando entramos no carro, o que é uma novidade. Bodie raramente fica em silêncio. Ele para em um sinal vermelho. Olivia envia uma mensagem dizendo ASSISTE ISSO AGORA, mas ele nem olha para o celular.

— Meu pai já foi em três reuniões — conto, olhando pela janela e avistando as árvores de jacarandá secas esperando a primavera para florescer de novo.

— Isso é ótimo, né?

Ele olha rapidamente para mim, tentando ler minha expressão. Por um segundo, Bodie perde o controle do carro, invadindo a pista vizinha. O motorista ao nosso lado buzina e mostra o dedo do meio.

— Ei, tá tudo bem? — pergunto.

— Diz você. Não consegue ler minha mente?

— Tá arrependido de ter terminado com o Louis? — arrisco. — Ele era meio que perfeito mesmo.

Ele vira na minha rua bruscamente e estaciona na frente de casa.

— Talvez eu não queira alguém perfeito. Talvez eu queira...

— Eu — me escuto murmurar.

— Peraí, quê? — pergunta Bodie.

— Nada, não, foi mal.

Minha barriga está embrulhada. Agora não é o melhor momento. Ele acabou de terminar com Louis. O que estou fazendo?

Bodie me encara curioso antes de dizer:

— Te vejo mais tarde, tá?

— Sim. Beleza. Claro — gaguejo, todo nervoso.

Abro a porta do carro e saio. Observo Bodie indo embora. Me pergunto no que ele está pensando. Bodie nunca foi um mistério para mim, mas agora parece uma grande pergunta. Me sinto tão idiota por ter sugerido que ele me quer. Fecho os olhos para me acalmar. A adrenalina toma conta do meu corpo. Cada parte de mim parece estar tremendo. Então, com os olhos ainda fechados, sinto que posso ver tudo com mais clareza do que nunca. O que eu vejo é que, independentemente de Bodie me querer ou não, *eu* quero *ele*. Eu *amo* ele. Me sinto um idiota por não ter percebido isso antes. Por não conhecer meu próprio coração.

Imagens voam pela minha mente. Lembranças que sempre guardei com carinho, sendo revisitadas sob uma nova lente. Uma nova perspectiva. Visão dupla. Bodie me deixando dormir nos braços dele quando Ash sumiu sem dar notícias. Bodie me perguntando se tem alguém melhor para ele do que Louis. Bodie bebendo quando Olivia perguntou quem já tinha se apaixonado. Achei que aquilo significasse que ele estava apaixonado por Louis, mas não. Só pode ser uma pessoa. E agora eu vejo tudo. O amor que eu estava assustado demais para aceitar.

Ash estava certo. Bodie me ama. É por isso que nunca quis namorar outros caras.

E acho que eu o amo também.

O mundo inteiro vira de cabeça para baixo. O chão não parece mais estável sob meus pés. Tudo se embaralha e minhas lembranças rodopiam. Bodie, sempre ao meu redor. Me fazendo rir. Inventando brincadeiras bobas para nós. Me abraçando durante meu luto. Me escutando desabafar sobre minha família. Ele é a única coisa constante em minha vida. Tem sido meu sol, o calor que me mantém em órbita, a pessoa que me deixa seguro.

Meu corpo inteiro se acende por ele. Uma chama cresce dentro de mim. Uma nova compreensão. Bodie nunca teve ciúme de mim por ter um namorado. Ele tinha ciúme de Ash. E não me contou como se sentia porque teve medo. Medo de acabar arruinando nossa amizade.

Preciso encontrá-lo.

Respiro fundo e corro na direção da casa dele. A voz de Byrne ecoa em minha cabeça, me dizendo que o maior fardo de todos é o amor.

É isso que Bodie é. Meu fardo. E eu não conseguia enxergar, mas Ash enxergou. Ash abriu meu coração ao meio e me ensinou a amar. Tenho tanto amor dentro de mim agora que parece que vou explodir.

Vejo Bodie parado em um semáforo e corro mais rápido. Ele deixa outro carro atravessar o cruzamento e acelera.

— BODIE! — grito. Ele não reduz a velocidade. Corro mais rápido, minhas pernas magrelas fazendo tudo que podem para alcançá-lo. — BODIE!

Consigo chegar até ele. Bodie baixa o vidro, confuso.

— Kam, tá tudo bem? — pergunta, parando o carro. — O que houve?

— Sai do carro — ordeno.

— Aconteceu alguma coisa? — repete ele, saindo do carro e me encarando. — Seus pais estão bem?

— Aconteceu uma coisa, sim. — Começo a falar mais rápido. — Naquela noite, naqueles últimos momentos com Ash... teve mais uma coisa que ele disse...

— O que foi, Kam? — Os olhos dele parecem preocupados. — É algo que você precisa contar pra polícia?

— Não tem nada a ver com a polícia! — exclamo. — É sobre a gente. Eu e você. Ele sabia que você me amava. E que eu te amava também. E ele tinha razão. Ele viu o que a gente não conseguia ver ou não tinha coragem de dizer.

A expressão de Bodie é de choque, depois confusão, depois tristeza. Sua voz sai arrependida ao dizer:

— Então, esse tempo todo, você não era capaz de ler a minha mente como eu achava que era.

— Então o Ash tinha razão? Você me ama? — pergunto, nervoso de repente.

— Não importa — diz ele, soando abatido. — Você não está pronto, Kam. — Ele olha bem nos meus olhos. — Ainda nem fizeram o memorial do Ash. Você ainda está de luto.

— Mas isso é sobre ele — argumento. — Estou falando de nós.

— E eu acabei de terminar com o Louis — continua Bodie. — É cedo demais.

— Quem disse? — pergunto, me recusando a voltar atrás. — Quem inventou essas regras?

— Pessoas com mais experiência! — exclama ele. — A gente não pode foder com a nossa amizade. Isso vai estragar tudo.

— Mas...

Me sinto desesperado. Não era assim que eu imaginava essa conversa.

— Vamos continuar sendo melhores amigos, tá bom? — Ele quase me toca, mas se contém. — Essa é a coisa mais importante. Nossa amizade.

— Sim, certo, melhores amigos — cedo, com tristeza, observando ele entrar no carro. — A gente se vê, então? — digo como uma pergunta.

Uma que nunca precisei fazer antes.

* * *

Bodie não aparece no colégio no dia seguinte. Mando mensagem. Sem resposta. Ligo. Caixa postal. Quando chega a noite, ainda não consegui falar com ele. Tento o telefone fixo. O pai dele atende.

— Kamran *jan* — saúda ele. — Farbod já foi dormir, eu acho. Ele está resfriado.

— Ah, desculpa. *Hum*, avisa que eu liguei?

— Claro — diz o sr. Omidi. Ele hesita. Me pergunto se já devo desligar, mas aí ele diz: — Kamran, queria que você tentasse colocar um pouco de juízo na cabeça do Farbod sobre essa ideia de ano sabático. Se vocês dois pararem por um ano, seus colegas vão deixar vocês pra trás. Talvez nunca mais recuperem o atraso em suas carreiras.

Respiro fundo.

— Senhor Omidi, acredito que, assim como eu, você sabe que, quando o Bodie coloca uma ideia na cabeça, é bem difícil impedi-lo.

— Infelizmente, ele puxou isso de mim. — A voz dele soa ríspida.

— Eu aviso que você ligou.

No dia seguinte, Bodie não aparece no colégio de novo. Me questiono se ele está mesmo doente ou só evitando o climão de me ver. De tarde, na reunião da AGH, Olivia recebe uma mensagem dele e ri. Ele obviamente está se sentindo bem o bastante para conversar com ela enquanto continua me dando gelo. Estou sendo substituído. Um vazio horrível me consome, me empurrando por uma ladeira de ansiedade e tristeza. Preciso rastejar de volta para a luz, reacender a chama dentro de mim.

Depois da reunião da AGH, pergunto à sra. Robin se ela tem um momento para falar comigo. Nós dois vamos para um canto enquanto todos vão embora do colégio.

— O que houve? — pergunta ela.

— Eu só… queria saber se você pode me ajudar a editar alguns vídeos.

— É o seu vídeo de inscrição para a minha turma de cinema no ano que vem? — pergunta ela. — Porque vou ficar bem decepcionada se você não se inscrever.

— Não, não é… quer dizer, quero me inscrever ano que vem. Mas agora preciso fazer um filme e a questão é… eu tenho horas de vídeo, mas não sei como editar, ou adicionar imagens e música e…

— Você quer minha ajuda?

— Quero.

— Então me encontre na sala de artes amanhã depois da aula. — Ela sorri. — Eu sabia que existia um cineasta escondido aí dentro.

Me sinto corar.

— Olha, não sei, não, viu? É só um projeto pessoal.

A sra. Robin coloca as mãos sobre meus ombros.

— Kam, todas as obras de arte são projetos pessoais. É por isso que são tão preciosas.

* * *

No dia seguinte, Bodie não aparece no colégio outra vez, porém atende quando ligo na hora do almoço.

— Cadê você? — pergunto. — Tá tudo bem?

— É só um resfriado — responde ele, com um tom vago. Parece estar mentindo. — Já testei. Não é covid.

— Então você não está me evitando por causa da...

Ele me interrompe antes que eu possa mencionar nossa última conversa:

— Por que eu estaria te evitando? — rebate ele, me desafiando a tentar de novo.

— Nada, não. As coisas só parecem... diferentes.

— Quer vir estudar aqui em casa? — pergunta ele, para provar que não está me evitando.

— Mas você não está doente? — questiono.

— É só um resfriado. Já estou quase bom. Enfim, não precisa vir.

Considero dar um bolo na sra. Robin, mas não quero perder futuras chances com ela.

— Eu até iria, mas vou trabalhar com a sra. Robin num... projeto.

— Um projeto? — pergunta ele. Então, a ficha cai. — Ah, certo. Você está fazendo aquele vídeo para o memorial do Ash, né? — Ele suspira. — Se eu estiver melhor, a gente se vê amanhã.

— Tá bom. Bodie?

— Oi.

— Tô com saudade.

— Eu também — responde ele, rápido. E desliga. A voz dele toma conta da minha mente enquanto caminho até a sala de artes.

A sra. Robin está sentada no fundo, com seu computador e um sorriso no rosto.

— Pronto pra fazer magia com cinema? — pergunta ela.

Cinco horas depois, quando o colégio já está completamente vazio, terminamos a edição. Respiro fundo, cheio de esperança e possibilidade pela primeira vez em meses. Nunca me senti tão certo a respeito de quem eu sou e do que eu quero.

* * *

Bodie não aparece no colégio de novo no dia seguinte. Quando as aulas estão prestes a começar, recebo uma notificação no celular. É uma mensagem da minha amiga Emily perguntando como estou. Mandei meu número para ela antes de desativar minha conta naquele fórum sobre luto. Rapidamente respondo que estou bem enquanto a aula começa.

— Celulares guardados! — ordena o sr. Silver. — Agora, vamos organizar nossos objetivos do dia. Primeiro, teremos um teste-surpresa.

A classe solta um grunhido coletivo. Não consigo me concentrar. Empurro a cadeira e me levanto. Ela guincha quando arrasta no chão.

— Senhor Khorramian — repreende o sr. Silver, irritado.

— Desculpa, preciso ir ao banheiro.

Me aproximo da mesa dele e pego o passe de banheiro. Ele me encara de cima a baixo.

— A aula começou um minuto atrás. E estou prestes a passar um...

— Eu sei. Vai ser rápido, desculpa.

— Seis minutos ou detenção! — grita ele enquanto saio pelo corredor. — Vocês não aprendem que a hora do banheiro é *antes* da aula?

Porém, não vou ao banheiro. Atravesso o corredor na direção da saída. Empurro as portas pesadas e sinto o ar gelado atingir meu rosto. Corro até a casa de Bodie, minhas pernas cada vez mais velozes.

Bato à porta ao chegar lá. Bodie me recebe de calça de moletom e regata.

— Kam, o que você está...

— Seus pais estão em casa? — pergunto.

— Não, estão trabalhando — responde Bodie.

Não parece nem um pouco doente. Confuso, claro. Mas não doente. Passo por ele e entro na casa.

— Kam, o que está rolando? — pergunta ele.

— Cala a boca. Tenho que te mostrar uma coisa.

Vou até a sala de estar e ligo a TV. Conecto ao meu celular.

— Por um acaso é o... Kam, foi mal, mas não quero ver o vídeo que você fez pra celebrar a vida do Ash.

— Cala a boca — ordeno, com educação.

— Não, eu não vou calar a boca! — Ele entra na minha frente e me encara. — Eu te disse que não é a hora certa.

— Isso é só mais uma das suas desculpas! — Seguro as mãos dele. Ele se afasta. — Você não percebe que está sempre fazendo isso? Procura um motivo pra dizer que não é a hora certa ou a pessoa certa ou...

— Você é a pessoa certa — interrompe ele.

— Sou? — pergunto.

Bodie assente. Depois balança a cabeça.

— Mas a hora...

Eu seguro as mãos dele de novo. Desta vez, ele não se afasta.

— Bodie, nunca vai existir um momento perfeito pra tudo. Em vez de... sei lá, olhar o que pode dar errado... a gente podia olhar para o que está certo. Tipo a gente. A gente dá certo. Sempre demos.

— E você acha que eu não sei disso? — Ele solta minha mão e me dá as costas. Não consegue sequer olhar para mim ao dizer: — Você não entende por que eu não consigo mais ficar perto de você apesar de te amar pra caralho...

— Você me ama pra caralho mesmo? — pergunto, com um sorriso.

— É porque você ainda não superou ele! — Bodie se vira e me encara de novo. — Eu não quero estragar tudo ficando com você quando ele ainda te assombra. É demais pra mim. Eu não conseguia competir com ele vivo, imagina agora com ele...

— Para, por favor.

Dou play no vídeo. O som das nossas vozes mais jovens ecoa nos alto-falantes. Eu e ele, aos 11 anos, dançando com os paletós dos nossos pais.

— O que é isso? — pergunta ele.

— *Shiuuu* — corto.

Na TV, nós dois, com 13 anos, preparamos um bolo e jogamos recheio de baunilha um no outro.

— Era isso que você estava fazendo com a sra. Robin? — pergunta ele.

Assinto. Volto a olhar para a tela, que salta de uma lembrança para outra. Uma história da nossa amizade irradia na televisão em cortes rápidos. A profundidade da nossa conexão, a riqueza de nossas lembranças, exibidas na nossa frente. Nós dois fantasiados de saleiro e pimenteiro para o Halloween. Dançando como nossos pais em uma festa de Nowruz. Jogando cartas com nossas mães. Cozinhando. Nadando. Dormindo no banco de trás do carro do pai dele. Chorando, mas de tanto rir. Nas cenas finais do filme, a tela se divide, e se divide de novo, e de novo, e de novo, até mostrar diversos momentos de nós dois. Idades diferentes. A mesma alma. Por cima das imagens, três palavras aparecem na tela. *Eu te amo.*

Encaro-o nos olhos quando o filme termina.

— Estou pronto, Bodie. Vivi o luto por dois anos. Estou pronto para viver a vida de novo. E não existe vida sem você. Tipo, você é a minha vida.

Os olhos dele se enchem de lágrimas.

— Você é a minha vida também — repete, dando um passo à frente e aproximando os lábios dos meus. Consigo sentir o calor do corpo dele, a temperatura do seu hálito. Já senti isso tudo antes, mas nunca desse jeito. Nunca com essa eletricidade entre nós dois. — Kam...

— Para de falar — peço.

— Eu sou bom em falar — argumenta ele. — Só não sou bom em...

Eu o beijo.

Ele enfia a língua na minha boca e, ao mesmo tempo, nós dois começamos a rir.

— Que esquisito! — diz ele.

— Muito estranho — concordo, sorrindo para ele. — Mas não foi ruim.

— Não mesmo. — Bodie sorri. — Eu quis te contar sobre os meus sentimentos tantas vezes. Mas sempre tive medo de estragar nossa amizade. É só que... — Ele ri de si mesmo. — Vou falar pela milésima vez, mas nunca me parecia a hora certa.

— Parece que agora é a hora certa de mudar tudo na sua vida — aponto.

Ele assente, concordando.

Falo com calma, escolhendo cada palavra cuidadosamente:

— Mas eu acho que a hora certa de mudar só chega quando a gente tem certeza do que quer.

— Você tem certeza? — pergunta ele.

— Tenho. — Amo o jeito como meu corpo parece ter voltado à vida. Sinto como se tivesse trocado de pele. Ganhado uma mais forte. Agora consigo ver minha resiliência. — Tenho certeza de que te amo, e também tenho certeza de que quero estudar cinema na faculdade.

— Depois do nosso ano sabático? — pergunta ele.

Balanço a cabeça.

— O ano sabático sempre foi seu sonho.

— Mas você é parte desse sonho.

— Aonde quer que você vá, saiba que vou esperar por você. Além disso, ainda temos o ano que vem inteiro pela frente. Teremos tempo de resolver tudo. — Passo a mão pelo cabelo espesso e lindo dele. — Só quero que a gente prometa apoiar os sonhos um do outro, mesmo se esses sonhos separarem a gente fisicamente de vez em quando.

— Eu prometo — diz ele. Então me puxa para mais perto e canta no meu ouvido. — *It's you it's you, it's all for you.*

É você, é você, é tudo por você.

Coloco o indicador sobre a boca dele para pará-lo.

— Não precisa cantar Lana para mim. Ela era coisa minha com o Ash.

— Então qual é a nossa coisa?

Penso por um momento e respondo:

— Tudo é a nossa coisa. Nós compartilhamos a vida inteira um com o outro. O mundo todo é a nossa coisa.

— Eu te amo — sussurra ele.

— E eu te amo.

Fecho os olhos, apreciando o som das palavras nos meus lábios. Percebo que não é só ele que eu amo. É essa nova versão de mim mesmo que corre atrás do que quer. Que não vive com dúvidas ou medo. Cansei de me esconder.

Do lado de fora, vem o som de um carro parando na calçada. Música toca pelos alto-falantes. "Here, There and Everywhere", dos Beatles. A mãe de Bodie canta em voz alta enquanto estaciona. Então, abruptamente, a música para.

— Não estou a fim de lidar com a minha mãe agora — fala Bodie.

— Como você acha que nossas mães vão reagir quando contarmos que a gente está...

— Ai, meu Deus, elas vão começar a planejar um casamento persa gigante amanhã mesmo — diz ele. — E nossos pais provavelmente vão ficar superconfusos.

— Quer fugir pelos fundos? — sugiro.

Ele assente. Calçamos nossos sapatos o mais rápido possível e corremos para os fundos antes que a mãe dele entre. Corremos em direção à minha casa. Chegamos ofegantes e tontos, como duas crianças escondendo um segredo. Me sento ao lado da figueira gigante que se tornou parte de nossa casa.

— Podemos tentar de novo? — pergunto.

— Tentar o quê?

— Você sabe...

Bodie acaricia meus lábios com a ponta do dedo.

— Você tem a boca mais linda do mundo.

— Isso é tão esquisito — falo. — Será que um dia vai parar de ser esquisito?

— Não sei — responde ele. — O único jeito de saber...

— É tentar — completo.

— Do que você mais tem medo? — pergunta Bodie.

— Das suas desculpinhas pra terminar — confesso.

— Justo. — Ele ri. — Mas eu já te conheço tão bem que nem tem como inventar desculpas. Você pode não ser perfeito, mas para mim é.

Ficamos sentados lado e lado e observamos a luz mudar. Apoio a cabeça no ombro de Bodie.

— Tá bom. Tô chegando com nosso segundo primeiro beijo — anuncia Bodie.

Seus lábios macios tocam os meus. Respiro o ar dele, e ele aceita o meu. O gosto doce permanece nos meus lábios quando me afasto gentilmente.

— Esse foi melhor — comento, sorrindo. — Mas acho que nosso terceiro primeiro beijo vai ser melhor ainda.

Ele ri. Lambe meu pescoço bem devagar, todo sensual. Sinto arrepios.

— Não acredito que você tentou me afastar — reclamo. — Que bom que eu nunca aceito não como resposta.

— Olha, a gente não vai contar nossa história assim. — Ele continua beijando meu pescoço enquanto fala. — Você pode até ter dito primeiro, mas eu *senti* primeiro. Isso deve valer de alguma coisa.

— Você é tão insuportável — brinco.

— É minha marca registrada — responde ele, todo orgulhoso. — Posso transformar em perfume? *Insuportável*, a nova fragrância de Bodie Omidi.

Sinto o cheiro dele.

— Não, só eu posso te cheirar.

Puxo o rosto dele para cima. Guio seus lábios até os meus para o nosso terceiro primeiro beijo. Já sei que teremos o quarto primeiro beijo, o quinto e o sexto. Isso será parte da nossa história. Uma vida inteira de primeiros beijos.

— Pronto? — pergunta Bodie.

Olho nos olhos dele e vejo nosso futuro. Bom, não o nosso futuro inteiro. Se tem uma coisa que aprendi nos últimos três anos, é que o futuro é difícil de prever. Mas consigo ver o amor.

Seguro a mão dele e entramos juntos em casa.

NOTA DO AUTOR

Este livro foi parcialmente inspirado no meu primeiro namorado. Quando conheci Damon, em novembro de 2000, depois de chorar durante todo o seu brilhante musical, *Bare, Uma Ópera Pop*, eu tinha 24 anos e ainda não tinha saído do armário para minha família. Se você leu *Tipo uma história de amor*, sabe o nível de medo e vergonha com os quais Reza teve que lidar na adolescência. Eu ainda estava nesse estado aos 20 e poucos anos: envergonhado, aflito, convencido de que ser eu mesmo destruiria a minha família e a minha vida. Damon mudou tudo. O mágico primeiro encontro aconteceu em um restaurante de comida brasileira na noite das eleições estadunidenses do ano 2000, uma data que mudou a história. Durante os quase dois anos juntos, Damon me presenteou com um tipo de atenção que eu nunca tinha recebido antes. Muitos dos detalhes neste livro — a *mixtape*, o contato com a natureza, o papel com "eu te amo" impresso incontáveis vezes — são resquícios do nosso tempo juntos. Damon ameaçou terminar comigo caso eu não contasse aos meus pais que era gay. Acredito fielmente que ninguém deve ser forçado a sair do armário. E certamente não tolero ultimatos. Mas também não sei o que teria sido da minha vida se ele não tivesse feito isso. Eu teria continuado no armário para sempre? Talvez não, mas decerto ficaria escondido lá por muito mais tempo. Teria me tornado autor? Não sei. Damon foi quem me fez acreditar que eu dispunha de algo único para dizer como artista. Eu teria a família amorosa com a qual sou abençoado hoje? Não há como saber. Ele me guiou para um novo caminho. Um mais honesto e, portanto, mais ousado.

O deserto era importante para Damon. Assim como Ash, ele costumava desaparecer em sua bela aridez, às vezes por dias, deixando-me apavorado. Ele era um músico brilhante e um explorador. Contou-me que estava no deserto buscando inspiração, compondo, ouvindo melodias. Eu era jovem. Inocente. Acreditava em tudo e perdoava tudo. Nunca cogitei que ele poderia estar lutando contra uma dependência química ou um transtorno mental. Muitas coisas só fui entender anos mais tarde. Depois que terminamos, continuamos próximos e percebi que, apesar de toda a luz, Damon tinha um lado assustadoramente sombrio. Nem imaginava o tamanho até a morte dele, em 2013, um acontecimento que mudou minha vida tanto quanto conhecê-lo. De fato, não foi coincidência eu ter publicado meu primeiro romance independente apenas um ano após a morte dele, uma história sobre como é ser um iraniano gay ainda no armário. Perdê-lo foi como um lembrete da pessoa que ele mostrou que eu poderia ser. Alguém que não espera pela permissão dos outros para viver de maneira corajosa. A morte dele foi e é um lembrete sobre como a vida é curta demais e deve ser vivida com paixão e propósito.

Cogitei por muito tempo escrever sobre Damon porque ele é fascinante. Merece ter sua história contada, assim como todos aqueles que foram impactados por ele de maneira positiva ou negativa. Mas a ficção foi a forma que encontrei para dar sentido aos mistérios da vida, e esta história é uma versão inteiramente ficcionalizada das perguntas que Damon inspira em mim. Por exemplo, como acabei sendo mais forte que ele quando me sentia tão mais fraco? E como ele me presenteou com tanta luz quando um pedaço tão grande de si vivia na escuridão? Damon me tornou uma pessoa muito mais gentil e honesta, e, ainda assim, machucou muita gente que fazia parte de sua vida de maneira devastadora — incluindo a mim.

As especificidades da história dele são, infelizmente, não tão únicas quanto uma vez pensei. Desde que perdi Damon, perdi diversos outros amigos, colegas e conhecidos queer para a dependência e o suicídio. Creio que ainda haja uma epidemia de vergonha em nossa comunidade. E é muito difícil superá-la. Requer paciência, autocuidado, o apoio de amigos, da família e de uma comunidade. Eu dedico este livro à minha amiga Jennifer Elia, porque as muitas décadas de nossa amizade fizeram com que eu me sentisse amparado em meio a todos os altos e baixos de minhas próprias lutas. Mas minha jornada para sair da vergonha (que ainda persiste, é claro) também exigiu muita terapia e, eventualmente, os encontros da Al-Anon para entender melhor o impacto da dependência em minha vida e me ajudar a entregar aquilo que não controlo nas mãos de um Poder Maior. Essa prática espiritual tem sido muito necessária para mim enquanto membro da comunidade queer que mais de uma vez sentiu, como Lana — a quem eu e Kam amamos — cantou, como se eu e Deus não nos déssemos bem. *Me and God, we don't get along.* Na verdade, Deus e eu nos damos muito bem. Deus também ama você. E te perdoa. Jamais se envergonhará de você. Não há vergonha na verdadeira fé, só há o perdão — perante os outros e a nós mesmos.

Se você ou aqueles que você ama estão lidando com algum tipo de dependência em suas vidas, há muitas ferramentas por aí que podem ajudar. AA e iniciativas semelhantes, como a Al-Anon e a Alateen. Terapia. Milhares de instituições e centrais de atendimento para as quais você pode ligar, como a Nar-Anon, o Centro de Valorização da Vida, e assim por diante.

Se tiver interesse em ajudar, considere fazer uma doação para a *Awakening Recovery*, uma comunidade solidária sem fins lucrativos que meu lindo marido, Jonathon Aubry, ajudou a fundar e da qual ele atualmente faz parte do conselho. Que milagre que o jovem antes enrustido que escreve estas palavras hoje tem o marido e os filhos que um dia pensou se tratar de fantasias irrealizáveis. Que milagre que tantas pessoas que lutam contra a dependência podem aproveitar vidas em plena sobriedade graças a comunidades como essas. Deus nos concede serenidade para aceitar as coisas que não podemos mudar, coragem para mudar aquilo que podemos e sabedoria para reconhecer a diferença.

AGRADECIMENTOS

Escrever um livro é como um teste de resistência emocional. Em primeiro e mais importante lugar, sou grato ao meu marido, Jonathon Aubry, aos nossos filhos, Evie e Rumi, e ao nosso garotão, Disco, por encherem a nossa casa e o meu coração de amor, risadas e aventura. Se não fosse por eles, eu seria incapaz de escrever ou viver sem medo de ser vulnerável.

Sou um escritor e uma pessoa melhor por conta da família e das amizades. Aos meus mais queridos amigos, muito obrigado a todos vocês. Aos meus pais, irmão, tias, tios, primos e, em especial, à futura geração de nossa família, saibam que amo todos vocês. Sou eternamente grato por ter nascido em uma família tão vibrante e por ter me juntado a outra tão linda quando me casei. Um agradecimento especial a Mandy Vahabzadeh, por ter tirado a minha foto de autor e por me expor à arte nos anos que formaram quem sou.

John Cusick é o agente literário dos sonhos, pois ele é tão generoso quanto incisivo. Tenho muita sorte em ter ele e os seus colegas da Folio ao meu lado.

Antes de conhecer Alessandra Balzer, eu escrevia o que acreditava que os outros queriam ler. Graças a ela, escrevo com o coração. Esse é um presente pelo qual sempre serei grato.

Megan Ilnitzki é uma grande patrona de autores, e sou grato pelo fato de ter uma nova editora que acredita neste trabalho e em fazê-lo com gentileza, paixão e honestidade.

Agradeço a Mitchell Waters, sem o qual eu não seria escritor, e a Brant e Toochis Rose por acreditarem no meu potencial como roteirista.

Muito obrigado a toda a equipe da HarperCollins que trabalhou neste livro, incluindo, mas não me limitando a: Erin DeSalvatore, Audrey Diestelkamp, Kathy Faber, Caitlin Johnson, Kerry Moynagh, Mimi Rankin, Patty Rosati, John Sellers, Heather Tamarkin e Jen Wygand. A capa deste romance reflete de maneira brilhante a vastidão que senti ao escrevê-lo. Obrigado à artista Katherine Lam e às designers Julia Feingold e Alison Donalty por criarem magia visual.

Robbie Couch, Lilliam Rivera, Eliot Schrefer e Courtney Summers são superastros. O fato de terem tirado um tempo para ler este livro e darem seu apoio significa o mundo para mim. Vão ler os livros deles. Depois leiam mais livros. Há sutilezas e aprendizados esperando por vocês nas páginas deles.

Obrigado, Lana Del Rey, por lembrar o nosso mundo caótico de desacelerar e viver poeticamente. Obrigado, Jessica Pratt e Happy Rhodes, por serem as vozes que saíam dos meus fones de ouvido enquanto eu escrevia este livro.

Obrigado a Al-Anon e ao meu padrinho pela orientação (e paciência... Talvez eu fique preso no passo quatro para sempre). Obrigado, Julia Cameron, por escrever *O caminho do artista*. Mudou minha vida.

Aos autores de livros *young adult* e infantojuvenil que defendem seu trabalho enquanto muitos de nós somos atacados e ameaçados, obrigado pela sua coragem e camaradagem. A todos os educadores que apoiam estudantes queer, vocês são heróis, e eu agradeço a cada um de vocês. Sem os professores que me apoiavam muito antes de eu estar pronto para me assumir para a minha família, não sei ao certo quem eu seria ou onde estaria.

Àqueles responsáveis pelo banimento de livros, também deixo meu muito obrigado. Vocês quase destruíram a minha força de vontade, mas, no final, simplesmente lembraram a mim por que este trabalho importa. Meu autor favorito, James Baldwin, disse uma vez (citação que minha artista favorita, Madonna, ama): "Os artistas estão aqui para perturbar a paz". É exatamente isso que a nossa comunidade de escritores está fazendo. Baldwin também disse que "a arte deve ser uma espécie de confissão [...] se você for capaz de examinar e encarar sua vida, poderá descobrir os termos com os quais está conectado a outras vidas, e elas também poderão fazer o mesmo, isto é, os termos com os quais estão conectadas a outras pessoas".

Meus livros são a minha confissão, e tudo o que quero é que eles criem conexões entre humanos que estão sob a ilusão de que somos um povo dividido, quando, na verdade, somos, e sempre fomos, pura união. Por fim, obrigado aos leitores de todo o mundo (**olá, fofos brasileiros**) que compartilharam suas próprias confissões comigo. Vocês me ajudaram a entender a lição mais importante de todas: que nunca estamos, nunca estivemos e nunca estaremos sozinhos.

Abdi Nazemian. Los Angeles. Maio, 2024.

MINHAS IMPRESSÕES

Início da leitura: ____ /____ /____

Término da leitura: ____ /____ /____

Citação (ou página) favorita:

Personagem favorito: _____

Nota: ✿ ✿ ✿ ✿ ✿ ♡

O que achei do livro?

Este livro foi impresso em 2025 pela Vozes, para a Editora Pitaya, e foi impossível editá-lo sem chorar ouvindo Lana Del Rey. O papel do miolo é o avena 80g/m² e o da capa é o cartão 250g/m².